· 文脉中国散文库 ·

我这一辈子

王光镐 / 著

中国文联出版社

图书在版编目（CIP）数据

我这一辈子 / 王光镐著 . -- 北京：中国文联出版

社，2017.2（2023.3 重印）

ISBN 978 - 7 - 5190 - 2590 - 8

Ⅰ.①我… Ⅱ.①王… Ⅲ.①散文集—中国—当代

Ⅳ.①I267

中国版本图书馆 CIP 数据核字（2017）第 040222 号

著　　者	王光镐	
责任编辑	闫　洁	
责任校对	茹爱秀	
装帧设计	中联华文	

出版发行　中国文联出版社有限公司

地　　址　北京市朝阳区农展馆南里 10 号　　　　邮编　100125

电　　话　010 - 85923025（发行部）　　　　85923091（总编室）

经　　销　全国新华书店等

印　　刷　三河市华东印刷有限公司

开　　本　710 毫米×1000 毫米　　1/16

印　　张　16.5

字　　数　184 千字

版　　次　2023 年 3 月第 1 版第 2 次印刷

定　　价　85.00 元

序

　　我当然知道，文学大师老舍先生在 20 世纪 30 年代有个中篇小说叫《我这一辈子》，这是他第一个创作黄金期的压轴作品，描写了一个普通巡警的坎坷一生。我以此为书名，似有附庸风雅之嫌，那怎么办？换个名字，或者文气一点叫《浮生琐记》《浮生掠影》，或者通俗一点叫《生命的河》《生命的歌》，或者诗意一点叫《人生若知几多忆》《往事微痕》？这虽然皆无不可，可我跟中了魔似的，就想管这本书叫《我这一辈子》。好在人生的长河连绵不断，不同时代各有不同的一辈子，老舍写的是 80 年前，不至于和间隔了近一个世纪的我这一辈子相混淆。何况，老舍的《我这一辈子》写的是别人，我写的是自己，主题也迥然有别。

　　我想，我之所以钟情这个名字，是因为老舍先生不愧为大家，专门起了个为普通人量身定做的书名，而我这一辈子实在是太普通了，普通的跟 80 年前的街头巡警别无二致。要说有什么区别，那就是我的人生还不如那个巡警精彩，因为老舍笔下的巡警是文学创作的产物，充满了跌宕起伏的情节，可我叙述的是我真实的人生，都是平凡生活里的小镜头。

既然是芸芸众生里的凡夫俗子，还有什么好写的呢？有的写！因为我们这一代人的经历实在是太特殊了，特殊到前无古人后无来者。你经历过"三年困难时期"吗？经历过"文革"吗？经历过"上山下乡"吗？经历过改革开放后那种全民族上下一致的奋发图强吗？你没有，可我们经历过。我是小人物，不会去写这些时代大潮中的大背景、大事件，可我终归是跟着这大潮一步步走来的，从我的凡人小事中，你会听到这时代大潮发出的阵阵涛声。

　　特殊的时代铸就了特殊的一代人，"老三届""老知青""老插"等称谓，就是社会给我们贴上的标签。不管称呼我们什么，也不管人们对我们这一代是如何的褒贬不一，这代人的特殊性是谁也抹不去的。因为谁都无法否认，这是最富理想主义的一代，是最具牺牲精神的一代，是最吃苦耐劳的一代，也是生命力最顽强的一代。不管世事如何变化，这代人身上的某些特质是磨砺不掉的，而这特质本应传承下去，如同传承一个民族的根。

　　我们这代人，从小有支歌曲耳熟能详，歌名叫《听妈妈讲那过去的事情》。"月亮在白莲花般的云朵里穿行，晚风吹来一阵阵快乐的歌声。我们坐在高高的谷堆旁边，听妈妈讲那过去的事情……"这歌声至今仍在我们耳畔回响。现在的我们，已经进入耳顺之年，不仅做了爸爸妈妈，而且做了爷爷奶奶。可是，有人愿意听我们讲述自己的故事吗？似乎不多。之所以不多，是因为我们这些人早已习惯了沉默，极少向人倾诉。现在，当我们工作的脚步终于停歇下来，当我们不省心的儿女终于长大成人，当我们的双鬓一天天斑白，当老年病渐渐侵入我们的肌体，我们却按捺不住地想向人们述说，述说我们曾经的故事！

平时和朋友闲聊，发现每个人心中其实都深藏着不少这类故事，有的比作家笔下杜撰出来的还要生动百倍。随着网络资讯的发达，随着自媒体的兴盛，在博客、微博、微信、论坛上发表自撰小文章、小故事的越来越多。我深深感到，这实际上孕育了写作史上的一场 革命，预示了全民写作时代的即将到来。这场革命难道不会触及传 统纸媒吗？当然会！我相信迟早有一天，"全民写书"的时代也会 不期而至。既然如此，那何不妨"抛砖引玉"，做一回时代潮流的 弄潮儿呢？

　　此书的故事都是真实的，然而由于众所周知的原因，有些人的名字却是假的。原因很简单，因为这些人还在，我不想因为这些小文给他们带来任何麻烦。原想注明哪些人的名字是真的，哪些人的名字是假的，后来发现这是不打自招的愚蠢之举，于是断了这画蛇添足的念想。仔细琢磨了一下，其实只要读的人有心，一眼就能辨识出文中哪些人的名字是真的，哪些人的名字是假的，本来就无须我置喙。

　　不想说什么了，还是看故事吧，保证个个引人入胜！

目 录

挨打记事 001

两个柿子 006

大场面的小见闻 010

德木其格 016

马背上的歌 024

娜索斯塔 034

人狗情缘 040

兵团岁月 053

排长情结 060

行刑手记 067

附 我的老排长 金环 073

荒唐的梦 079

"高考"风波 085

恩师邹衡 091

我的"外语" 104

感念刘道玉 110

武当奇遇 114

附 我的老师王光镐 祝恒福 117

中年一道坎 122

万寿寺的新生 132

万寿寺西路回收记 139

希望小学的失望之旅 144

桑拿亲历记 150

邂逅边梅 153

两次特殊的外事接待 155

感受季老　　　　　　　　162

美国纪行　　　　　　　　166

绿野中，那一缕仙踪　　　180

三亚印象　　　　　　　　192

遭遇车祸　　　　　　　　198

难产的作品　　　　　　　207

《人类文明的圣殿——北京》出版周年记

　　　　　　　　　　　　211

附　北京何来

　　——读王光镐新著《人类文明的圣殿——北京》

　　　　　　　　王仁湘　218

长子的责任　　　　　　　232

泰州王十房　　　　　　　244

挨打记事

俗云："猫狗记吃不记打，娃娃记打不记吃。"从小挨的几次打，到现在都还记得清清楚楚。

我是家里的长子，父亲受传统礼教的影响，从未动过我一个手指头。打我的，都是我亲爱的老妈。

自打我记事起，我妈就躺在病床上，是个常年病号。她得的是一种免疫系统疾病，身体很虚弱，每天除了下来在房间里走一走，其他时间都躺在床上。所以，她一旦施起家法来，先要命令我们自己找刑具，例如长柄刷子、尺子、苍蝇拍之类，找到后便要拿着刑具乖乖走到她床前，递上刑具伸出手，由着她打。长大后经常看见别人家的父母在大街上气喘吁吁地追打孩子，我就觉得特别诧异，心想：父母打孩子，孩子怎么敢跑呢？这是当我脑子里充满正能量时的想法。但如果脑子开了叉，糊里糊涂充满负能量了，就会反过来琢磨：奇怪，我妈打我的时候我为什么不跑呢？反正她又不能追！

总之，成年后我常跟熟人开玩笑说："我妈打起我们来特有范儿，天下无双！"

我6岁以前估计没少挨打，但都就着白米饭咽到肚子里了，一点没留下印象。脑海中记得的第一次挨打，刚好是在 6 岁生日当天。那天我过生日，感觉这应该是一件很隆重的大事，可家里平平常常的，居然一点反应都没有。于是不甘寂寞的我跑到邻居家里瞎忽悠，宣告今天我过生日。那时我父亲在单位里任总工程师，而邻居刚好是个技术干部，一听我过生日，马上拉开抽屉找钱。最后凑了多少钱记不清楚了，印象最深的都是几毛几毛的零钱，拿在手里厚厚的一摞。我不记得我当时是否推辞了，只记得最后特美地拿回家，向亲爱的妈妈报功。其结果估计大家都猜到了，我妈不仅勒令我本人把钱退回去，而且还挨了一顿打！挨打倒是没什么，小小的我当时最觉得没面子的是，为什么要我自己把钱退回去呢？多尴尬啊！

这件事不知道为什么记得那么清，今天想起来还恍如昨日一般。它带来的直接效果就是，我这辈子再也没在外人面前提起我过生日！

还有一次好像是小学二年级，经常在一起玩的几个高年级孩子忽然有一天神神秘秘地要去干件什么大事。他们拉我来到一栋楼房前，让我在楼底的大门口把风，然后鬼鬼祟祟地上去了。没过一会，这几个孩子就被几个大人押解下来了，而且那几个大人一脸的严厉，吓得我扭头就跑。我以为没事了，可当天晚上其中一位大人专门到我家里来，絮絮叨叨地不知跟我妈说了些什么。我知道大事不好了，小心脏一直狂跳不止。那人临出门时特意当着我妈的面走到我跟前说："其实这孩子啥都没干，也没进我们家，但那几个孩子交代说他也是一伙的，所以过来跟您说一声。"来的是位婶婶，到现在我都还记得她姓陈，是个广东人。后来多次在上学的路上遇到，每次见面都会脸红，但冲她那句话，每次我都会给她鞠个躬。

等姓陈的婶婶一走，可想而知就要开打了。以前每次挨打都是站在母亲床边，这次待遇升级了，是跪在地上挨的打。我只有哭的份，也不敢问为什么挨打。后来母亲边打边说，是他们那几个大孩子去姓陈的人家偷什么东西，被当场抓了个现行，把我也给牵连进去了。这次挨打带来的直接效果就是，我此生绝不沾人家的东西——哈哈，别说偷了，就是在大街上看到别人掉的东西也绝不捡。"外面的东西绝不能捡！扔在马路上没人要的也不能捡！"这成了我的家训，不仅自己身体力行，而且以此要求女儿，现在又这样嘱咐我外孙女。

生活在继续，故事在延续。记得上小学五年级的时候，一天中午我和一个同班同学在我家楼底下玩，忽然他鬼头鬼脑地从兜里掏出一个纸盒，从里面拿出一根白纸棍棍，叼在嘴上点着了火——烟！"你怎么抽烟啊！"我睁大了惊讶莫名的眼睛，觉得太不可思议了！他诡谲地笑笑说，这有啥嘛，烟是他父亲的，偷偷拿来尝尝滋味。"啥滋味？"我一股傻气冒出来，好奇地问。"来，你也尝尝！"他把烟递过来说。我犹犹豫豫地把烟接过来，放在嘴里轻轻吸了一口。哇，那个呛啊，呛得我直咳嗽！正浑身难受呢，晴天一声霹雳，我妈从头顶上的窗子里探出身来，冲我怒吼道："浑蛋，你干什么呢，快点给我滚回来！"

后边的事不用说也想得出来，我乖乖地滚回去了，然后按规定的程序，先是自己找刑具，然后走到母亲床前递上刑具，伸出嫩嫩的小手板，"啪啪啪……"声音清脆而有力。

天下的事真是无巧不成书，到现在我都想不明白，母亲每天中午都要睡午觉，为什么偏偏那天不睡？就算那扇窗子紧靠母亲的床，但她从来不探身窗外，可那天为什么要探出窗外东张西望？而且，就算我偷偷摸摸干了点糗事，为什么傻到要在自家的窗户底下干？唉，这大约就是命吧，不认不行！而这次挨打带来的直接效果，就是从此老觉得背后有一双母亲的眼睛，始终一眨不眨地盯着我看，所以无论干啥都特规矩，不敢稍有造次。

记得最后一次挨打已经是上初中了。初二的暑假，我在家里没事干，从同学那里借了一套高尔基的《三部曲》，躺在床上没早没晚地读起来。坦白地说，同学借给我这套书的时候特神秘，说这是禁书，特别是其中的第二部，有很多内容"少儿不宜"，要我自己偷偷看，千万别被旁人发现。我一个人躲在家里看，有谁能发现呢？可偏偏被我妈发现了！那天我妈神奇般地起了床，直接冲到我房里指着我鼻子说："你怎么看这种书？"我不知道该怎么解释，反而觉得是自己做了什么见不得人的事，只好乖乖认打！

这次挨打带来的直接效果就是，长大后我又把《三部曲》中的第二部《在人间》好好看了一遍，特别是着重看了那些"少儿不宜"的内容。看完后觉得那无非写了些底层社会的污泥浊水罢了，实在没啥了不起，所以很为自己挨打抱不平。要说我妈也是有文化的人，我上小学时她就推荐我看了英国作家伏尼契的《牛虻》，书中的亚瑟深深打动了我。可我始终搞不懂，高尔基的《三部曲》也是世界名著，为啥母亲就不准我看呢？也许她觉得当时我青春年少，不能沾染一点点人世间的尘埃？

阿弥陀佛，从那以后再没挨过打。

我现在都是行将就木的人了，可至今仍百思不得其解的是，为什么我父亲一个手指头都没碰过我，我却跟他不亲，而我母亲多次打我，我反而跟她很亲。其实答案也是明摆着的，记得小时候我曾经高烧到一天一夜昏迷不醒，是谁强撑着病体半夜爬起来逼我爸爸抱我上医院？是妈妈！记得上小学时有一位老师平白无故罚我站，一站一上午，是谁听到后为我打抱不平，硬是找人跟这老师理论了一番？是妈妈！记得小学毕业那年班主任家访，说我是个好苗子，值得好好培养，是谁听了这话后不顾家里有多难，执意把我这长子送到好中学去住校，让我一心一意读书？是妈妈！记得上大学前我下乡所在的兵团派人来外调我父亲的材料，是谁听说后把外调人员请到家里好生招待，拜托他们多多关照？是妈妈！

因为病情恶化，妈妈很早就离开了我们。从那以后，一首歌就长留在我的心间，这就是陈晓光作词、谷建芬作曲的《那就是我》。歌中唱到："我思念故乡的小河，还有河边吱吱唱歌的水磨。嗷！妈妈，如果有一朵浪花向你微笑，那就是我，那就是我！"每当唱到这里，我眼前总是浮现出抱病一生的妈妈，浮现出竭尽一生教我们做人的妈妈。

妈妈，我爱你！！！

两个柿子

那是 1961 年，三年困难时期，我 14 岁，刚上初中一年级。暑假的一天，我久病在床的母亲叫我过去，非常郑重地交代我去办一件事。原来母亲听说房山有个地方可以买到不错的红枣，价钱也还能接受，于是打算去买一些，用来辅助她治病。可是派谁去呢？父亲是从来不管这些闲事的，想都不要想，而我们弟兄三人我是长子，两个弟弟一个 6 岁、一个 10 岁，所以这事只能摊在比弟弟大许多的我身上。

母亲好一番叮嘱，要我记住要去的地方，要我学会辨认红枣的好坏，要我注意不要短斤少两，要我一定把钱收好，弄得我心里那个紧张啊，脑袋都大了。不过我越听越明白，这是件大事，不能出一点差错，而且必须我去办。至于路上会遇到啥情况，我连想都没想。

到现在我都还记得，要去的是房山区西南部一个叫长沟的地方，靠近"十渡"。十渡现在是大名鼎鼎的旅游度假区，可当时那个地方荒凉得很，连长途汽车都不通，唯一的交通工具就是两个轱辘的自行车。我是从良乡出发的，后来才知道直线距离将近 40 公里。那时没这概念，只记得我母亲行前反复宽慰我说："没多远，不一会儿就到了。"

我是不久前才学会骑自行车的，14岁的孩子不知道骑车能骑多快，反正吃了早饭后出发，我就一股劲地往前骑。向前！向前！向前！我知道只要向前就是胜利！记得那时大路上寂无一人，好清静好清静，路两边也没有人家，连鸡犬之声也听不到。要知道那是三年困难时期啊，全国各地闹饥荒，北京郊区恐怕会好一些，可为了节约卡路里，谁也不会没事到马路上来瞎逛荡。眼见得越走越荒凉，尽管是大白天我也禁不住扑通扑通地心跳，双脚蹬起车来也越发用力。

骑着骑着就成了坡路，下坡少，上坡多，上坡骑不动了就下车推。就这样上坡下坡，走走停停，终于寻寻觅觅地找到了那个小村庄。这时天已过午，出来迎接我的是位四十来岁的汉子。记得那是一处不大的小庄户院，有几间不大的房子，我进了一间不大的厅堂。那汉子红红的脸膛，笑盈盈地，看着很喜兴。他已经把我要买的红枣装成包了，当我的面过了秤，秤杆高高的，一点不缺斤少两。我想起母亲的嘱咐，便一个劲地在装红枣的包里刨着，看看底下埋的是不是好枣。看着我那一本正经的样子，他乐呵呵地笑了，把枣全部从包里倒出来，一迭声地说："放心，放心，都是最好的枣！"我把钱交给他，肚里灌饱了他递来的水，就起身告辞了。

出门就是个大上坡，我推着自行车往上爬，觉得双脚像灌满了铅，怎么也挪不动。更难受的是，肚子叽里咕噜地叫起来，向我发出了严重抗议。到现在我都无法理解的是，那年头最值钱的不是别的，是粮票，只要出门就得带粮票，这才是活命的本钱。可我出门的时候虽然带好了钱，带好了包包，就是没给我粮票！大概觉得过不了多一会儿就能回家了吧，干粮也没给我带。可现在已经是下午了，我粒米未进，前面还有那么长的路要走，这可怎么办啊！

说话间，那汉子气喘吁吁地追上来，递给我一个玉米面饼子和两个黄澄澄的柿子。他说："来，孩子，带上，吃一口。"我羞得满脸通红，恨不得找个地缝钻进去，连连推辞说："谢谢叔叔，不用不用！"他不由分说，把东西塞进了装红枣的包包，然后一把把我抱上了车，三步两步连人带车推上了坡。推上坡后那汉子轻声细语地说："别急啊，孩子，慢慢骑，等会儿自己吃一口。"

我头也不回地走了，要不然眼泪就会落下来。我明白，这年头，一个玉米面饼子别提多珍贵了，说不定能救一条人命，两个柿子更是如此。路上我吃了那个玉米面饼子，觉得浑身上下又有了使不完的劲。两个柿子我看了好几回，大大的、软软的，煞是可爱！我一忍再忍，没敢动它。

到家的时候天已擦黑，一进家门就看见母亲脸上满挂着焦虑。我母亲反复问我为什么回来得这么晚，我想大概是母亲怪我骑车骑得太慢了吧，吭叽了半天也不知该怎么解释。我把一袋红枣和两个柿子都递给了母亲，母亲一看还有两个柿子，先是怀疑是不是红枣少了斤两，等复了秤后发现分量很足，着实欣喜了一番。那年月，黄澄澄的大柿子可是难得一见的宝物啊！母亲小心翼翼地把柿子分成五份，一大份留给父亲，剩下的我们弟兄三个和母亲每人一份。

现在我已经69周岁，事情已经过去了整整55年。这55年中，各种大餐我都吃过，各种好人我也都见过，可是终此一生最难忘的，还是那两个大大的、软软的柿子，还有那素昧平生的红脸汉子。

"受人滴水之恩，必当涌泉相报"是我一生尊奉的信条，凡是受人恩德，无论巨细必定倾心相报。可是，敬爱的红脸汉子，连你姓甚名谁我都不知道，你的情分我该怎么报答？

真不想把这份整整半个世纪前的遗憾带进坟墓，唯有借此小文，叩谢天下的好人！

大场面的小见闻

　　身居首都北京的重点中学，总会见识一些大场面的，但在青涩的记忆中留下的，无非是些小见闻。

　　1962 年，我在北京三十五中读初二，接到学校交给的一项重要任务——代表全国的少先队员给即将召开的中央八届十中全会献花。上台献花的是比我们年龄更小的实验二小的小学生，而我是献花队伍中走在最前列的少先队旗手。献花的地点在人民大会堂，献花的少先队员将同时从大会堂的每条甬道进入，穿越长长的甬道后走上主席台，给主席台上的首长献花。每条甬道的献花队伍前都有一名旗手，我是其中之一。

　　事先搞了好几次现场彩排，因为时间要卡准、队伍要整齐，几个甬道的旗手行进过程中要保持横直一条线，所以要反复演练。彩排的待遇还不错，有专门的大厅给我们休息，最后一次排练还在小电影厅招待我们看了一场电影。但最吸引我的不是这些，而是每次彩排都和我们在一起的中国人民解放军军乐团。他们的任务是在会议开始时演奏国际歌和国歌，然后在我们入场时奏乐。因为要保证乐曲的节拍和我们的脚步完全一致，所以要一起合练。

他们到底是军人啊，一举手一投足真叫整齐划一！不仅站有站姿、坐有坐姿，就连拿乐器的姿势都丝毫不差，像个机器人。最牛的是他们的指挥，居中站在最显赫的位置上，手执一根小小的指挥棒，任何一个细微的动作都会得到最严格的执行。中场休息的时候，军乐团的团员们仍然个个正襟危坐，连军帽都放得端端正正，可那位指挥全然不顾，时常很随意地往栏杆上一靠，军帽往旁边一扔，两条腿很惬意地搭在一起。更令我惊诧的是，他居然解开了风纪扣和军衣扣，半敞着怀，拿乐谱当扇子扇起来。远远望去，他年纪很轻，军衔也只是个尉官，可这时有位佩戴大校军衔的人走过去，陪着他说说笑笑。

这大概是我平生见到的第一大牛人吧，真是不可一世的牛！天下的事无巧不成书，刚好我初中毕业的时候，中国人民解放军军乐团到三十五中招生，专招初中毕业生。我动了心，到招生点领了张表，准备去试一试，一旦录取了再告诉家里。可当我回家悄悄填表的时候，被我外公偶然发现了，他特别严厉地对我说："这可不行，你爸妈指望你将来当工程师，就算你报了名你爸妈也不会同意的，快死了这份心吧！"当时我的学习成绩很好，在三十五中最后以金质奖章毕业。想来想去，确实我爸妈打死我也不会同意我报考军乐团的，于是很无奈地把报名表撕了。

1962 年 9 月，中共八届十中全会在北京召开，闭幕前的最后一项活动，就是少先队员献花。时间一到，随着乐曲我们步入庄严的万人大会堂，可当我这个旗手刚一雄赳赳气昂昂地跨进去，却冷不丁发现一群黄头发蓝眼睛大鼻子的人齐刷刷地回过头来瞪着我，恍如一群怪物！我毫无思想准备，浑身一哆嗦，手里举的少先队旗差点掉下去。原来，坐在后面几排的全是外国来宾，以原苏联华约阵营的东欧代表团为多，欧洲的共产党代表团也不少。他们一看小孩子来献花了，都好奇地往后看，岂不知差点把我吓瘫在地上！

随着乐曲我们一步步往前走，穿过长长的甬道向主席台走去。到了主席台前，旗手和护旗的女孩子站定，身后的小学生手捧鲜花跑上了主席台。当时我就站在毛主席、刘少奇、周恩来、朱德的正对面，中间仅仅间隔几米，而且毫无遮拦！我紧紧盯着正中间的毛主席和刘少奇看，发现他们的表情都很严肃，一点笑容也没有，特别是刘少奇，两片嘴唇抿得紧紧的，好像带有几分愁绪。

参加每年"十一"在天安门广场的国庆游行，也是20世纪60年代一部分北京中学的一项重要政治任务。初中时我所在的三十五中担任的是游行队伍的"和平鸽"方队，负责在列队走到天安门前时放飞成群的和平鸽。当时我是学校少先队的大队干部，每次游行都走在第一排最靠近天安门的位置上。我父亲是全国人大代表，游行时会应邀坐在观礼台上。有一次他跟我说，他居然在观礼台上看到了我，而且挺清楚。

上高中以后，伟大领袖发出了到江河湖海去游泳的号召，各个地区和单位都掀起了群众学游泳的高潮。为了体现这种群众热情，国庆游行的队伍里理所当然地增加了一个游泳方队，而有幸担负这一光荣使命的，一个是我所在的北京八中，一个是师范大学女子附属中学。前者是男校，出男生，后者是女校，出女生，组成一个近千人的男女混合方阵。

对这个方阵的要求是很高的，一是要精神抖擞，表明我们是货真价实的游泳健儿；二是要动作规范，表明我们是一支纪律严明的队伍，所以全部操练都由现役军人负责。整个方阵女在前、男在后，每一横排近五十人。数十人的方阵要想走得横平竖直，是件相当不容易的事。好在承担这个任务的两所学校都是北京市的重点中学，学生的基本素质很高，对自己的要求也很严格，所以每次操练都得到了军人教练的好评。眼看国庆一天天临近了，我们这个方阵也越来越八面威风，军人教练一个个都乐开了花。

那时候一切都讲究从实战出发，我们游泳大军的演练当然也要如此。所谓"实战"，关键是要像十一当天那样，身着泳衣通过广场。男生无非是换上小泳裤，女生那时的泳衣还没进化到今天的"三点式"，可也是无袖无裤的短款泳衣，估计只有尽量穿得少些才能让天安门城楼上的伟大领袖看出这是游泳大军吧！我们男生无所谓，可要说那些师大女附中的小女生们，从小到大都捂得严严实实的，为了表明和小资情调不沾边，平时连裙子都不穿，玲珑玉体何曾暴露过？哇，泳衣一换，那叫白啊！白花花的胳膊，白花花的大腿，一片雪白！站在后边的傻小子们何时见过这阵势？顿时全都看花了眼！

及至军人教练发出正步走的口令，方阵前面的小女生不含糊，目不斜视，直视前方，浑身上下透着一股豁出去的劲头。估计她们当时心里想的是："便宜你们这帮臭小子了，看就看吧，反正又不是我让你看的！"再看后边的男生队伍，那就真的乱了套，腿也不知往哪迈，眼也不知往哪瞅，欲罢还休的眼神四处游移，整个方阵瞬间乱成了一锅粥。看到这阵势，军人教练急红了眼，大声呵斥着："八中的，看什么看！看什么看！"话是这么说，可你也不能命令男生们闭上眼啊，所以还得看！一看怎么训斥也不管用，军人教练一个个全跑到男生队伍里来，拿着教鞭上下挥舞，恨不得每人抽一鞭子。到后来，还是一个高智商的军人首长想出了个好主意，他命令第一排的男生站好，让他们直视前方，换了个口令说："看！使劲看！往前边看，看够了算！"说实话，啥时候算是够呢？这事是没有够的！不过这样一来，男生们慢慢敢于往前看了，小心脏也不那么扑通扑通跳了，队伍也渐渐有个模样了。

当时我就是八中男生队伍中的一员，而且站得很靠前，没少往前面偷偷瞄，算是平生第一次开了眼！

正是这样几段有关大场面的小故事，给我枯燥乏味的中学生活平添了几分色彩，让我至今记忆犹新。

德木其格

1966年6月，我在北京男八中高中毕业，已经拿到了毕业证书，正准备高考时"文革"来袭，高考取消了。随着父亲被打倒，我成了"资产阶级的孝子贤孙"，剩下的唯一出路就是下乡插队，这样我就来到了内蒙古自治区锡林郭勒盟西乌珠穆沁旗宝日格斯台牧场白音温多尔分场。

天安门广场上锣鼓喧天的欢送场面尚在眼前，我们就被一路向北的大巴车送到了牧场。时逢严冬，面对塞外漫天皆白的冰雪世界，面对边地野兽般呼啸而来的凌厉北风，我们这些来自大都市的年轻人集体沉默了。入夜，蜷缩在小小的蒙古包里，盯着白音温多尔分场场长唇边一明一灭的烟袋锅子，我们静静地等待着他的安置。

分场场长的名字叫德木其格，是个地道蒙古人，世代生活在"天苍苍，野茫茫，风吹草低见牛羊"的乌珠穆沁草原。他个子不高却敦实健硕，表情冷峻却双目炯炯，话语不多却掷地有声。在暗夜中我仔细打量着他，心想这就是我迈向人生后的第一个顶头上司，他会是个什么样的人呢？

幸好，分场场部的保管员宁布会说一两句汉话，通过他半生不熟的翻译，我们终于听明白，德木其格决定把我们和弱不禁风的老弱畜一起，集中留居在分场场部。要知道，那时全场的牧民和牲畜都四散到遥远的冬草场上了，正孤立无援地和肆虐的风雪搏斗，而我们是带着"受教育""被改造"的任务来的，能被这样保护起来，真是出人意料。

所谓的分场场部，无非是白茫茫大草原上孤零零的一处低矮土房。这是整个白音温多尔唯一一处土木建筑，尽管它简陋之极，但这里有遮风挡雪的土墙，有热气腾腾的奶茶，有越嚼越香的牛肉干，还有虽然唠叨但古道热肠的老保管员宁布。当晚，当我们每五人挤在一处热烘烘的火炕上睡觉时，听着窗外呼啸的北风，一下子就有了家的感觉。

第二天清晨，疯狂了一夜的北风倦乏了，沉入了它的梦乡，四周一片宁静。这时跃然于我们眼前的，是一片雪白的世界，还有万籁俱寂的草原。这大约就是传说中的天边吧，无限纯净，无限洁白，无限辽阔。我们这些城里来的孩子深深地被眼前的情景震撼了，一个个瞠目结舌。但更令我们惊讶的是，几位照料老弱畜的牧民每人牵了一匹马，笑容可掬地来到我们面前。我们用迟疑的眼光看着我们的老翻译官宁布，当我们终于明白他们是奉德木其格之命来教我们骑马时，便一个个争先恐后地向他们走去。当我们脚蹬笨重的毡嘎达（雪地靴），身穿厚羊皮制成的皮德勒（蒙古袍），在牧民们的手推肩扛下吃力地跨上马匹时，一下子觉得眼前的视野开阔起来，几乎可以极目浩渺的远方。从那时起，这片草原对我们来说就不再陌生，我们相信自己一定会成为它的主人。

春天，万物复苏，积雪融化，嫩草滋生，"长生天"给草原带来了无限生机。这时的草原，羊要下羔，牛要生犊，马要产驹，牧民们进入了一年中最忙碌的季节。蓄势待发了一个冬天的我们，终于要上阵了。在一个牧群都安然归巢的夜晚，在一次分场牧民大会上，德木其格当众宣布，我被下放到一个老牛倌家落户劳动。

这是一对老夫妻，老爷子腰不好，上马都困难，但又膝下无子，我这个临时下包的北京知青成了他们的主劳力。春天的牛群，是一年四季中最难放养的，这倒不是因为母牛要下犊，而是春天的牧草刚返青，马和羊可以啃食，而牛是用舌头卷草吃，小小的青草卷不到嘴里，情急之下四处狂奔找青草，草吃不进嘴还把一冬残留的体力消耗殆尽，随时都有可能倒地毙命。这在草原上称之为"跑青"，是最令牛倌们头疼的。最好的办法莫过于守住牛群，不让它们乱跑。可是，乌珠穆沁草原的一个牛群少则百余头，多则 200 头，看住这个看不住那个，谈何容易！对我这个北京知青来说当然更不好办，可笨人有笨办法，我索性一天到晚不回家，忍住饥饿不回去吃午饭，死死地守住牛群。一个春天下来，我的牛群成了全分场保膘最好的，包里的老爷子高兴，牧民高兴，可德木其格却动起了别的心思。

春牧结束后，每个知青就要正式派往各蒙古包了，一去就要住上一两年。那时我已被北京知青推举为代表，成了全分场 20 个北京知青的"头"，加之在春牧中的上佳表现，分包时我成了一个重点。一上来德木其格先把我分到了一对刚成亲的牧主子弟家，说他们成分不好，需要我去当"头"。我强烈反对，说我是来接受贫下中牧农再教育的，怎么能去给牧主子弟当头？嘴上这么说，其实心里更着急的是，人家新婚小两口，我去了算咋回事啊，都挤在一张毡子上？德木其格争不过我，来了个 180 度大转弯，把我分到一个成分最好的人家——全总场唯一一个女革委会委员家。哈哈，这家更牛，一个不到 40 岁的女革委会委员，带着一个芳龄 16 岁的独生女，一共两口人！因为家里没有男劳力，她们不能包养畜群，只能做些零工，收入大打折扣。为此这位女委员争起我来毫不含糊，德木其格也正中下怀，就将此事定下来。

我又急了，吵吵着不去，可比我更急的是一起下乡的北京知青，他们纷纷跑来做我的工作，说这样一再对抗牧民的决定不好，要我端正态度。最后实在争执不下去了，我只好对前来做工作的北京女知青说："请你们替我想想，我这个 20 岁的大小伙子去了以后怎么睡，是睡在她们两人中间吗"听了我这话，两个北京女知青憋了个大红脸，再也不说什么了。这两位女知青毕业于北京著名的女子中学，可以说此前除了家人和老师外，从未接触过其他异性，我打心眼里相信，她们当时真的没有想到这一层。

几次三番折腾下来，我被分到一个孤儿寡母的贫困牧民家。那家的孩子当年十三四岁，名叫小奥玛，额吉是个 50 多岁的孤老婆子，奥玛是她抱养的孤儿。我的到来，使他们脱离了打零工的弱势群体，正式包养了一个牛群，我也成了游牧在草原上的地道牛倌。

事后我和德木其格成了好哥们儿，每当说起这段往事，我都夸大其词地说，我和他的相识是从他变着法儿整我开始的。他也不忌讳，呵呵笑着说："你是知青的头儿，我就是要把你放到最困难的地方去嘛！"看着他貌似狡黠的目光，我禁不住哈哈大笑起来。

在小奥玛家放了两年牛，牛群的规模不断扩大，小奥玛也很快成长为一个彪悍的大小伙。我把牛群交给了小奥玛，受领了牧民交给我的又一项重要任务——担任白音温多尔的专职马倌。那是

"文化大革命"如火如荼的年代，一切特权均在扫荡之列，可在这茫茫大草原上，马倌的特权却一点没受影响，他们仍然享受着与生俱来的两大特权：一是可以在马群中为自己挑选最好的马匹，二是可以"看人下菜碟"地把新压好的生个子（小马）分给不同的牧民。俗云"人比人气死人"，马又何尝不是这样呢？所以，要想得到一匹好马，就必须跟马倌搞好关系。在这里，长大后当个威武潇洒的马倌，几乎是每个蒙古小伙子从小就有的梦想。可谁料想，这样的荣耀竟然降临到一个地道北京知青的身上。在所有来宝日格斯台牧场的北京知青中，我是第一个获此殊荣的。这是一个标志，表明北京知青和牧民间的最后一道界垒已经冲垮，表明北京知青已经获得了德木其格和白音温多尔牧民的充分信任。

1971年3月，原宝日格斯台牧场白音温多尔分场正式转入内蒙古生产建设兵团，改制为兵团五师四十三团三连。这是个纯牧业连，德木其格被任命为主管牧业的副连长，我则被任命为这个牧业连中唯一一个战士排的排长。从那以后，我们各管一摊，彼此的交往少多了，但我们的心却一天也没有离开过——因为我实实在在离不开他呀！

房无一间，地无一垄，就要在大草原上凭空组建起一个五六十人的战士排来，谈何容易！房屋没有可以自己建，可怎么才能保证十六七岁的小姑娘、小小子的体力和健康呢？这就要靠德木其格了！肉食的保障供给是不用说的，定时定点的源源不断，弄得我们三连在全师美名远扬——三连的伙食是最好的！更可爱的是，德木其格听说战士排的体力活过重，身体消耗过大，特意吩咐两个蒙古额吉牵着十头上好的奶牛住到了我们附近，天天早上挤新鲜牛奶给我们喝。这是何等高贵的待遇啊！每当看到战士们乐滋滋地喝着香甜的鲜牛奶时，我心里那个乐啊，不知把德木其格暗暗夸了多少遍！

那个年头，出身是决定一切的，而我出身"资产阶级知识分子"，不要说入党了，连个团也入不上。再加上三连指导员给我扣了个搞"独立王国"的帽子，把我打入了另册，我就更不做非分之想了。可是，连我自己都认命了，德木其格却不认，他上下奔走呼吁，甚至带领三连的全体牧民党员去团部请愿，最后终于解决了我的组织问题，而且毛遂自荐地做了我的入党介绍人。

自从上大学，我就和德木其格断了联系，加之大学毕业后分到外地工作，一去十四五年，彼此音讯全无。但我听说，就在这十几年中，居然有不止一人打着我的旗号去找德木其格要羊，而精明过人的德木其格竟从不加甄别，二话不说就把好羊批给来人。唉，要不是做这事的人良心发现告诉了我，到现在我都还被蒙在鼓里呢！

1990年年底我调回北京，某一日正在单位主持中层干部会，突然接到一个电话，话筒里呜哩哇啦的一串蒙语，把我整个人说蒙了！我赶紧调动大脑里的蒙语库存，终于听明白是德木其格率领一群牧民到北京来了！好家伙，我扔下电话，二话不说宣布散会，箭一般蹿出办公室，直奔火车站而去！

这是我们时隔20年后的重逢，此时德木其格已经荣任宝日格斯台乡的乡长，这次他是带着十来名牧民代表来为草场的划界问题上访的。这之后他又来过三次，都是为草场问题率团上访。他每次来，我都丢下一切工作陪他，在单位里落了个"只要插队的老牧来，王馆长就不管工作了"的恶名。我可顾不得那么多，只要他来，我就第一时间赶过去，既安排生活，又出谋划策，还通过关系把他的上访材料递进了中央机关。

无论如何没想到，这样一个主政一方的人物，晚境却一度很凄凉。这是在我独自去牧场看望他时偶然发现的，那是 1998 年，德木其格已经退休，我孤身一人重返宝日格斯台。故友重逢，我和德木其格都欣喜异常，德木其格还特意在乡里唯一一家小餐馆为我接风。宴席完全是蒙古式的，一个手扒肉，一个山上刚摘的新鲜蘑菇，但都是盆装，满满两大盆，外加几碟小凉菜。从不沾酒的我那天气冲斗牛，一连干了好几杯。正兴高采烈间，忽听餐厅后厨传来争吵声，仔细聆听，原来是德木其格请求赊账，餐厅老板不肯，双方争吵起来。我急忙跟陪坐在一旁的人打听是怎么回事，这才知道原来德木其格升任乡长后进入了公务员序列，由旗财政发工资，但西乌珠穆沁旗那几年财政困难，退休人员的工资一直发不出。加之他不能像牧民那样包草场、包畜群，一时间没了任何收入，只能靠替他哥哥养几匹马勉强度日。当我听说这样一个顶天立地的蒙古汉子竟也有如此窘迫时，一下子惊住了，情不自禁地泪崩如雨。我倾其所有地给了他一个红包，然后赶紧掩面跑出了小餐馆。

2004 年夏，他带侄子、嫂子到北京给侄子看眼疾。接到他的电话我高兴极了，很自然地问："您到北京来的消息别的老知青知道了吗？"他说："我打了几个电话，他们都说最近很忙。"这话大出我的意外，我马上说："没关系，我不忙，您等着，我马上过去。"随后几天，我一直随侍在德木其格身边，事无巨细地帮他打点一切。我想，就算我再无能，也要像他在牧区是我们北京知青的坚强后盾一样，做他在北京的坚强后盾。临分手时我又塞给他一笔钱，他特爷们儿地收下了，一点也不推辞，就像亲兄弟一样。我问他，现在事情都办完了，北京的老知青要不要见一见，他淡然地说："他们都很忙，就不要打扰了吧！"

最后一次见德木其格，是2012年7月我回牧场。那年他75岁，三年前得了中风，已经离不开轮椅了。疾病缠身的他早已失却了往日的风采，话也说不清楚了，见到我时只高叫了"王光镐"三个字，就任由热泪默默地潸然而下……

德木其格，你不仅是我初涉人世的第一个顶头上司，也是我人生最好的老师！你教会了我什么是男子汉的睿智和果敢，你让我领略了草原民族宽阔的胸襟和气度，你鞭策我一生都要去尽力维护民族的团结。2014年11月，你默默地离开了我们，远在北京的我们事后才得到消息。但是，德木其格，我还会去看你的，我一定会择日重新踏上回去的路，在茫茫大草原上找到你那个小小的坟茔，在冢前再和你同饮一樽马奶酒！

马背上的歌

　　草原上的古老传统是，一切大事由牧民代表公开议决，有点像氏族内部的氏族会议。这种会议没有固定地点，游徙到哪片草场就在哪片草场较为居中的蒙古包里召开。因为要等畜群归巢，等一天的放牧生活料理停当，此类会议一般安排得很晚，召开时往往已经入夜。这时，一些在牧民中颇有话语权的代表从四面八方汇聚拢来，簇拥在一个小小的蒙古包里，围坐在一盏孤零零的油灯下，竞相燃起自己的烟袋锅子，会议就开场了。自从在小奥玛家包养了一群牛，我也成了这个"氏族会议"的法定成员，成了这种会议上为数不多的知青代表。那时我的蒙语已基本过关，既能用蒙语和牧民交谈，也能听懂他们各种戏谑和调侃的语言，在会上也时常发表一点自己的看法。

　　那是1968年的秋冬之际，有个蒙古族马倌放丢了二十几匹马，怎么找也找不回来，估计是跑到境外去了。这是一起严重的生产责任事故，于是德木其格紧急召开了一次牧民代表会议，商讨对他的处理并决定由谁来替换他。我虽然到会了，但心想这事和我一点关系都没有，就找了个油灯照不着的角落盘腿坐下，眯着两眼休息。

之所以说和我没关系，是因为草原上的人都知道，马倌是个特殊工种，既要有人们公认的特长，又享有人们默认的特权，就连当地的蒙古族小伙子都竞争不上，我们这些北京来的知青就更是沾不上边了。

要说马倌的特长，无非是骑马术过硬、驯马术过硬、套马术过硬。至于特权，虽然有规定说承包牛群、羊群的人家可以配备 2-3 匹坐骑，马倌可以配备 6-7 匹坐骑，可谁都知道，马倌的坐骑是无法计数的，因为他承包的马群少则一百多匹，多则二百多匹，几乎想骑多少就有多少，而且专拣好的骑。此外，牛倌、羊倌能配备什么马，都是达日嘎（领导）来跟马倌商量，换句话说，要想得到匹好马，还要看马倌的脸色，这在草原上可是个了不得的权力！正因为马倌的地位特殊，他们在乌珠穆沁草原上享受的又一个特权是，无论放马走到哪里，都可以随意进入任何一个人家，而这户人家必须管吃管住，好生招待！

对原马倌的罢免和处罚决议很快通过了，但让谁来替换他的事情却久议不决。我蜷缩在角落里听牧民们有一句没一句地议论着，渐渐有了倦意，想小睡一会。正迷糊间，忽然听见有人念叨我的名字，一下子惊醒过来。我竖起耳朵细听，居然有人提名我来接手这个马倌！哇，乖乖，这可是破天荒的事啊，我能行吗？当然不行，这是拿我打趣呢！我静静地听着，没过一会儿竟然有人表示同意，紧接着又是一阵沉默，蒙古包里只剩下了不紧不慢吧嗒烟袋锅子的声音。当时乌珠穆沁草原上的牛群和羊群都是家庭承包，一户人家包一个畜群，马群则不由家庭承包，而是由两个青年马倌承包。大家明白，之所以没人吭声，是因为在等这个马群的另一位马倌发话。

终于，经过深思熟虑，那位马倌慢条斯理地发言了。他有板有眼地陈述了几个理由，最后的结论居然是——我看王某某行！一看生米要煮成熟饭，我才真的急了，马上表态说我不行，而且是真的不行！我也有板有眼地说："论骑术、驯马术、套马术，我都还没入门呢，怎能担此重任？"这时一位老牧民笑嘻嘻地冲大家说："王某某的骑术我见识过，有一次压生个子，有匹烈马谁也驯不服，他骑上去也折腾得厉害，可他一边牢牢地钉死在马背上，一边大声叫着'赛麦日（好马）'！"说完后这位牧民笑了，大家伙也都笑了。看时机成熟，德木其格一语定乾坤地说："好！就是他了！"听那语气，好像德木其格早就成竹在胸了。

我对自己的骑术是心里有底的，这位老牧民说的就是明显一例。那次驯的是一匹铁青色的生个子，虽然只有一岁多，但长得很壮实，体型很健硕，线条也很俊美，脖子一扬威风凛凛！可它就是性子太烈，谁也驯不服。我看好几个人都被它扔下来了，年轻人不服输的劲头上来了，也想上去试试。那次是骒骑，没有备鞍子，上去后那马一个劲地尥蹶子，越蹦越高，我骑在马上觉得特别刺激，就不由自主地高喊了一声"好马"！孰料这匹烈马看甩不下我，居然双蹄凌空，整个身体向后栽下来，试图拍死我！这一招够狠，幸亏我反应灵活，身体滚向一边，才没被它压住。可惜的是，好端端的一匹马，因为无人能制服，最后卖给了内地。到了内地，那就是套大车的命了，再烈的马也会被使唤得连喘气的劲都没有的。

草原上的人崇尚英雄，崇尚勇士，而驾驭烈马、野马，就是蒙古勇士的天职。接手马倌的活后，压生个子和驯化各种烈马便成了我的一项本职工作。所谓"生个子"，就是年满一岁多尚未驯服的小马，而马倌的任务就是把它们制服，让它们乖乖地供人乘骑。调理得好的马应该做到性情温顺、步法稳健，人骑在马上感到舒适，绝不咬人、踢人。这个标准其实不低，够马倌驯化一阵子的。我接手的马群有180多匹，处在育龄阶段的母马约占四分之一，每年春天产的小马驹不下三四十匹。这就是说，每年我和另一位马倌经手的生个子就有这么多。其中老实一点的会交给其他牧民去驯化，桀骜难驯的就要留给自己。

给生个子压第一鞍的程序是，先把它从马群里套住，然后两个壮汉子上去揪住它的耳朵或抱住它的头，用蛮力把嚼子勒进它嘴里，把笼头戴好，这时压生个子的人就要翻身上马了。如果能强行备上马鞍固然好，但往往马匹折腾得厉害，备不上鞍，那就只能骣骑了。压生个子的人一旦上了马，前面两个壮汉就要松开手，剩下的事情就听天由命了。大多数生个子尥尥蹶子也就老实了，可真有那不老实的，会豁出命来跟你斗。我碰上的最犯坏的生个子有故意往水塘里跳的，想着要淹死你；也有专往树林里钻的，想着要刮倒你，总之千方百计要把你扔下来。不过人的力量和智慧总是稍胜一筹，像那匹铁青马一样治不服的生个子终归是凤毛麟角，100匹里难得有一个。

如果遇上死不认的烈马，马倌们还有一个轻易不用的狠招。那就是几个马群的马倌凑在一起，分别把守住马群的不同方位，一个人赶那匹烈马狂奔，其他马倌从适当角度套住马脖子或马腿，用巧力往斜刺里一拉，奔跑的马就会在瞬间失去平衡，接连摔在地上打几个滚。接着继续赶、继续套、继续滚，直到这匹马躺在地上再也爬不动为止，这样它就算被彻底治服了。当然这匹马很容易在被修理的过程中受伤，瘸上一条腿，所以这个招数轻易不会用。

当时白音温多尔分场共有5个马群、10个马倌，管理着上千匹马。这十个马倌是个独立群体，一旦有什么事了就会互相招呼、互相帮助，像驯化烈马这类事情就是这样的。在当了马倌后，我的套马技术日益精进，马群里的马说套哪个就套哪个。但像上面这种整治烈马的活动，对套马动作的要求极高，其精准性、技巧性和力度都要臻于完美，则是我望尘莫及的，只能在别的马倌玩得欢实时在一旁作壁上观。

还有一件事我也只作壁上观，那就是每年骟马时马倌们专享的"饕餮大餐"。按照牧区习惯，每年秋膘正肥时要把马群中长出四齿的马骟掉，称为去势，也就是阉割它的睾丸。骟掉的马匹矫健勇壮，体力更好、耐力更强，也更耐得住风寒，所以必须把除去留作种公马之外的公马统统骟掉。每逢骟马时节，各马群的马倌就会聚到一起，既互相帮忙，也共同享受他们的特权。他们的特权是，马匹的睾丸在草原上被视为珍稀美味，据说能强肾壮阳，可只有马倌们才有这口福。他们都是当场骟完就当场食用，或者稍微炙烤一下，或者干脆生吃，大口大口地就着烈酒饕餮一番。这时周围反正没女人，这几个马倌喝到兴头上就会相互打趣，说今晚准备去睡哪个女人。他们多次劝我吃，有几次甚至拿到嘴边逼我吃，可我实在是无福消受，一概拒绝了。

我管理的这群马相当一个"氏族"，包括了13个家族。在马群中，每匹没骟的种马（俗称儿马子）都会把只属于它的母马及它们的幼崽圈在一起，形成一个"家族"，而我这个马群一共有13匹种马，于是便有13个家族。马群实行的是"一夫多妻制"，即每匹种马都有不止一匹母马，越彪悍的种马霸占的母马越多。最惨的是被骗了的公马，好像阳根断了血缘也断了，常被种马毫不留情地逐出"家门"，成为无家可归的散兵游勇。这13匹种马的家族是各自独立的，它们虽然同属一个马群，但彼此并无联系。

这样问题就来了，就是我这群马常常会分散在各处，甚至散在十几个不同的地方，圈起来很费劲。一般夜色降临前我会把马群安放在一个选择好的草场上，第二天凌晨再去圈到一起。如果选择的草场有马爱吃的草籽，如果当晚没有大风，如果狼群没有来袭，这群马会在离头晚放置的草场不远处静静地吃草，一般范围不超过十里。但如果出现了上述情况，那就没谱了，跑出个几十上百里是常有的事，而且彼此分散得很远。我放马时没少遭遇这种事，凌晨起来四处找不到自己的马群，只好先在头晚放牧的地方寻找新鲜马粪和马蹄的踪迹，然后循着踪迹不断向远处搜寻。正因为常有此类事情发生，乌珠穆沁草原才有了那条不成文的规定，即只要是马倌就不管走到哪里都可以随意吃住。

刚好有一次遇上这样的长途奔波，找到马群时天已黄昏，我的坐骑经过一天的东奔西跑早已累得迈不开腿。好在找到马群了，我赶紧换马，但套上我要换的马匹后，被套的马突然发力前冲，而胯下的马却纹丝不动，手中紧攥的套马杆一下把我从马上拽下来。在马群里最怕的就是人马分离，因为无人乘骑的带鞍马会把马群惊吓住，而受惊的马群会狂奔不止，到那时，没了坐骑的马倌就真是"叫天天不应，叫地地不灵"了。当时的我就是这样的，幸好马群还没被惊跑，幸好套马杆还在我手里，可这又怎么样呢？莫非徒步套马吗？那无异于天方夜谭。

正无可奈何间，一匹熟悉的马映入我的眼帘。这是一匹很漂亮的枣红马，是我套马用的"杆子马"之一，速度快，后坐力强，骑它套马特别得心应手。可它是匹母马，现在正怀着大肚子，很快就要临产了，怎么能骑呢？但事到如今，我已别无他法，姑且试试看吧。于是我手执套马杆，蹑手蹑脚地走过去，试图趁它不备时徒步套住它。但快走到它身边时它转过头，静静地看着我，仿佛在告诉我它早有防备。我不敢再靠近它，一屁股坐在地上，用心语对它说："亲爱的马儿啊，帮帮我吧，我今天实在是没辙了！"它好像听懂我的话了，脖子上下摇晃着，似乎是在表示同意。果然，当我再一步步靠近它时，它站在那里一动不动，静等着我把它套住。我抓住它后翻身上马，骈骑在它身上，先一杆子套住了带鞍的马，再一杆子套住了要换的马，终于在天黑之前把马群赶回了家。

第二天，蓝天白云，艳阳高照，草原上一片翠绿。可最美的景致不是这些，而是当我来到马群时，竟意外发现昨天我骑的那匹杆子马已经顺利下崽了，一匹同样枣红色的小马驹正步履蹒跚地跟在它身后，它还时不时回过头来慈爱地舔舔小马驹。哇，各位看官，真的是第二天啊，这说明我刚刚用它套了马后不久，它就下小崽了。老天保佑，"母子"平安，这着实让我从心底里感激了半天蒙古人崇信的长生天！

坐骑救我于危难的事迹并非仅此一端。另外一次是在放马途中遇到一处很陡的山坡，我一时心急就策马攀登，岂不知爬到大半截时山势实在太陡了，而山上的碎石越来越多，马蹄止不住地打滑。我往下看了看，如果我此时翻身下马，坡陡得完全站不住，而且脚踏碎石会连人带马翻下山去。别无出路，我只能拿鞭子使劲抽着马匹努力往上攀。最后马匹拼尽全力终于登到了山顶，我从山顶往下一看，禁不住头晕目眩。这时的我什么都顾不得了，忘情地搂住了大口大口喘粗气的马，庆幸我们这对生死伴侣共同逃过了一劫。

再有一次也是放马途中，遇到了一个大水塘子，我毫不犹豫地骑着马往里蹚。乌珠穆沁草原干旱少水，一般的水塘子都很浅，所以我想都不想就跨进去。可没料到这个水塘很深，马一进去就扑通一下陷进去了，水一直淹到我胸口。我试着翻身下马，可被脚蹬子缠住了，脱不了身。眼见得人和马就要淹进这深不可测的水塘了，我只能拼命磕打马肚子，催马往前走。这匹马也真争气，硬是从深潭里浮出来，把我带上了岸。从那以后，我才真的相信了马会游泳。

另一次是冬天，我从分场部往冬草场赶，途经一个无人的荒山。

那里不仅没有人迹，就连飞鸟也没有，只有平地几尺厚的漫天白雪。我独自一人骑马走着，突然间，光天化日下不知从哪里蹿出了两只野狼，团团围住了我。野狼不到万不得已是不伤人的，而一旦它向人发起进攻，那就真是饿疯了，什么都顾不得了。现在我面对的，就是这样两只狼，它们迫不及待地冲上来，而我唯一能够用来抵御它们的，就是我胯下骑的马。马的攻击性肢体主要是四蹄，现在我的马就在不断转着圈子用后蹄踢这两只野狼，居然也踢中了几次。其中一只阴险的野狼绕开了马匹的后身，朝我的前方扑来。千钧一发之际，我下意识地举起手中的马鞭，狠狠朝那只扑向我的野狼的眉心打去。想不到这一击竟如此致命，那只野狼向后扑通一声栽下去，另外那只野狼也一时愣住了。说时迟那时快，我骑的马匹趁这工夫疾速飞奔起来，瞬间从野狼口中逃脱了出来。

需要说明一下的是，乌珠穆沁草原的马鞭都有一段二三十厘米长的木柄，这木柄一般是用坝前产的上好红木制成的，硬度极强，另外再在两头镶上银箍。木柄的下面有一段长约三十厘米的鞭子，是用多股生牛皮编成的，有大拇指那么粗。抽马的时候是用牛皮鞭子，可那天打狼的时候我是手持鞭子用红木柄打的，这木柄朝着眉心狠狠砸下去也是够厉害的。

世界上的很多事情是无法复制的，我这次打狼的经过就是如此。我不能解释为什么我会急中生智地用马鞭击打野狼，我不能解释为什么我能准确无误地击中它的眉心，我不能解释为什么另外那只狼会因此裹足不前，我甚至不能解释为什么逃离困境时胯下那匹马会跑得如此飞快。但是，整个过程就是这样的，既无法复制，也无法解释，而唯一能解释的是，我和那匹马又一次死里逃生。

我和马的深厚情谊，最后都凝聚到一匹小黑马的身上。乌珠穆沁的马匹都没有名字，我这匹小黑马也没有名字，我只是按它的毛色简单地称它为"哈尔麦日"，译成汉语就是"黑骏马"。它是我马群里的一匹小公马，浑身乌黑发亮，不仅毛色好，体型也好，细溜溜的身材健硕的肢体，跑起来四蹄腾空，身轻如燕。刚下小马驹时我就一眼相中了它，然后利用马倌的特权留下了它。从压生个子起，我就不准别人碰它，以后也都只有我骑，谁想试着骑一下我都不让。时间长了它就认识我了，只要我对着马群大喊一声"哈尔麦日"，它就会脚步轻盈地向我跑来，到我身边轻轻地用头摩挲我。我不否认我对它的偏爱，凡是劳累活从不派它，只有到总厂办事或开会时才骑它。它性子急，只要我一翻身上马，它的马头就高高扬起，巴不得一下子蹿出去。我轻易舍不得它跑，于是勒紧嚼口，它就在人们的啧啧赞美声中轻盈地踏起碎步，如同在跳华尔兹。而一旦我松开嚼口，它就会即刻提速，飞一般冲出去，把同行的伙伴甩出好几里。

我不想说我离开草原时是如何去向它告别的，其情其景惨烈之极，不堪回首。回到北京后，几番梦回草原，而在梦中一次次轻盈地向我跑来的，就是这匹乌黑发亮的黑骏马！

"遥远的天边掠过黑骏马，黑骏马伴我走天涯。我问天空那燃烧的云霞，他可知美丽草原我的家。

千山又万水，我的黑骏马，听我说说心里的话。走过几度春秋与冬夏，最思念美丽草原我的家。"

谨以此歌，遥祭我梦中的黑骏马！

娜索斯塔

那是我当马倌的时候，一个寒风刺骨的冬天，我的马群顺着凌厉的北风跑出去了很远，一直跑到了一个白雪皑皑的无人区。等我找到马群时，早已是人困马乏，肚子也咕噜咕噜地叫起来。人虽然不能休息，可胯下的马是要休息的，到了马群后我赶紧换马。可当我刚刚套住一匹马，它在跑动时无意间撞到了一匹儿马子，那儿马子毫不客气地掉转屁股狠狠踢了它几脚，惊得这匹马突然转身向我的斜后方奔去。这种情况是防不胜防也无法可防的，我毫无悬念地被那匹套住的马拽到了地上。落地的一瞬间，我很清楚在这人迹罕至的地方，豁出命去也不能把套住的马松开，更不能把手中的套马杆松开，否则就只有等死的份儿了。可谁知，因为我套的马是斜向狂奔的，我的套马杆一下子从中间折断了。我竭尽全力攥住的套马杆头，顺势狠狠向我心口戳来。

我当即昏死过去，昏死在这杳无人迹的雪地上。一个钟头、两个钟头……随着时间的流逝，我的生命也在流逝。如果再过一会儿，我的一切就将在这里提前终结了。

当我再睁开眼时，已经整整昏迷了一天一夜。我吃力地打量四周，发现我躺在一个小蒙古包里，旁边守着一个女孩子。"额吉，他醒了！他醒了！"我身旁的女孩惊喜地叫着。一个中年女人弯腰从外面走进蒙古包来，也一脸的惊喜。我努力抬起上身，想跟她们打个招呼，旁边的女孩赶紧扶住我说："别，别，好好躺下。"我这一动，才感到胸口特别的疼，只好又乖乖地躺下了。这女孩用勺子喂我喝了点奶茶，随后又喂我吃了一碗面条，我这才感觉身上舒服了点，可胸口仍然火辣辣地疼。

通过她们的叙述，我才知道这女孩叫娜索斯塔，今年17岁，那个中年妇女是她母亲，没说多大年龄，大概不到40岁吧。娜索斯塔快言快语，抢着告诉我说，前天刚好她们家没有面粉了，她赶着牛车到五十里外的小集镇去买面。路过一处小山岗时刚好她内急，下来方便时突然发现岗子下的洼地上躺着一个人，手里还拿着半截套马杆。她急忙拉着牛车跑过来，想把我抱上牛车，可怎么也抱不动。于是赶紧掉头回家，叫来了额吉和几位乡亲，把我抬回了家，还请一位马倌帮我把马群赶了回去。

真是天不绝我啊！我眼含泪花感激地望着娜索斯塔。如果不是她去买面，谁能在这大雪天路过那无人区呢？如果不是她内急，怎么会注意到路边洼地里躺着一个人呢？如果不是她好心，我怎么能得到如此及时的救助呢？娜索斯塔，是你救了我啊！

娜索斯塔正当妙龄，粉红的脸庞红嘟嘟的嘴，一头乌黑的秀发扎在后面，两只大眼睛忽闪忽闪的，特别有神，是个不折不扣的小美人。仔细看去，她的眼瞳还带有一点似蓝似绿的颜色，特别好看。她说她和母亲都认识我，知道我是北京知青，还知道我的名字。她掀开我的皮被褥，让我看我的胸口。我低头一看，我整个上身赤裸着，当胸贴着一个蒙古喇嘛医的大膏药。娜索斯塔用手轻轻抚摸着我的胸口，心疼地说："流了好多血哦，一定很疼吧？"我点了点头，她那双碧蓝碧蓝的眼睛马上沁出了晶莹的泪花，反倒弄得我不好意思了。

在蒙古包里，人是睡在地上的，铺个毡子就是床。开始时我躺在地上，娜索斯塔照顾我时总是跪在我身边，喂我吃东西时就要弯下腰，很不得劲。第二天我感觉稍好了点，就坚持自己坐起来吃饭，娜索斯塔一见赶紧爬到我身后，让我把头靠在她身上。我感觉我的头正好枕在她柔软丰满的胸脯上，瞬间羞红了脸，忙不迭地想把头抬起来。结果被她按住，只听她说："你的伤口还没好，不可以乱动哦，乖乖躺好。"我从来没有和一个少女的身体如此亲密地接触过，更没有体验过头枕在少女胸脯上的感觉，不禁羞得满脸通红，整个身子也都僵硬了，一动不敢动。娜索斯塔到是满不在乎，嘻嘻哈哈地打趣我说："怎么样，这样靠着很舒服吧？"她额吉也在一边呵呵地笑。

很早就听说，蒙古牧民的姑娘都很早熟，当地的风俗也很开放。下乡途中路过锡盟首府锡林浩特，锡盟的革委会主任就跟我们说："我是解放内蒙古时进驻锡盟的，当时我们下到牧区检查军纪，牧民老乡给我们提意见说，你们解放军什么都好，就是见了我们的姑娘老是躲。"后来到了插队的地方，和当地牧民接触多了，才知道这里的姑娘一般十七八岁就出嫁了，而且嫁人时最光彩的莫过于抱个亲生娃娃，以示自己的生育能力强。

至于结了婚的女人，那就更不在意了。我因为是独身的牧马人，一天到晚在外面跑，这种事就见识得多一些。说个无伤大雅的事吧，我放马时住在一个放羊的男知青包里，但马草场和羊草场不在一个地方，我每天往返于两地之间，确实疲于奔命。于是好几个蒙古马倌劝我，让我住到他们家里去。可这些马倌都是年轻人，他们的老婆当然也是年轻人，我觉得不方便，就一概婉言谢绝了。其中一个年轻马倌见多次劝说无效，索性把话摊开来对我说："你不就是担心和我老婆有那事吗，告诉你，有也没关系！"哈哈，瞧这话说得，够完全彻底的了！顺便说一句，他老婆也是本地有名的大美人呢！他说完这话后有一次我去他家喝茶，只有他老婆一人在家，见了我后居然满脸通红，低着头不敢看我。我想肯定是那位老兄跟他老婆嘀咕了些什么，或许是交了什么实底吧！

想着这些当地游牧民的习俗，我不由得心想，这几天住在娜索斯塔家，不会也整出点啥故事来吧？仔细观察娜索斯塔，她除了总是故意让我把头靠在她胸脯上外，别的到是没啥异样。几天下来，她一直那样百般周全地照顾着我，整天都把笑容挂在脸上，高兴了还哼几句蒙古长调。唯一让我不解的是，有时她竟无缘无故地哈哈大笑起来，笑得喘不过气，笑得直不起腰。看我满脸的莫名其妙，额吉解释说："这个小丫头，满嘴胡说八道，非说你是她小便时生出来的！"

住到第五天头上，我感觉好些了，提出准备回去。娜索斯塔一听急了，腾地站起身摔门出去。额吉也叹了口气，特认真地提醒我说："你看，娜索斯塔生气了！"我心里想，那又怎么样呢，我总不能一直住在这里吧！当天晚上，我们三人躺在一个小小的蒙古包里，各自想着各自的心事。听见额吉和娜索斯塔在被窝里嘀嘀咕咕，可一点也听不清说什么。过了一会，这娘俩看来是实在睡不着，爬起来生火煮茶，然后端起碗喝茶。我从油灯底下悄悄瞄了一眼，只见娜索斯塔身穿一件单蒙古袍，两条白皙的大腿赤条条地裸露着，在灯光下显得格外刺眼。我的眼睛像被火炙了一样，赶紧翻过身去，头冲外假装睡着了。又过了一会儿，这娘俩谁也不吱声，悄悄叹了口气，也吹熄油灯躺下了。

第二天上午，约好来接我的知青马上就要到了，可娜索斯塔仍然紧紧拉着我的手不放。她红着脸急匆匆地对我说，她已经在前不久和他乡的一个小伙子定了亲，很快就要结婚了。可她不想走，因为一旦她出嫁，就要到很远很远的地方去，这里就只剩下额吉一个人了。她说她希望我留下，希望我们三个在一起。这些话几十年来就是这样刻在我脑子里的，因为她当时就是这么说的，说得如此直白，说得如此坦率。后来我还想，如果她真想留住我，为什么要把已经定亲和即将结婚的事告诉我呢？这就是蒙古族姑娘，心地极其纯洁善良，一点多余的心思也没有。当时她说这些话的时候身子紧挨着我，而且向我倾斜着，两眼直视着我。可我不敢看她的眼睛，也不敢看她的脸庞，因为我不知道该怎么回答她。

最后我还是走了，在娜索斯塔充满哀怨的眼神中一步步走了。过了没两月，就传来了娜索斯塔要出嫁的消息。我策马飞奔，不请自去，没有送牛，也没有送羊，只送了额吉一个大大的红包。我想见见娜索斯塔，给她一个祝福，给她一个微笑，可她总躲着我，看见我走向她时就故意把脸别到一边去。

这丫头，看来真是生我气了！

由于娜索斯塔救助及时，我胸口的伤很快痊愈了，我又开始了我的马倌生涯，终日驰骋在马背上。直到上大学体检，照胸透的大夫才告诉我，我胸口左侧的第三根肋条断过，后来自己愈合了，留下了一个硬节。这节，就是当年胸口的伤。

这么多年过去了，娜索斯塔，你心口上的节愈合了吗？

人狗情缘

我这一生，除了跟各种各样的人打交道，就是跟狗结缘了。

1967 年 11 月 23 日，到达下乡插队的西乌珠穆沁旗宝日格斯台牧场的第一天，凌空杀出来"迎接"我们的，就是草原上无处不在的牧羊犬了。我们这些北京来的知青哪见过这阵势，肯定有不少当场吓尿的，只是不好意思说罢了。我也吓得够呛，知道不能跑，只好傻了似的站在原地一动不动。好在乌珠穆沁的牧羊犬很听主人话，只要主人冲它一吆喝，它就知道这是家里来的客人，马上乖乖地闪到一边去。

但也有例外，我还碰到过不止一次。那是很久以后的事了，有一次我去临近的蒙古包，因为相距不过三四百米，懒得备鞍骑马，就独自亚巴干（步行）前行。原以为这是经常来往的人家，并不陌生，狗也不会把我怎么样。可没料到，及至走近，主人迎出来的动作稍稍慢了点，护家的狗就冲上来死死咬住了我。那是寒冬腊月啊，我穿着厚厚的蒙古袍，可这凶猛的牧羊犬居然隔着蒙古袍把我的大腿咬开了花！那血流得，几乎要把狗的主人吓晕，而我只好强忍疼痛，装出一副大无畏的样子使劲夸这狗忠诚。这次的不幸遭遇，给我的左侧大腿留下了一个深深的狗牙印，至今仍清晰可见。当时条件有限，只涂抹了一点蒙古大夫自制的止血药。后来很长时间都担心留下狂犬病的后遗症，幸好没有，这才苟延残喘地活到今天。这之后又被狗咬过两次，但都没有头一次厉害。

乌珠穆沁的牧羊犬一般是自行交配、自然繁衍的，故而杂交的多，纯种的少。但它们统一的风格却是忠诚勇敢，耐寒易饲养。它们可以长时间蹲守在营地旁边，特别是在苦寒的冬天，在北风凌厉的夜里，它们会很自觉地把住上风口，一丝不苟地守护着畜群。它们对主人很温顺，对陌生人却很敌视，称得上是立场坚定、爱憎分明。对于世代游牧的乌珠穆沁蒙古人来说，这些狗不是畜生，更不是宠物，而是须臾不可离的生死伙伴。

当我们开始独立放牧时，便有了自己的牧羊犬。它们有的是牧民从上好的狗崽中挑选出来的，有的是我们自己认养的，但都在它们刚刚断奶时就赶紧接过手来，以保证它们从小就认定我们是它的唯一主人。那时我住的蒙古包有三个男知青承包着一群羊，而我是独自放马的，四人合住，一共喂养了三条狗。这三条狗各有各的性格，最后也各有各的命运。

其中有一只是小巧玲珑的母狗，小到卧在高一点的草丛里就啥也看不见，名叫阿尔瑟楞。它一身银灰色杂毛，活泼可爱，既会看家护羊，也会扑到你怀里逗你玩。此外它还有一绝，就是特别喜欢跟我一起放马，而且真能帮上大忙。

草原上的马群都是散养的，不仅没有马圈，更不喂马料，马匹只靠漫山遍野的青草果腹。为了防止它们在夜间跑散，马倌都要迎着晨曦的微光即起，踏着露水，迎着薄雾，循着新鲜的马粪踪迹尽快找到马群。而每当天边刚刚发白，我揉着惺忪的双眼翻身上马去马群圈马时，乖巧的阿尔瑟楞就会冷不丁蹿出来，欢蹦乱跳地追着我一路同行。当马群远远出现在前方，聪明的阿尔瑟楞就机敏地隐身草丛，箭一般向马群飞去。及至飞到马群前，阿尔瑟楞便会突然漂亮地凌空一跃，刹那间把浑然不觉的马群吓一大跳。受了惊吓的马群会下意识地向一起靠拢，很快聚成一堆，于是在阿尔瑟楞精彩的一飞一跃中，我圈马的任务也就轻松完成了。

按说阿尔瑟楞的主要职责和另外两条狗一样，是在家里看守羊群，不该在羊群没出家时就跟着我出去游逛。可我怎么也赶不走它，即使我挥舞长长的套马杆向它示威，把它往回家的路上赶，它也总是在不经意间又出现在你面前，而且欢蹦乱跳地讨你欢心，让你哭笑不得。我自知理亏，从不敢在三位羊倌面前表现出对阿尔瑟楞的宠爱，只能在没人时偷偷把它抱到怀里亲一亲，再拿个肉干犒劳犒劳它。我们俩的这份私情维持了很久，直到有一天祸从天降！

乌珠穆沁的人们总是习惯在刚入冬时宰杀过冬的肉食，一来这是因为此时的牲畜秋膘正肥，二来因为这时气温骤降，牲畜可以即杀即冻。我们四个男知青过冬的肉食一般不少于八只羊和半条牛，都是自己宰杀。那天大雪初降，正是我们宰杀冬储羊的日子，够我们四个小伙子忙上一整天的。牧羊犬当然也不能闲着，它们的任务是要死死守住地上宰杀的羊肉，防止被天上的老鹰叼走。就在这时，意外发生了，一个羊倌知青指证阿尔瑟楞趁人不备偷吃了一块羊肉，而另一个羊倌知青闻听后不由分说，抄起身边的顶门杠就劈头砍下去！可怜的阿尔瑟楞，往日的聪明伶俐劲不知跑哪儿去了，这时居然一点反应也没有，傻呆呆地任凭那碗口粗的木棍劈头盖脸地砸下来……

傍晚我看见一个羊倌知青在蒙古包里磨刀，心头突然发紧，忙问："你要干什么？"他说："这么好的狗不能白扔，杀了炖狗肉！"我说："这可是我们自己养的狗啊，你忍心吃它？"他直眉竖眼地教训我说："就你这小资思想，还想讲狗性？人性都不能讲了，知道吗！再说了，这么好的狗肉扔了就是浪费，浪费就是犯罪，懂不懂！"他满嘴的话语都是那年头标准的政治术语，没有一点毛病，我一时竟无言以对。果不其然，到了晚上，一锅狗肉端上来，我当时眼冒金星，一腔怒火直往上蹿，恨不得像头疯牛一样冲上去和他们玩命！可那个年月，占理的是他们而不是我，我一忍再忍，最后愤愤摔门而去。

以我全部的人生经验，深知在很多时候和很多情况下，生存的关键就在于人与人关系的维持。也就是说，为了生存，有时再难相处的关系也要维持，也要忍受。何况我们都是北京知青，有很长一段时间要在一起生活，关系的维持尤其重要。可是说实话，我知道阿尔瑟楞之所以遭此厄运，显然和它经常跟我出去圈马有关，由此开罪了羊倌知青。但无论有什么理由，我都无法原谅这些羊倌们，甚至在走出草原以后很久，我都后悔当时为什么没有冲上去。从那一刻起，我发誓一辈子绝不沾狗肉，而且打骨子里憎恨屠狗虐狗的人。

我们养的三只狗中有只领头的，名叫布鲁格特。这是一只健硕的公狗，身材不高不矮，全身毛色金黄，性情温和而稳健，特别忠于职守。每当有人来访，它总是第一个冲上去，虽然从不咬人，但却前后追着叫，要么把人吓退，要么把我们招呼出来。后来有人无意中发现，布鲁格特的民族情绪相当强烈，只要是北京知青来了，它不仅不咬不叫，还一个劲地摇尾巴讨好，可一旦蒙古牧民来了，它就来劲了，不依不饶地追咬个不停。必须声明的是，这可不是我们私下教唆的结果，而是因为它的主人是北京知青，久而久之它就有了自己的主观偏见。

布鲁格特不仅白天看家是把好手，晚上下夜更是没的说。那时的乌珠穆沁，畜群傍晚归家后就趴在蒙古包的外面，无栏无圈，全靠人和牧羊犬值班守夜，这就是所谓"下夜"。畜群在夏天图凉快容易顶风跑，冬天为避寒冷往往顺风跑，而牧羊犬的职责就是，牢牢把住风口，防止畜群跑散。此外的一个职责更是不言而喻，那就是要时刻防备野狼的侵袭。说句公道话，布鲁格特下夜时真是一丝不苟，再认真的狗都有打盹的时候，可它从不。每逢我们出包巡逻，都见它高度警惕地趴在风口，或者往来穿梭在畜群的周围。

布鲁格特的忠于职守很快传遍草原，成了一只明星狗。后来兵团成立，北京知青全部转入兵团，不能再养狗。当地牧民听到消息后，纷纷跑来找我们要布鲁格特，于是我们把它转送给了一位可以信托的牧民。临回北京前，我熬不住对它的思念，专程到这位牧民家去看望布鲁格特。一到他家附近，就见布鲁格特远远地蹿出来，箭一般向我跑来。我那个激动啊，赶紧翻身下马去迎接我梦中的爱犬。可谁料到，到我身边后它拼命地狂叫，死活不准我接近这户人家，直到主人迎出来……唉，多日不见，敢情忠实的布鲁格特已经改变民族立场了！

我们养的第三只狗叫班布日，也是只公狗。牧民把这只狗崽送来时再三强调，班布日出身高贵，有德国黑背牧羊犬的血统。看来果真不假，这只狗长大后虎头虎脑，肌肉结实，四爪锋利，脊背笔直，毛色黑棕相间，酷似德国黑背。不过迥然不同的是，不知哪一代交配时出了问题，班布日又懒又蠢，绝没有德国黑背的敏锐、机警和灵活。最招人烦的是，一到下夜它就偷偷睡懒觉，而且专找与蒙古包一毡之隔的避风角落睡，随后便放肆地打起鼾来，顷刻间就会把蒙古包里面的我们吵醒。我们忍无可忍，出去踢它几脚，它就蹦起来到羊群旁边假装叫几声，而且叫得怪里怪气的，透着老大的不乐意。

　　有一个隆冬季节的夜里，月黑风高，漆黑一片。临近午夜，突然吠声骤起，我们爬起来一看，不得了，蒙古包外面有绿色的贼光在闪烁，一对一对的不下五对！这是野狼的眼睛，我们被五只野狼包围了！我们赤手空拳，唯一的武器是下夜用的手电筒，拿着它向五对贼光扫去，可这渺如萤火的灯光实在太微不足道了，根本无法把野狼吓退。我们知道，野狼的兴趣不在人，不在狗，而在我们护卫的羊群。于是我们几个知青站在羊群的外围，分头把住羊群，并鼓动牧羊犬们前去与野狼周旋。忠诚如布鲁格特这时也被吓傻了，除了扯着喉咙叫个不停外，怎么也不肯冲出去。至于阿尔瑟楞，更是畏缩不前，一个劲地往人的脚后跟躲。

　　好不容易熬到天色微明，野狼退却了，羊群保住了，我们这才顾得上打量四周。这一打量不要紧，班布日不见了！我们全体出动，循着雪地上的脚印去找，近处没有就去远处找，远处没有就向更远处寻！终于，班布日的脚印出现了，再后来，雪地上有了斑斑血迹，找到最后，我们发现班布日躺在离家很远的雪地上，周围全是野狼的脚印！

是它，原来是它，拼着性命打退了野狼，拯救了羊群！我们轻轻抱起雪地上的它——活着，它还活着，还努着劲向我们眨眼睛打招呼！可仔细一看，才发现它的脖子已经被野狼咬断了三分之一，鲜血还在滴滴答答地流！那时我们无医无药，最珍贵的药物就是回北京探亲时带回的一些四环素片。我们把班布日抱回家，尽可能把它的伤口清洗干净，然后把四环素片研成粉末涂上去，再小心翼翼地包扎起来。我们没有夹板，也不会手术缝合，只能几个人轮流把它抱在怀里，白天黑夜地抱着，不让它左右扭动，等它自行愈合。真的忘记过了多久，一个月？两个月？总之，天天它就这样趴在我们怀里，天天喝我们精心煨制的羊肉汤，天天听我们细声细语地跟它聊天。终于，奇迹发生了，班布日痊愈了！它又重新站起来，重新欢蹦乱跳，重新在下夜的时候躲到避风的角落里肆无忌惮地打鼾！

草原上的牧羊犬虽多，但敢跟野狼单挑独斗的还没听说过，班布日的英名很快传遍了草原。当我们要离开牧场的时候，想收养班布日的牧民也排成了串，我们经过慎重甄选，把它托付给了一位叫白伊拉的新主人。没过几天，我正在原牧场场部改建的兵团三连连部，忽然听见外面有战士在逗狗玩，跑出去一看，原来是班布日！当时它脖子上挂着一圈粗粗的绳子，一看就知道它是咬断绳子跑回来的。看见我以后，班布日那个高兴啊，一下子扑上来，把两个爪子搭在我肩上，我们顺势就紧紧抱在了一起。

不一会儿白伊拉骑马赶来了，说班布日非常想念我们，自己咬断绳子跑回来。为了不让这只优秀的牧羊犬葬送在连部这样一个杂乱的环境里，我抱着班布日亲了又亲，最后还是狠心把它交还给了白伊拉。后来我临离开草原时，专门去白伊拉家看望班布日，这才听说，那次白伊拉把班布日领回去后，为了防止它再把绳索咬断，特意换了条铁链。可怜的班布日，再也无法咬开那个粗粗的铁链了，于是面朝我们连部的方向趴着，终日不吃不喝，最后绝食而亡！

阿尔瑟楞、布鲁格特、班布日，我真的非常想念你们！几十年过去了，我无时无刻不在思念你们！无论我在做什么，总看见你们的身影在我眼前晃动，总觉得你们还在我身边。甚至我之所以要写这本小书，就是因为对你们的回忆总是在脑际盘旋，总是挥之不去。于是我知道，若不把这份思念写出来，若不把它从心底掏出来，我真的会死不瞑目！

在阿尔瑟楞走了以后，先是班布日走了，随后布鲁格特也走了，它们都已不在人世。我希望，等到我也走的那一天，能和它们重新相聚在那个没有野狼也没有仇恨的世界里，还是朝夕相处的一家人！

光阴荏苒，转眼我从青年跨入了暮年，但此生和狗的缘分并未了结。2004年11月，老伴从单位抱回了一只小狗崽，浑身乌黑发亮，只有四个蹄子是白的，煞是可爱。这是他们单位民工养的狗崽，是只再普通不过的小柴狗。开始我很不情愿收养它，因为狗狗跟我结下的是生死伴侣关系，不想弄只宠物来亵渎这种关系。可老伴想要，女儿也想要，在这三口之家我是少数派，只好服从她们。

要狗的是她们，可养狗的却是我。从此以后，喂养它的人是我，带它遛弯的人是我，逗它玩的人是我，教它各种动作的也是我。它叫贝贝，是只母狗，身长不过半米，属于小型犬。它的性格温顺而安静，从来不给我们惹事，但看家护院的本事却不小。每当外面有动静，哪怕隔得好远，它都会一迭声地叫起来，而且那叫声丝毫不亚于大狗，足以把人吓跑。

两年后，外孙女降临人间，老伴下岗再就业，到女儿那边带孩子去了。从这以后，家里基本就是我和贝贝相依为命。我经常伏案写作，每当这时贝贝就静静地趴在沙发上，一声也不吭。你如果忙中偷闲地瞄它一眼，它就也悄悄瞄你一眼，瞅你没动静，就四爪朝天地伸个懒腰，翻个身子接着睡。哈哈，可只要你说声："贝贝走，出去玩！"它就会瞬间跃身下地，精神抖擞地蹿向屋门，一点变换角色的过程也没有。要是我出门办事不带它，就要好生对它念叨一番，说说你干什么去，啥时候回来，然后嘱咐它乖乖在家。这时的它，眼里就会流露出无限委屈，但也不再纠缠你，蹲坐下来目送你出门。可如果你要是不唠叨这几句，你看吧，等你回到家里，或者床上，或者地上，总要祸害点什么东西给你看，哪怕是撕上一地的卫生纸。

吃完晚饭我总是习惯看一会儿电视新闻，这时贝贝就一准窜到我身边，把头枕在我腿上，身子四仰八叉地摊开，等着我给它挠痒痒。挠着挠着你就会发现，它一双黑白分明的眼睛正含情脉脉地凝视着你，一动也不动，能把你看得浑身起鸡皮疙瘩。我常常笑对老伴说："这是我这辈子看到的最动情的眼神，简直让人不敢直视！"最开心的是带它出门，我住六楼，只要一跨出门槛，它就在楼道里一面倒退一面左蹿右跳地逗你玩。如果你做出回应，也左一步右一步地假装扑它，它就更是乐颠了，会前后左右围着你跑，有几次甚至直接从楼梯上滚了下去，那模样真让人忍俊不禁。

回家时要爬楼，开始时贝贝一蹿好几级楼梯，我到三楼它就到六楼了。后来一级一级地蹿，也还是欢蹦乱跳。再后来，贝贝蹦到三楼就要歇一会儿了，回头望着我，见我走近了就接着爬。到了十岁左右，它就要在楼道里来回走之字形了，这样较为省力。看它体力不行了，我想抱它上楼，可它总是拒绝，左躲右闪地绕开我，坚持自己爬。就这样，在楼道里我亲眼见证了它的生命历程，亲眼看着它一天天长大又一天天老去。2014 年 11 月 2 日，是贝贝的 10 岁生日，可能是冥冥之中的天意吧，我除了犒劳它吃些好吃的外，还特意拿起了相机，在遛弯时给它拍了不少照片。

2015 年 2 月 20 号，大年初二，全家人聚会。来的人多，上的菜也多，其中有道凉菜是在超市买的童子熏鸡。这以后的几天，家里人来人往，每天除了按时喂贝贝吃喝和带它遛弯外，其他都无暇顾及。从初四开始，我发现它老是寸步不离地跟着我，我走它也走，我坐下它就卧到我脚边，而且挨得特别紧。初五我女儿带它出去遛弯，到楼下给我打电话说，贝贝怎么也不出门，她实在没办法了，要我出去带它。我下去后它就乖乖地跟着我出去了，没有一丝异常。

初七的下午，我出门送客人，临出门时把贝贝也叫上了，带它一起遛遛弯。送完客人我扭头往回走，走了百把米后回头一看，贝贝居然没有跟上来。更奇怪的是，它正独自穿过街道，向大街的那头走去。街上车行如梭，这不是不要命了吗？我赶紧跑过去，抱起贝贝，直到过了街道才把它放下来。到了小区门口的铁栅，我开门迈进去，按照平时的习惯，贝贝也会紧跟着我跨进来的。可我回头一看，它又没跟进来，反而兀自向相反的方向走去。我急了，赶紧追出去，大声喊着："贝贝！贝贝！"它蹲在街头，久久地凝望着我，一动也不动，似乎不愿回来。这时我才切实感觉到它有点异常了，跑过去抱起它，轻轻抚摸着它，一起走回家去。

家里还有客人在等我，我放下贝贝，继续陪客人聊天。突然间，贝贝大口大口地吐起血来，一下子吓坏了我，也吓呆了客人。那位客人是个年轻小伙子，他真是不错，一把抱起贝贝，说马上陪我一起去医院。因为贝贝还在吐血，我到床底下去找一块能抱它的塑料布，这才发现，不知何时贝贝早已在床底下吐过好几摊血了！

那位小伙开车，我们一起去了一家全北京最好的动物医院。诊断的结果是，因为初二那天不小心吃了鸡骨头，贝贝的胃已经多处穿孔。医生马上给它打了两针止血针，然后输液打点滴，并做了各种各样的检查。这时我才明白，下午它之所以执意要独自出走，是因为它知道自己不行了，不想死在家里，不想给主人添一丝麻烦。

2015年2月26号凌晨两点半，终因失血过多，贝贝咽下了最后一口气。这之前，我一直在医院守护着它，一直给它挠痒痒，一直陪它说话……

想起贝贝曾多次陪我们全家去香山后山玩，女儿提议把它葬在香山的后山坡。26号上午，还是那位小伙，拿着两把铁锹来了，要帮我们去安葬贝贝。到了香山后山，我执意从小伙子的手中接过了贝贝，要最后送它一程。我事先买了个背包，把贝贝背在肩上，一步一步向山上走去。走到半山，我和那位小伙子拿起铁锹挖土，这才发现这是座石山，怎么也挖不动。我突然想到，偌大个北京，难道就没有宠物墓地吗？于是在手机上搜，果然有好几家。一个电话一个电话地挨个打过去，最后选了比较靠谱的一家。傍晚赶到墓园，买了一块墓地，买了一方棺木，我屏退了左右，包括那个小伙子，独自坐在贝贝身边，陪它说了好半天好半天话……

下葬了，培土了，立碑了……贝贝去天堂了！好贝贝，安息吧，你的仁义感天动地，你仍然像平日一样，如影随形般地陪伴着我，无处不在，无时不在！

兵团岁月

1971年1月，我正在寒风刺骨的冬草场上放牧，忽然听说我下乡的西乌珠穆沁旗宝日格斯台牧场就地改建成了内蒙古生产建设兵团五师四十三团，我们白音温多尔分场改建成了下属的三连。这是个牧业连，共分三个排，一排二排是牧业排，由原来的牧业都贵朗（牧业组）合并而成，基本上换汤不换药。另外有个三排，是这个牧业连中唯一的一个兵团战士排，我被任命为排长，但接到任命时兵无一个，房无一间。

3月底，我刚把手中的畜群交割完毕，就风尘仆仆地来到了三排营地。说是"营地"，当时啥也没有，只有茫茫大草原上原白音温多尔分场场部的两间小土房，里面还堆满了杂物。就在这样的情况下，4月3日我接到命令，去团部接我的第一批战士。这是来自内蒙古宝昌的五名战士，三男二女。说是"战士"，其实就是十六七岁的黄花后生，懵懵懂懂，一窍未开，到了地方后只会坐在草地上号啕大哭。我连安慰他们的闲心都没有，赶紧手忙脚乱地在平地上支起了两个蒙古包，男一个、女一个，好歹让他们有了个遮风挡雨的地儿。

没过几天,我又接来了第二批兵。这是来自内蒙古首府呼和浩特市的,共有20人,十男十女,年龄仍然是十六七岁。他们初来时的场景如同放电影,依旧是坐在地上号啕大哭,还有那过去在呼市街头结下了梁子的,到三连的当晚就打了一架。

这叫啥兵,这叫啥排长吗,我真是一点感觉都没有!不过,那年我24岁,比他们大好多,感觉就像比他们整整大了一辈!我意识到,不管自己情愿不情愿,我都成了这些孩子的依靠,成了他们的家长。看着他们稚气未脱的脸庞,听着他们呼天抢地的哭声,我深知,眼前的环境和他们来之前听说的实在是差距太大了,而他们今后的日子,又和他们本该坐在课堂里静静读书的生活差距太大了。"这可怎么办啊!"我禁不住暗自叹息。

原来年轻人的工作并不难做,只要你该管的敢管,该呵护的用心去呵护,把一份真情用双手捧到他们面前,他们狂躁的心就会即刻平静下来,而且像匹通人性的小马驹一样,乖乖地让你套上嚼子。看,还是这群年轻人,当后来的战士又像他们当初那样下车伊始便号啕大哭时,他们反倒觉得可笑了。

记得第三批战士是7月底从唐山来的,共14人。就像谁在喊号子一样,这些人的双脚刚一落地,就齐刷刷地一起哭起来。这哭声,带着未脱的童音直刺苍穹,大有"惊天地泣鬼神"之势。我实在看不下去,便命令先来的25名战士集合,站在唐山战士面前大声唱起歌来。当"我们都是来自五湖四海,为了一个共同的目标走到一起来了"的歌声骤然响起时,唐山兵惊呆了,瞬间停止了哭泣。可不知他们当中谁唠叨了一句:"唱歌也要哭",于是哭声陡然再起。

我双臂一挥,唱歌的战士会意地放大了音量,双方的声贝此起彼伏。

终于，哭泣的人哭累了，声音渐渐弱下来，而这边的歌者却余兴正浓，越唱越带劲。当我一摆手停止了这边的歌声时，唱歌的战士们禁不住哈哈大笑起来，有人甚至笑弯了腰——哈哈，此刻他们都忘了，三个月前他们刚来这儿时也是这样号啕大哭的！

草原上夏季短冬季长，记得有好几年都是在阳历9月底就飘起了第一场雪。而为了在入冬前从四处透风的草窝棚里搬进土坯房，这群稚气未脱的孩子干起了成年壮汉的重体力活。挖土、运土、汲水、打草、拌泥、脱坯、采石、运石、挖槽、打基、砌墙、上梁……没有一样省力的事！即便如此，还要在下工后四处捡牛粪，捡回来烧火做饭。苦啊，真的很苦！可我别无选择，只能跟着他们干、带着他们干，甚至催着他们干！我能做的，就是每餐饭尽量让他们吃饱一点，下雨时让他们住的窝棚进的水少一点，再就是每到晚上和他们团团坐在一起，给他们讲故事，给他们念《钢铁是怎样炼成的》，教他们唱歌……

有一件糗事至今令我难忘。那是在基建工程如火如荼地展开后，我发现女战士们每个月都要请几天假，躺在床上不起，而且不肯下冷水。那时每道工序都是男女搭配好的，虽说女孩子的工作稍轻一些，可也是整个工作链上的一环，停下来就会影响整体。我对此百思不得其解，只好不耻下问，虚心向女兵班长请教。这些女兵班长也是黄花大闺女，不知怎么跟我解释，憋了个大红脸也说不出个所以然来，弄得我更是丈二和尚摸不着头脑。我的六年中学生活都是在北京的男校度过的，加之住校，从未接触过异性，而当我把这件事真正弄明白时，已是三十多岁成家以后。事后想想，好在我相信我的女战士们一定事出有因，从不勉强她们，否则的话，不知要给多少女孩子留下宿疾。

这就是他们的生活，这就是他们的青春，一笔一画书写在浩渺无际的草原上。可是，环境虽然艰苦，他们却没有悲怆，没有哀怨，有的反倒是青春的豪迈、生命的激越、昂扬的歌声，以及整整45年过去后都挥之不去的深深眷念！这到底是为什么？显然任何空话和大话都无法对此做出合理的解释，而反复回味的结果，我觉得贯穿始终的就是一个"情"字！

首先是牧民的情。三连是个牧业连，战士们除了给自己盖房子，剩下的就是协助牧民工作了。整个内蒙古兵团的规模十分庞大，共有6个师、41个团、17万余人。兵团规模虽大，但像我们这样的纯牧业连却并不多。而只要在牧区生活过的人都知道，畜牧上一年到头最艰苦的事情有四桩：春季接羔、夏季剪羊毛、秋季打草、冬季喂老弱畜。每逢此时，三连的战士就要下到各个蒙古包，协助牧民一起工作。不适应是必然的，就说吃饭，牧民们习惯白天喝茶，只在晚上吃一顿饭，可这些内地来的年轻人怎么受得了！于是满脸皱纹的老额吉就会给他们加奶豆腐、加炒米、加干粮，而饥肠辘辘的他们，就会把这份关爱永远铭刻在心。

在这本集子里，前面有篇小文专门谈了我来牧区后的老领导德木其格。他原是白音温多尔分场的场长，组建连队后成了主管三连牧业的副连长，后升任连长，最后在兵团撤销后又担任了宝日格斯台乡的乡长。对于这条汉子来说，这些经历其实算不了什么，真正重要的是，在我们这些人心中，他就是这片草原的雄鹰，就是这片草原的灵魂！

德木其格对我们这些内地来的汉人晚辈的关爱，远远超出了民族团结的情分，不是亲人而胜似亲人！要不是他，我们的小姑娘小小子恐怕早就被超负荷的体力劳动累垮了，可他却源源不断地把上好的牛羊肉和奶制品送来，把三连战士养得一个个红光满面，没有一个累垮身子的。更重要的是，蒙、汉两大民族杂处，语言不通、习俗不同，甚至信仰也不同，隔膜在所难免。但在三连这片土地上，军民一家、蒙汉一家，彼此亲情融融，从未发生过一起蒙汉之间、牧民和兵团战士之间的纠纷和矛盾，这也和德木其格的处事公道、待人宽容息息相关。

记得2014年，我参加一个草原老知青的聚会，一个其他乡的北京老知青告诉我，迄今为止西乌旗仍星星点点地留下了一些内地知青，他们在当地的安置仍然存在这样或那样的问题。但谁都没有料到，我插队所在的白音温多尔牧民每人投出了自己庄严的一票，主动决定把全旗散居的内地知青全部收留下来，分他们草场，分他们畜群，让他们安居乐业。这位北京女知青还告诉我，她是白银花乡的，跟宝日格斯台乡和白音温多尔都不沾边，而且早已返回北京定居。但就因为她曾经嫁给白银花的蒙古牧民，白音温多尔的人通知她，给她留了2000亩草场，要她回去认领！这就是草原人民，多么博大的胸怀！多么深厚的情谊！

除了牧民的情分，北京老知青的情分也深深融注在每个三连战士的心中。当初组建兵团，三连留下了不少北京老知青，他们分别担任了连队的会计、文书、班长、赤脚医生、畜医，加上我这个排长，共计九人。从我们担任的职务已不难看出，三连的中流砥柱就是这帮北京老知青。事实上，这些老知青一个个吃苦在前、享乐在后，而且都把小战士当晚辈一样呵护、照顾、关爱，弄得小战士们一个个感动得稀里哗啦！前些时，三连战士发起编撰一本兵团生活的回忆录，战士们纷纷提出，无论事情已经过去了多久，无论有哪几位老知青已经不想再被别人打扰，但都要为他们每人写一篇情愫满满的回忆。这里毫无矫揉造作的成分，更无刻意煽情的需要，只是因为这些老知青对战士们的影响和帮助实在太大了，让他们终生难忘！

最如涓涓细流般滋润着每个战士心灵的，当然还是他们朝夕相处的战友情。这里有精疲力竭时伸过来的一双手，有临时断粮时递过来的半个馍，有想家时把你搂在怀里的一份情，有被草原野狼围困时生死相搏的患难与共，有被漫天白毛风吹迷了归途的相互搀扶，有马惊人翻时拦截过来的一个身躯，更有那一场漫天大火中奋不顾身把你背出火海的稚嫩的双肩……你们吵过、骂过，甚至打过，可有什么能把你们分开呢？几十年过去了，最寂寞的时候你想的是他，最困难的时候你想的是他，最安逸的时候你想的也是他——这就是你的兵团战友！

所有这些情意，都如汩汩甘泉滋润着三连战士的心。几十年过去后，看到三连战士丝毫不减的亲密友谊，看到漫漫岁月销蚀不掉的三连集体，兵团里其他连队的战友羡慕地说："你们身上有一种特殊的三连精神！"岂不知，这"三连精神"就是用一点一滴的真情浇灌出来的，就是用生死相依的友谊凝聚出来的！

这些情分是如此的刻骨铭心，令人终生难忘，于是在整整时隔半个世纪后，由原三连战士发起，一本内蒙古生产建设兵团五师四十三团三连的回忆录出版了！我们五师是驻扎在锡林郭勒大草原上的，而三连是个纯牧业连，所以回忆录的名字就叫《锡林牧歌——我的兵团岁月》。这件事是在2015年7月三连战友的集宁聚会上提出的，没想到一呼百应，大家很快把这件事确定下来，而且当即成立了编委会。这之后，短短几个月就收到了各地三连战友投来的稿件80多份。要知道我们是个牧业连，兵团战士前后加在一起也才90来人啊！更没想到，很快收到了近70位战友的赞助款！他们当中有不少是下岗职工，生活并不宽裕，但也拿出了养家糊口的100元、几百元甚至上千元！

从1971年4月我们三连组建，到1975年6月内蒙古生产建设兵团整体撤销，只不过经历了短短几年。怎样评价内蒙古兵团这"其兴也勃焉，其亡也忽焉"的历史，是历史学家的事，与我们无关。但对我们而言，一个命中注定的事实是，我们都把生命中最美好的青春献给了它，甚至兵团撤销后我们大多数人也还是留在了那里。我们不想说我们的青春是毫无意义的，因为它至少砥砺了我们的生命，锤炼了我们的意志，还给我们留下了一段特殊的感情。这感情生成在蓝天白云的辽阔草原上，孕育在大爱无疆的纯净世界里，不是每个人都能有幸经历的。当我们各自体验了不同的人生，又备尝了人间的辛酸冷暖后，蓦然回首，发现此生最最放不下的，恰恰就是这段草原情！

排长情结

在我的人生履历表上，是没有"排长"这一栏的，因为这不够档次，填上了也会被人事干部划掉。但这人世间却有那么一群人，终其一生都叫我"排长"，怎么也改不了。

前两年我们这些人聚会，凑在一起的都是些60出头的老头老太太，他们一个个仍然围着我叫"排长"。一个外人实在看不下去，嘟囔着说："都啥岁数了，还叫排长，又不是多大个官！"围着我的人一下子愣住了，面面相觑地默不作声。最后终于有人说："改不了，真的改不了，到多大岁数也改不了！"我呵呵笑着说："改不了就别改，这样挺好！"就这样，他们不仅当面这样叫我，背着人这样叫我，在各种场合也都这样叫我，弄得不知情的人打趣我说："你这排长要当到啥时候啊！"其实他们不知道，这不是一个简单的称谓，而是一种情结，一种被特殊环境凝练出的情结。只要这情结还在，这称谓就改不了。

这样叫我的人有六七十个，他们都是内蒙古生产建设兵团五师四十三团三连三排的战士，而我是他们的排长。

我是北京老知青，组建兵团时被任命为三连的战士排排长。三连是个牧业连，起初只有一个战士排，独立驻守在和牧业排完全不搭界的地方。虽说连部跟它在一起，但连长长期跑牧业，指导员整年不露面，全连的现役军人干部除了他们俩之外还有一个军医，可这军医连职责范围内的事情都懒得管，别的就更不过问了。

于是，在一个相当长的时间里，我独自带着这帮小战士，在地广人稀的茫茫大草原上度过了一段难忘的时光。

记得这些小战士刚来时都是十六七岁的毛头小子和年轻姑娘，混沌未开，不谙世事，毫无独立生活能力，一看周围的艰苦环境只会咧开嘴哭。我只好一晚上一晚上地陪他们聊天，给他们讲故事，教他们唱歌，帮他们排遣寂寞，让他们重新找到家的感觉。

记得这些战士分别来自好几个不同城市，开始时各有各的小圈子。为了打破地域框框，我费尽心思把他们混编成不同的班，又在工作时混编成不同的组，当然更重要的是在待遇上一碗水端平，让他们慢慢融成一个亲密无间的整体。

记得小战士们刚一来就承担了盖营房的重体力劳动，兵团配给的粮食和肉食根本不够吃，于是我求助牧区老领导德木其格，把上好的牛羊肉和奶制品源源不断地运到我们炊事班的案台上。

记得有个呼市来的小伙子因为水土不服得了一种怪病，浑身起脓包，疼得在地上打滚。军医束手无策，说他见都没见过这种病，更别说治了。我情急无奈，深更半夜翻身上马，驰骋几个小时请来当地的蒙医，治好了他的病。

记得我们排一个最调皮的小战士在别的连队惹了祸，人家十几号人跑到我们连里来寻衅报仇，要围殴这名战士。当时我在团部开会，回来后听几位班长说，他们把我连的这名战士藏起来了，弄得外连的人四处找不到，只好悻悻而去，临走时扬言过两天再来。我闻听大怒，斩钉截铁地对那几个班长说："下次来了不用藏，打！所有外连的人敢来我们连闹事的，一概打趴下，绝不留情！"说完以后我又补充道，"把我的话传给那些家伙，欢迎他们再来，我亲自带人打他们！"从那以后，再没有人敢来我们连打群架了，甚至再没有人敢对我们连的战士动手。

记得有个战士特别调皮捣蛋，在连里到处惹事，气得我把他臭训了一顿，而后在宿舍里用粉笔画了个圆圈，命令他站在圈里反省，不准跨出圆圈半步。他真的就这样在圈里乖乖站了两个多钟头，而且从此改进了许多。

记得有一次给房子上梁架，一位特别老实也特别能吃苦的战士一不留神从房顶跌下来，摔了个嘴啃泥。他倒是没摔伤，可旁边的战士像看西洋景，不仅没拉他一把，反而笑弯了腰。我一见火冒三丈，马上把全排战士集合到一起，把那些在一旁看笑话的人狠狠臭骂了一顿，并且告诉这些小战士，只有互相关心、互相体谅、互相帮助，才能使每个人享受到家的温暖。

记得一个寒风凛冽的深秋，战士们夜里冻得睡不着觉，请求用柴火把炕烧一烧。管柴火的司务长也是一位北京老知青，他以取暖季节未到为由拒绝了战士的请求。我为此和那个老知青大吵了一架，并对战士们说："你们只管搬柴烧炕，出了问题我负责！"

记得冬天无事可做，我担心小孩子闲下来会生事，就组织了一支宣传队，把他们集中到一起唱歌、跳舞，还排了几出小话剧。结果这个小宣传队还挺受欢迎，被通令在全团的各个连队巡回演出。

就这样，我和这帮小战士结成了既是排长和战士，又是长辈和晚辈的关系。2011年三连战士在呼市聚会，我当时远在海南三亚，赶不回来。他们很失望，几次三番来电话，后来一位呼市女战士打来电话说："排长，我们这些人都是你从小一手带大的，难道你就不想我们？"这句话问得我哑口无言，立马打飞的赶了过去。

说实话，我其实大不了他们几岁，多则七八岁，少则五六岁，怎么能说他们是我一手带大的呢？原因就是，当时他们一来岁数小，未及弱冠；二来阅历浅，等同白纸；三来远离父母，没着没落，所以一旦有个年龄大点又肯对他们负责的人在身边，就很容易成为他们心理上的长辈。

其实，这些所谓"晚辈"，也给我留下了很多甜蜜的回忆。

至今我记忆犹新的是，有一天清晨艳阳高照，雨后的草原散发着沁人的馨香，红白相间的野花散布在绿草如茵的牧场上。吃完早饭的战士们拿起工具，列队向基建工地走去。从战士的身后望去，一副副不胜重负的双肩已略显伛偻，一个个强打精神的身姿已微带蹒跚，我心头猛的一股热浪翻起，眼前顿时一片模糊。我突然心血来潮，大声发出口令，命令队伍停止前进，而后宣布今天全天不出工，所有人去草原上尽情玩耍。顿时，小小营地沸腾起来，全部马匹瞬间备好了鞍，所有马车即刻驾起了辕，战士们一扫多日的疲惫，一个个像打足了气的皮球，一蹦三尺高地跳上马匹和马车，向广阔草原的深处奔去！夕阳西下时，孩子们回来了，一个个笑靥如花，蜂拥般钻进我的窝棚，把几个女孩子推到我的面前。原来，这几个女孩子怀里各抱了一大捧野花，要郑重其事地献花给我！我接过她们双手递上的花束，但更令我过目不忘的，不是五颜六色的花，而是那一刻她们脸上绽放的笑容。这笑容，胜似各类鲜花，充满了幸福和甜蜜，洋溢着美丽和纯真！此生我见过各种各样的笑容，但像这样甜美、动人的笑容，此后再未见过，只偶尔泛起在夜深人静的梦里！

还有一次我病了，连续高烧三天三夜，烧得昏天黑地，不省人事。可无论白天黑夜，只要我睁开眼，就看见连里的卫生员乌云一刻不歇地护理在我的身旁，一次次地给我端茶倒水、打针喂药，一遍遍地用冷水给我敷脸、擦身。乌云是个漂亮的蒙古姑娘，白白净净的，非常恬静可人。她父亲是个有相当级别的蒙古族干部，可她一点干部子女的架子也没有，反倒很招人喜欢。每当夜半醒来，看见这么个黄花闺女坐在自己身边，房间里又只有我和她两人，总觉得不是滋味，于是赶她走。可她怎么也不走，总是甜甜地笑着，死活不挪窝。我急了，冲她乱吼，她才哭着跑出去。更可笑的是，等我病好了她还不依不饶，几次问我为什么要赶她走，问是不是她哪里做得不对。唉，这就是当年十七八岁的大姑娘，纯洁得让人无法相信。

印象深刻的还有一次，是个休息日，我去团部开会，开完会回到排里，远远看见大太阳底下一群小姑娘嘻嘻哈哈地在洗衣服。那情景，真跟人们熟知的"洗衣歌"里唱得一模一样，唯独少了个跟她们抢衣服的老班长。等我骑着快马走近她们，一个赤峰女战士跑过来冲我喊："排长，你的被褥我们全给你拆洗了！"我呵呵笑着说："谢谢啦！"这时她凑近我鬼头鬼脑地低声说："排长，你那床单咋那么脏啊，洗着可费劲呢！"说完掩着嘴哧哧笑着跑开了。这家伙，把我这"大排长"整了个大红脸，连着几天见了她都抬不起头！

等我带战士们盖起了三栋石砌虎皮墙的明亮大瓦房，常住团部的指导员回来了。他不提我们建的营房质量受到了全师的嘉奖，不提十里八乡的牧民都说三连的战士最懂事也最能干，不提牧区老领导德木其格到处竖着大拇指夸三连战士配合牧民接羔、打草、放牧、配种样样在行，更不提我们干活时他躲在团里享清福，单用他那敏锐的政治嗅觉发现，我一直在搞"独立王国"！那个平时不哼不哈的军医这时也活跃了，在连长、指导员面前挑唆说："不信你们试试看，你们俩和王排长都在连里吹集合哨，看战士们到哪儿集合，肯定理也不理你们！"刚好那时进入了冬季，也没什么急茬活要干，于是指导员亲自披挂上阵，主持全连整风。其实谁都明白，整风的目的无非要大家和我划清界限。一看这阵势，和我同来插队的北京老知青很快分化了，有人甚至推波助澜，唯恐我不完蛋。但战士们就是不开窍，懵懵懂懂地一如既往地跟着我跑，躲都躲不开。连领导一看急了，心想战士的屁股要是坐不过来，这整风不就流产了吗？于是一个个地做工作。可这些被谈话的战士那是真叫不开窍，指导员刚谈完话就立马跑来跟我汇报说："排长，指导员问我为什么那么听王排长的，我说我也说不清，只知道只要跟排长在一起，无论干什么都有使不完的劲！"

幸好现在没有人说我搞"独立王国"了，可我在这些战士面前仍然是说一不二的老排长。几年前有一次三连聚会，临分手时我走出宾馆，发现全体战士站在宾馆门口。一个在单位里当干部的女战士壮着胆走过来说："排长，我们每个人都想抱一抱你！"我哈哈大笑起来，张开双臂说："抱吧，都这年龄了，随你们抱！"

只可惜，在我抱过的女战士中，唯独少了一人。这是三连战士后来告诉我的，当初我离开三连后，一个女战士得了癔病，一发病了就独自一人往百里外的团部走，一边走一边唠叨："排长回来了，我要去接排长！"别人怎么拉都拉不回来。几十年过去了，听说这女战士现在病得更厉害了，聚会也来不了了。

也是在一次聚会上，一位北京女战士的老公特别认真地问我："排长，我真想不明白，当时你管着三四十个如花似玉的大姑娘，一个个对你崇拜得五体投地，你怎么没在她们当中找一个？"他问这话时，身边坐着另一位当年的女战士，她抢先回答说："那时我们傻呗，想都不敢想。要知道排长也能追，我们早就成群结队地往上冲了！"这时我也认真想了想这个问题，回答说："一是我六年中学都是在男校度过的，在这方面真是不开窍；二是我总觉得跟她们隔着一辈呢，也就没往这想。"那位提问题的女战士家属也是个挺有身份的干部，这时他幽默地说："唉，幸好你不开窍，你要是开了窍，我们就全都遭殃了！"等我听出他的话外音时，一下子笑喷了，狠狠地给了他一拳！

哦，三连的孩子们啊，如果有来生，我还做你们的"排长"！

行刑手记

我 40 多岁时碰到过一位高人，他在知道了我的经历后说："你在内蒙古插队时杀了不少羊，种下了罪孽，此生是要受报应的。"细想想确实是这个理，否则就无法解释，为什么那么多倒霉事偏偏都让我一个人摊上了。苟活到今天，我已进入"从心所欲，不逾矩"之年，拷问自己的良心，其实除了宰羊之外，我还犯过别的杀生之罪。

那是在兵团成立后，我在原白音温多尔分场场部带着六七十个兵团战士搞基建。一天上午有个战士跑来告诉我，大车班的一匹马昨晚被蛇咬了，趴在地上起不来，有个专爱捣蛋的战士看机会来了，骑在那马的身上拼命抽着它跑。我一听急了，赶紧跑出房间，果然看到一个坏小子骑在一匹马上，正用棍子使劲抽它。我跑过去，喝令那战士赶紧下来，然后凑过去一看，果然发现那马的脖子下面正在流脓流血，那就是昨夜被毒蛇咬的。

这是匹很有来头的老马，据当地牧民说，十年前它还曾在全盟的那达慕大会上得过赛马的亚军。这匹马浑身毛色通红，鼻梁处有一条白道，煞是好看，想象得出它当年的英俊潇洒。后来它老了，连放牧的活计都干不来了，牧民才把它交给我们，说是可以偶尔拉拉大车，其实就是想让它在我们这里终老。按说马在夜间是站着睡觉的，可它真的老了，站不住了，经常趴在地上，这才让毒蛇钻了空子。

我赶紧让通讯员把兽医请来，可兽医来了后冲着它直摇头，说这匹马已经没救了。这位叫图木乐的蒙古族兽医平时跟我挺哥们儿的，我说了一箩筐好话，求他想想办法，他却只是一个劲地摇头。他既然摇头，那就轮到我挠头了，心想这可怎么办呢？就这样看着它慢慢死去？它会有多痛苦！而且我这里还有六七十个小战士，总不能让他们眼睁睁地看着它一天天死去吧，这也太残忍了！必须想个办法！

我终于下了决心，让通讯员去武器库领来了一支半自动步枪，把全部子弹压上膛，提着枪走出去。这时天已黄昏，西方落日正圆。我牵着马，迎着刺眼的夕阳走去。我不让战士跟上来，独自走了很久，来到一处小山岗上。我把这匹枣红马放在山岗上，拍了拍它的头，拍了拍它的屁股，又搂了搂它的脖子，就扭头往回走。走出四五十米后，我站定，转过身，举起了枪。

"啪！"——正对它的眉心，我扣响了扳机。枪声响过，它居然一动不动，仍兀自站在灿烂的夕阳中，显得是那么的坚不可摧！"没击中？"我急了，又接连发出了第二枪，这时它才猝然倒地，"轰"的一声躺倒在红霞满天的夕阳里。有人说要把它剥皮吃肉，我制止了，让战士们挖了个大坑，把它深埋在它为之付出了一切的土地上。

也是在兵团的时候，一个夏日炎炎的中午，日头高悬，烤得人喘不过气来。忽然有牧民跑来报告，说我们驻地后面的老弱畜点不知从哪里跑来了一头疯牛，逢人就顶，逢蒙古包就顶，所幸还没伤到人，但已经顶坏了一个蒙古包。那人慌里慌张的，半天说不清楚，我定下心来仔细一问，妈呀，原来这头疯牛还是个种牛！

所谓"种牛"，就是专门留下配种的公牛。它们是从牛犊里特意挑选出来的，都是身躯高大、体力强健的牛崽，再加上成年后没有阉割，它们的脾气性格都很暴躁，所以牧民都知道尽量别招惹种牛，能躲多远就躲多远。现在一头种牛疯了，怎么得了！这事本来可以求助牧业连长德木其格，可他现在和全体畜群都去夏草场了，离我们很远，只有我们这个战士排和老弱畜点挨得近，所以他们只有来找我求援了。

我该怎么办？我能怎么办？事情明摆着的，只有想办法尽快把它击毙！可是，这事谁去做呢？我们没有迫击炮，不能远程炮击，只能用半自动步枪去近距离射杀它。可一旦靠近它，不要说它会主动攻击你，万一你打不死它，它就一准会冲过来用尖锐的犄角顶死你！更何况，就算你打中了它，那厚厚的牛皮和硬硬的牛骨岂是一枪能穿透的？思量来思量去，这事的危险度可以说是百分之九十九，派谁去都不好办。

我想到了一个人，一个年轻牧民。这人胆子很大，喜欢独自打狼打猎，经常打主意从我这里搞点子弹。可他出身不好，是牧主子弟，枪支弹药是必须管制的，所以从来不敢给他。刚好当时他也在老弱畜点，我想重赏之下必有勇夫，豁出去给他几十发子弹，兴许他会接受这个任务。

我拿上了枪，独自骑马去了老弱畜点，到那以后马上就找到了这位年轻牧民。我一说这任务，他脸色马上变得煞白，头摇得跟不浪鼓似的说："不去，不去！"一看他这模样，一股莫名的自责突然涌上心头，我忽然觉得我很卑鄙，同样都是生命，为什么觉得谁的值钱，谁的就不值钱呢？我低下了头，闷声说了句："好吧，你走吧。"这小伙子马上抬起屁股走了。

当时我坐在老弱畜点的一个蒙古包里，包里还有一个老额吉和另一位老牧民。我对老额吉说："额吉，给我煮点奶茶吧。"随后走出蒙古包，在周围来回查看地形。回到包里，我默默地喝茶，老额吉和那位老牧民猜到我是打算亲自上阵了，一个劲地盯着我看，大气都不敢出。我觉得包里的空气就像要凝固了一般，憋得人喘不过气来，于是对他们说："你们怎么都不说话啊，随便说点啥吧！"他们一看我在抬头看他们，马上就把眼睛低下去了，仍然闷声不响。"唉，真跟我要上刑场似的，好悲壮！"我暗自叹息着，心情更加沉重了。

走出蒙古包，我踌躇了一下，琢磨着把骑的马放在哪儿，看有没有可能给自己留条退路。后来一想怎么做都无济于事，于是把那匹拴在蒙古包前的马撒开了，心想如果遇上什么事它也可以独自逃生。此时日头正高，骄阳似火，我提着枪，悄悄爬上老弱畜圈的高墙，向四处瞭望。我意外地发现，因为天气太热，那头疯牛正趴在老弱畜点的水井槽边大口大口地喝水，离我只有百把米远！我怦然心动，想也不想就从高墙上翻身跃下，迅速向这头疯牛靠近。70米、60米、50米、40米……，只剩不到40米时，我站定了，靠着一堵老弱畜圈的残墙举起了枪。

"啪！"的一声枪响，它没动，我也没动！不远处有人大声喊："快跑啊！赶快跑啊！"可我仍然没有动，再次举起了枪。但就在我想发射第二枪的时候，它——那头庞然大物，竟一头栽倒在水槽边！

回想起来，那天我真是吃了豹子胆了，看这头疯牛倒在地上不动，竟独自提着枪走过去。看我走过去了，再看这头疯牛丝毫没有动静，蒙古包里的人也都跑出来了，一起过来围观。奇怪的是，我们这么多人仔细找了半天，居然都找不到弹痕，既找不到进弹孔，也找不到出弹孔。这事够蹊跷，不过这已经不重要了，重要的是这家伙已经死了！

知道大事已了，我的心才止不住地扑通扑通狂跳起来。我强作镇定，若无其事地对已经不知从哪里钻出来的那位牧主子弟说："把它杀掉，牛肉按人头分配，牛皮归你！"他听了后笑得合不拢嘴，马上一迭声地应道："扎！扎！"他或许不知道为什么他能捡这么大个便宜，但我心里明白，这是我对一开始派他去完成这个差事的补偿——对他的补偿，也是对我自己良心的补偿！

子弹弹道的事一直挂在心上，几天后我找宰杀这头疯牛的牧主子弟一打听，才知道子弹就是从牛的眉心穿进去的，只是弹孔太小，从外面看不出来。子弹进去后再也无力穿越公牛那厚厚的颅骨，于是，它留在了里面。

苍天在上，这就是我的全部杀生史。自从离开草原后，我改邪归正，"放下屠刀立地成佛"，再未杀过生。妻子坐月子那阵要喝鸡汤，我杀鸡时不知是刀子太钝还是那只母鸡太神，一刀下去后那母鸡居然带着血扑棱扑棱飞走了，跑出好远后居然站定了回头看我，吓得我再也不敢去碰它，只好厚着脸皮求邻居帮忙。还有一次杀活鱼，摁在砧板上刚拍一刀，它就滑到了地上，扑棱扑棱地一蹦一尺高，吓得我扔下菜刀扭头就走。从那以后，杀鸡、杀鱼之类的事我也收手了，顶多也就是拍死个把苍蝇。

不知仁慈的主是否能宽恕我，但有时我想，像这样不得已的杀生，难道也在惩罚之列吗？

附

我的老排长

金 环

　　《锡林牧歌——我的兵团岁月》是内蒙古生产建设兵团五师四十三团三连战友写的回忆录，编辑此书时编委会要求我专门为老排长王光镐写一篇。这是一件很繁重的任务，一时间我竟无从下笔。王排长离我们说近很近，我在三连生活的两年多时光里，他可以说贯穿我们生活的始终；要说远也很远，一别四十多年，很多故事日渐模糊。在三连战友的回忆中，或多或少都提到了排长，这一切也限制了我这篇文章的内容。说实话，在短短一篇小文中，要写出排长当年的领导才能，又要表现出他的才华横溢，确实不是件容易的事。我思忖再三，既然工作上的事战友们说了不少，我就索性谈谈排长组建三连"毛泽东思想宣传队"的往事吧！

　　1972 年的春天，排长王光镐打算在连里成立一个宣传队，以丰富连队的文化生活。当时王排长命令我暂时放下班长的工作，参与宣传队的节目编创。编创组由穆春林、我和排长三人组成。我到兵团前只混了个小学毕业，充其量也就是小学作文还写得比较流畅而已。穆春林那时会拉手风琴，打油诗也写得很漂亮。如果说排长的水平是九段，穆春林是二段，我只是初段。但若论热情，我是第一。自从领命的那一天起，我就被激情鼓噪着，每天都心潮澎湃、斗志昂扬。

为了集中精力创作，编创组脱离连部，到连队后面的配种站工作。每天早上吃过早饭，我就从连部步行过去，一般要走上半个多小时。在保管员宁布的小屋里有一盘炕，炕上有一张小桌子，我们三人围着这个小炕桌写作。所有创作提纲都由排长先写，我们根据提纲展开创作。分完工后彼此埋头创作，不交谈，不商量，两天一次互通创作进展。我被分配写一个"忆苦思甜"小话剧，写一个知青战天斗地保护国家财产的小歌剧，排两个舞蹈和一个诗朗诵。穆春林写三句半、活报剧等，工排长负责总体规划，外带编写大合唱的歌词和男声小合唱的歌词。

我记得，一周的任务，我们四天就完成了，连长、指导员对我们的创作很满意。四天的时间里，我每晚要从配种站走回连队，其实心里很害怕，但不敢说。月高风清，草原一片寂静，一个人越走越快，最后几乎是小跑着回连队。我们的初稿全交排长修改，我的稿子一经他润色，有时甚至只改动几个字，便如画龙点睛，立刻有了神韵，朗朗上口，这使我开始了对他的仰慕。

几十年过去了，王排长修改后的大合唱"祖国颂"的歌词至今我仍能记得几句："人欢马叫好春光，战士持枪牧牛羊，马头琴奏出凌云志，你看那，千里草原披新装。"

节目编写完成后，王排长开始选演员并组织排练。因为是业余宣传队，不能耽误生产，排练都是在晚饭后进行。排长很有组织能力，先排练人多的复杂的节目，他本人统一调度并亲自导演。记得最开始练的是大合唱《过雪山草地》，他一句一句教我们唱，还给我们分了声部，仅练了几个晚上我们就有模有样地唱下来了。排练场设在脱坯场，一是离营房远，不影响他人休息，二是坯场有一排排、一垛垛晾晒好的干坯，既避风又拢音。那阵子真忙，白天出工劳动，晚上排练，我还要操心小节目的排练。但是在一位内心崇拜得五体投地的排长的领导下，我心甘情愿地累并快乐着。

我写的小歌剧战士放牧保边疆是模仿龙梅、玉荣的故事改编的，杨新喻班长谱曲，张晓丽、林秀琴、庞淑英表演，所有舞蹈动作都由我编排。张晓丽、林秀琴的嗓子本来就很好，她们的演唱为原本很稚嫩的节目增添了光彩。记得她两人在战胜暴风雨后唱道："呼呼风声雨哗哗，风啊雨啊你来吧，难不倒兵团战士志气大，人在羊群在，困难踩脚下。"在王排长的指导下，我又完成了小话剧《誓在草原把根扎》的创作。故事以一个兵团战士厌倦艰苦生活为主线，描写了她的思想转变。林秀琴演这个小战士，我演她那出身贫苦、受尽地主欺压的苦大仇深的老妈妈。故事从老妈妈到连队探望女儿开始，通过老妈妈的忆苦思甜使女儿发生了转变，为此我还得了个"大妈"的雅号。

整套节目排好后，王排长反复推敲、修改，直到他认为满意了，才在连队进行了首演。由于太久没有文化生活了，生活也实在是有些枯燥了，这台晚会让连队一下子热闹起来了，整台节目台上台下笑声一片、歌声一片，连长、指导员格外满意。后来又请来了团部有关领导看了一遍，团领导很满意，让我们去其他连队巡演，以丰富全团的文化生活。

整个宣传队的排练演出，让我找到了自信，也开发了我的文艺潜能。王排长手把手教会了我很多写作常识。我常常自嘲是个文艺青年，而这文艺青年的启蒙老师当之无愧是王排长。

宣传队的喧闹过去了，一切恢复了平静，我们又开始了日出而作、

日落而息的劳作。渐渐地，连里传开了一些现役军人干部对北京知青的不满，首当其冲的靶子就是王排长。那年他25岁，正是激情勃发的年华，可他因此消沉了很长一段时间，他那标志性的琅琅读书声和悠扬动听的歌声也渐渐在连队里消失了。我焦急地向他询问缘由，他却呵呵笑着说："你个小破孩儿懂什么？我只是需要调整一下自己。"

过了一段时间后，王排长调到了团政治处，去组建团宣传队，我则调到了一连。再后来听说他上了北大，毕业后去了武汉大学任教，我们失联了。再再后来，我上大学选择了汉语言文学专业，毕业实习到了武汉，几经周折找到了他。他很惊讶，不胜感慨地说："你是三连第一个找到我的战友。"他请我吃武昌鱼，送我回实习驻地。十几年分别后的重逢，我们酣畅交谈，当谈到他对我们成长所产生的莫大影响时，他反倒感觉有些意外。

那时的排长当然不会理解，被称为"小六九"的我们到兵团时只有小学文化程度，而他们已经高中毕业，整整高出我们六个年级。一个是小学，一个是高中，文化上的巨大差异使我们对整个北京知青群体产生了绝对的敬仰和崇拜。在到兵团的最初两年，排长是北京知青中和我们接触最多的，在和我们同吃同住同劳动的日子里，他能把繁重单调的劳动变得热火朝天、你追我赶，能把枯燥单调的生活变成书的海洋、歌的海洋。每到傍晚，收工后的战士们不顾疲倦，围坐在他身旁，听他用带有磁性的声音为我们朗读《钢铁是怎

样炼成的》；食堂里、操场上、坏场上，他教我们唱《长征组歌》、《祖国颂》；他说话富有哲理，做思想工作丝丝入扣，让闹矛盾的战士破涕为笑，和好如初。他是从心里想把我们这些弟弟妹妹们带好，让我们一踏上社会便成长在一个积极向上的社会环境中。所以他身体力行，处处言传身教，这就让我们把他当成偶像一样去崇拜、去效仿。

排长也真是好样的，离开兵团后的成绩更是可圈可点。他教书育人，桃李满天下；他潜心钻研，著作颇丰，成为享受国务院津贴的专家。每当我收到他签名送上的新作，我都为他骄傲。这位在我们青春期引领我们的良师益友，三连兵团战士心中的排长，至今仍是那个喊着口令、打着拍子、一呼百应的老排长！

荒唐的梦

我的六年中学生活都是在男校度过的，而且住校，几乎与世隔绝，可以说从来没有接触过任何同龄异性。所以那时的我，除了憋出一脸青春疙瘩痘之外，别的啥故事也没有。下乡时就不同了，为了让我们落地生根，上级领导格外开恩，全部按等额男女比例搭配，于是就有了和同龄女性亲密接触的机会。可是有机会不等于有事实，领导们也不想想，那年头生存都是问题，离"饱暖思淫欲"还差着十万八千里呢，能有啥邪念？不信你看，我们这些等额搭配来的少男少女过得都是清教徒式的生活，即便开会晚了人挤人睡在一个小蒙古包里，也没整出啥故事来。

1971 年年初，我插队的地方改建成兵团，我被任命为牧业连的战士排排长。轰轰烈烈地领六七十个战士干了一年多，终于在茫茫大草原上盖起了漂漂亮亮的三排大瓦房。可让我始料未及的是，等我欢欢喜喜地把连指导员从团部接到了连部，住进大瓦房的指导员却说我搞"独立王国"，于是我这排长靠边站了。为了彻底肃清我的流毒，指导员决定在全连整风，而且要背着我整风，便派我和老保管员宁布出去外调，这样我就来到这一带人们心目中的最大城市赤峰。

现在回过头来想，人真是不能闲散，一闲下来就会杂念丛生。在赤峰的那几天无所事事，我就瞎琢磨，想我这兔子也没啥蹦头了，前途更是黯淡无光，该寻思些别的了。可是能寻思些啥呢？那就想想媳妇吧，看能不能娶个媳妇。这样，在夜里睡不着觉的时候，我就一边对着天花板发呆，一边把一起插队的北京女知青在心里偷偷过了一遍。

于是，有一个人悄悄走进了我的脑际，这就是吴天虹。她和我同龄，毕业于北京的一所著名女校，是和我一起从北京来这里插队的。说实话，当她进入我的脑际的时候，我知道的也就这么多。我没有和她分在一个分场，彼此相距甚远，仅有的几次接触是知青代表在总场开会，印象中的她总是安安静静的，举止优雅得体，一副大家闺秀的模样。最难忘的是，偶尔轮到她发言，她总是那么有条理，总是那么落落大方，这让我记住了她，一下子把她从人群中搜索出来。

那时的我，刚好25周岁，正是荷尔蒙泛滥的年龄，有想法就会有行动，于是马上洋洋洒洒地给吴天虹写了封信。当时还想，幸好在赤峰，可以邮寄，如果在插队的地方，还真不知道该怎么把信转给她。

信写完了，发出了，剩下的就是静等回音了。可万万没想到，回音没等到，却等来了一场灾难。等我完成了外调任务，从赤峰回到团部，发现很多人看我的眼神有点异样，不知道里面藏了些什么秘密。后来零零星星听说，我的信寄到团部后被一位北京老知青私下拆阅了，他不仅拆阅，而且传阅，挨个在北京老知青和兵团战士中传看。于是乎，在这个缺乏新闻的小小团部，"王某人情书"事件风波骤起，成了大家饭后茶余的笑谈。是啊，这么隐私的事，居然成了公开的新闻，吐沫星子带出来的除了嘲笑和鄙薄，还能是什么呢？

事情远未到此为止，还连带产生了另外两个负效应：一是听说此前还有别的北京老知青追求吴天虹，虽然从未得到过吴天虹的首肯，但在某些人看来，我已属于有口难辩的"第三者插足"。二是直到事情败露了，我才听说吴天虹是高干子女，她父亲是开国将军，是位大名鼎鼎的司令。完了！要说我以前对此一无所知，有谁会相信呢？没有人信！其实说真的，我们这批老知青全部来自北京的几所重点中学，家庭出身高干或高知（高级知识分子）的比较多。但平心而论，高干也罢，高知也罢，我们的家庭大多遭到了冲击，我们也只剩下了接受贫下中农再教育的份儿，谁也没有闲心去打听别人的家庭。何况这茫茫大草原音讯不发达，加之吴天虹不事张扬，谁知道有没有知青追求过她？谁知道她父亲是什么高官？反正我不知道，估计所有不和她在一个分场的人也都不知道。

可是，在道德高士比比皆是的年代，这种解释是苍白无力的，没有人理会。当时的我，在旁人看来既有攀龙附凤之意，又有道德败坏之嫌，硬是跳到黄河也洗不清了！更糟糕的是，既然弄得这么沸沸扬扬，倒是让吴天虹本人知道啊，这也不枉负了我的"癞蛤蟆想吃天鹅肉"之心。可是偏不！老天爷戏弄起人来是从不留情的，就算让所有人都知道了，也绝不让她本人知道！为什么呢？因为1972年大学恢复招生，吴天虹已被突如其来的调令召回去上学了，她对此毫不知情！

丢人啊！真是丢人丢到家了！我从此把这难言的羞惭深深埋在心底，再也不愿提起。可生活在继续，故事也在继续。过了很久，当我也回北京上大学之后，有一次在剧场看演出，发现后两排坐着一位当年和我一起插队的女知青，恰好她是和吴天虹一个分场的，并且她们两人是铁姐们。我跟她打了个招呼，就静下心来看演出了。演出结束后，本该扬扬手就告别的，可这位女士却向我走来，特认真地对我说："你给吴天虹的信传到我手里后，我没有再传下去，还在前不久把它交给了吴天虹本人。"我当时满脸通红，只低着头说了声"谢谢"，就再也什么都说不出来了。这位女士也是高干子女，父亲的级别很高，而且有个享誉中外的名人弟弟。她是我此生遇到的真正道德高士，虽然那时我已羞于重提此事，但仍从心底对她充满了感激！

那时我在北京大学学考古，经常下田野实习。有一次从发掘工地回家，我母亲告诉我说，我外出期间家里收到了一封寄给我的信，她已经拆阅了。我还没来得及拿过信来，母亲就抢先说："你要有个思想准备，人家确实门槛太高，已经拒绝你了！"我一听就知道说谁了，浑身的血液一下子涌上来，恨不得找个冰窟窿钻进去。我打开信，粗粗看了几眼，就当着老妈的面把它撕碎了。

半年后北大又一次实习，我一去又是好几个月。没料到，回来后听说家里又有了新故事。当时我们家住在良乡，宿舍楼旁有一支驻军，而我们家的楼房窗子正好对着部队食堂的大烟囱，每天一到做饭时间就浓烟滚滚。我妈长年卧病在床，对烟尘相当过敏，可这事牵扯到军地关系，反映到谁那里去都没用。万般无奈之下，母亲忽然想到有个人曾经给我写过一封信，而这个人的父亲是位大名鼎鼎的司令，于是突发奇想，给这位叫吴天虹的女士写了封信。信是按她来信时标注的部队邮箱号寄出的，本来是有一搭没一搭的事，没做多大指望。可没想到，信发出后的第五天，只见楼下来了一帮战士，三下五除二地把大烟囱给拆了，部队食堂也搬了家，从此窗外再无一缕烟尘。"看来真是你这位同学帮了忙，有机会时替我谢谢她！"我妈对我说。

听我妈讲完这个故事，我心里那个堵啊，堵得几乎喘不过气来！真是哪壶不开提哪壶，为什么还要去打扰人家平静的生活呢？可我啥也说不出，因为我知道，我妈也是实在没办法。

北大毕业后我被分配到武汉大学教书，离开了北京。大约是1980年，一位过去一起插队的北京老知青专程到武汉来看我，聊天时他提到吴天虹，说他曾有机会当面问吴天虹，为什么要拒绝我。可吴天虹一脸无辜地说："我没有拒绝他啊，还给他回了信，是他再没有回音，从此断了来往。"哇，天啦，这都是啥情况啊，我听了后整个人都石化了！这情节也实在太离奇了，我怎么也不相信这会是真的！可真的假的又如何呢？那时我们都已是各有家室的人了！

细想想，她的那封信虽然我只随便瞄了几眼，虽然还被我当场撕得粉碎，但并不等于我对它的内容毫无印象，相反倒是十分的刻骨铭心。我记得，这封信很长，大概有这么几层意思：一是你很优秀，我很敬佩你；二是你身边有很多优秀的女知青，她们都比我强，其中有不少人适合你；三是我很平常，但愿意和你交个朋友。这么一封信，看你怎么理解了，像我妈那样理解是可以的，但像吴天虹说的答应做我朋友也是可以的，正的反的皆无不可。老天爷啊，为什么让我偏偏选择了反的一面呢？其实这不是我的选择，因为当时我已经失去选择的理性了，因为我还没有来得及看信，我妈那句先入为主的话已经像一记闷棍把我打蒙了！

光阴荏苒，日月如梭，我们都已步入花甲之年。这场年轻时的荒唐梦，早已化作一地残片，变为斑斑陈迹。但在这里我仍想向吴天虹道声歉，抱歉由于我的愚蠢，打扰了你平静优雅的生活，甚至毫无来由地给你平添了几丝烦恼和无奈。

吴天虹，对不起！

"高考" 风波

1971 年，停办了五年的大学开始恢复招生，但只招收"工农兵学员"。所谓"工农兵学员"，是指大学新生直接从工人、农民和士兵中推荐产生，报名者必须当过三年以上的工、农、兵。其最不同于正规大学生处，就是"工农兵学员"是由基层推荐产生的，而不是通过高考录取的。但其中有一届并非如此，这就是 1973 届。当时邓小平复出，提出在全国恢复高考，所以那一届学员虽然仍经基层推荐，但推荐后都要参加正规考试，不合格者不予录取。

1973 年我还在插队牧场改建的内蒙古生产建设兵团五师四十三团，担任团政治处文化干事，负责团宣传队的工作。在是否推荐我上大学的问题上，政治处领导有分歧，而反对我上大学的是政治处的一把手，他一听说需要考试，就立马派我带团宣传队到各连队巡回演出，断了我复习的路。说实话，那时我父亲的问题还没解决，我还背着出身不好的包袱，加之政治处主任的反对，我完全没指望能上大学。好了，不复习就不复习吧，这本来就是一枕黄粱梦，于是我一天课本也没摸。

但后来发生的一系列巧合，把根本不可能的事情变成了可能。

那时我虽然离开了插队所在的白音温多尔牧场，也离开了由它改建的兵团牧业连队，但根脉还在，感情还在，特别是和牧民的感情还在。我影影绰绰听说，牧民知道了我在连队挨整的事情，纷纷为我打抱不平，甚至为了我的组织问题集体赴团部"上访"。那是1973年春，我不知道这是不是最早的上访，只听说三连的全体牧民党员集体来到团部，骑着马绕团部转了两圈，向团首长声明要求讨论我的入党问题。这确实管了大用，因为当时兵团成立不久，民族关系还是要顾忌的，特别是这些牧民党员，个个根红苗正，是兵团铁定的依靠对象，更要注意团结。牧民的这次"上访"直接带来了三个效果：一是促成了组织上考虑我的入党问题；二是体现了基层群众对我的好评，成为一种事实上的"推荐"；三是某些团首长由此感到我是个麻烦，不如甩出去。

第二个巧合是，为了我的组织问题，团里派人去北京我父亲单位外调，刚好赶上单位正考虑为我父亲平反。虽然当时还没有对我父亲做出最后结论，但事情总算有了转机。

三是那年到我们团负责招生工作的，是内蒙古工学院的两位老师，他们来之后没啥好招待的，就请他们看了场团宣传队的演出。没想到他们看后很有感慨，说演技虽然很稚嫩，但整台节目的编导有点水平，甚至不比他们大学文艺宣传队的编导差，于是到处打听这台演出是谁组织的。这一打听自然就打听到我头上来了，于是他们向团里亮明了态度，要求推荐我上大学。

最关键的是，团政治处有一位姓马的副主任，他是我们这里组建兵团前的军管会主任，对牧场的情况相当熟悉，对北京知青的情况也相当了解。当初兵团组建时任命我为三连战士排排长的就是他，后来调我到团政治处工作的也是他。他来自北京 301 总医院，原来是一个大科室的教导员，是个纯知识分子，因为"文革"中的派系斗争被贬黜到我们这里来。他很关心我，希望我有机会返城读书，所以在我被差遣到基层连队巡回演出时，主动替我报了考大学的名。

就这样，我被通知参加"工农兵学员"的入学考试。我是临考前两天才接到通知的，当时我刚从基层连队巡演回来，听说后大为惊诧，还一脸呆傻地对别人说："不会吧，我没有报名啊！"后来知情人悄悄告诉我，是我不在时马副主任替我报的名，我这才在嘴上安了把锁。但考试即将开始，我一丁点都没复习，考了又如何？细想想这不过是一场折磨人的玩笑，心里很不是滋味。记得在团部见到那个脸庞黑黑的政治处主任，他冲我一脸幸灾乐祸的坏笑，我就知道中了他的阴招。

头一天考政治，我没太当真，想都不想就把答案随便填写完了。当晚，我独自坐在团部的宿舍兼办公室里，忽然听见有人"砰砰砰"地敲窗子，抬头一看，原来是那两位负责招生的内蒙古工学院老师。我赶紧打开门请他们进来，他们说："不进来了，不方便。我们到这里来只是想跟你说一句话，你一定要认真考试，不要辜负别人的希望！"说完便扭头走了。听了他们掷地有声的话，我心潮难平，心想真是的，不管考得怎么样，哪怕明知不行，也不能破罐子破摔啊，总不能做出"令亲者痛仇者快"的事吧！

第二天考语文，我认真多了，一道题一道题地仔细答，称得上是一丝不苟。最后是作文题，题目至今记得清清楚楚，是《记一次忆苦思甜报告》。我打了一遍腹稿，然后便唰唰唰地一口气写下来，一下子写了一千五六百字。记得作文写完时也快到交卷时间了，我抓紧工夫浏览了一遍，结果我自己也被我写的"忆苦思甜报告"感动了，两眼止不住泪花滚滚。不知是有意还是无意，傍晚又巧遇那两位招生老师，他们远远地冲我笑了，我也冲他们笑了。

第三天考数学，这是我的长项，中学时我还拿过数学竞赛第一名呢，应付这种考试纯属小菜！第四天考化学，对着那整张卷子的化学分子式我就傻了，因为考前一眼没看，现在一个分子式都想不起来了。当时我呆呆地坐在考场里，心想这场游戏玩到这一步也算到头了，应该识趣地收场了，于是把考卷一折，站起身来准备交白卷。起身一看，正好撞入眼帘的是，监考的一位团后勤处干部正在冲我阴阳怪气地坏笑！我从没和他打过交道，但他的阴笑告诉我，他显然是属于看我笑话的那一拨。顺便说一句，我在三连时挨了几个连领导的整，并且被他们排挤出来。但他们搬起石头砸了自己的脚，没想到我反而被上调到了团政治处。整我的那几个人因此气急败坏，到处告我的状，当然也没少在团部的干部中说我的坏话。这位监考的后勤处干部的一脸坏笑告诉我，他就是正等着看我笑话的人。我一下子热血直冲脑门，激愤之下也冲他冷冷地一笑，重新一屁股坐回到座位上。我是绝对相信人是有潜能的，因为当我重返座位后，各种化学分子式一个接一个地直往我脑门上蹿，最后神了，我居然把整张化学卷子答完了！

第五天考物理，也没能难住我。事后听说，因为整个兵团五师有很多老知青，各科的考题出得都很难。但再难也难不住我们团里那些北京的老三届们，加之他们做了充分的准备，所以考的都很好。和他们相比，我的总分不是全团最高的，但出乎意料的是，我的作文是整个五师得分最高的，得了个独一无二的 100 分！大约是我的"忆苦思甜报告"把阅卷老师也感动得稀里哗啦吧，所以破天荒地给了个满分！说实话，我在北京的重点中学修完了全部高中学业，是"老三届"中最老的一届，要说连这种考试都应付不了，也实在说不过去。

天下之事难以预料，刚刚迈过考试这道坎，结果出了个"白卷先生"，公开抵制考试。有人就借此大做文章，要求重新审核考生。结果，评表现、看推荐、查政审，整个程序又重来了一遍。不过这次顺利多了，我过五关斩六将，最后终于拿到了一张大学录取通知书！

恩师邹衡

我是 1973 年 9 月进入北京大学历史系考古专业学习的，但那时的校园并不平静，各种运动此起彼伏，而我等工农兵学员则被告知，必须积极投入各项运动。

作为班里的几名学生党员之一，我被赋予的"上管改"重任，就是担任了邹衡先生清查和批判小组组长。接到这个任命后我不禁哑然失笑，一来我自己也出身"反动资产阶级学术权威"，半斤对八两的事，谁批判谁啊！二来我只知道邹衡是考古专业的老教师，其他则一无所知，怎么清查？怎么批判？可谁料想，我这个狗屁组长刚上任，还真有老师主动跑来揭发检举邹衡。想必这也是为形势所迫，不得已而为之，至于此为何方高人，那就恕不奉告了。当初我连邹衡先生都没告诉，现在就更是谁也不告诉了。

此后我这组长一无所为，甚至连见邹衡一面的兴趣也没有。隔了一段时间，历史系考古专业的党支部书记找我汇报工作，我说查已经查了，邹衡就是个白专典型，别的啥问题都没有。这位党支部书记大不以为然，说邹衡不仅顽固坚持资产阶级学术方向，而且还是"漏网右派"，一定要深挖深揭，把他骨子里的东西挖出来。我当时不知哪来的一股邪气，居然顶撞起这位主宰我命运的顶头上司来，反驳他说："真的查了，别的啥问题都没有，总不能让人昧着良心无中生有地瞎编吧！"这下麻烦了，开始那位党支部书记还笑眯眯的，听到这里把脸一沉，说"文化大革命"已经深入到了"批林批孔"的阶段，居然还有人为资产阶级的"良心"扬幡招魂，说明我骨子里仍在顽固坚持反动的人性论！他特别加重语气说："你的态度很不对，政治立场有问题！"我虎着脸不吭气，一句认错的话也没有，气得那位党支部书记脸都绿了。

后来没有谁再找我谈邹衡的事了，不知是我的组长被撤换了，还是革命风暴越刮越猛，顾不上邹衡这样的边缘人物了。呵呵，直到大学二年级上商周考古课，我才得以拜见邹衡先生的真容。说实话，当时只觉得他是个貌不惊人的小老头，别的印象并不深。那时的北大被四人帮的妖风刮得昏天黑地，但那时的北大考古专业却正值鼎盛期，赫赫有名的"五虎上将"个个是中国考古界的领军人物。上邹先生的课之前，我们已经上过了吕遵谔先生的旧石器时代考古和严文明先生的新石器时代考古，领略了二位先生的风采。吕先生讲起课来形神兼备，既绘声绘色又神采飞扬，还时不时夹带点肢体语言，把枯燥乏味的旧石器时代考古讲得栩栩如生。至于严先生，讲起课来那真是丁是丁卯是卯，丝丝入扣，逻辑之严密、用词之精准、思维之敏捷皆令人叹为观止。比较之下，邹先生的课色彩不鲜明，平铺直叙为多，唯一的特点是比较注重每个结论的考据，颇有点"大胆假设，小心求证"的味道。

但与众不同的是，所有专业课中，唯有邹先生布置了作业。而且这作业不是统一的问卷答卷，而是让每个学生在商周考古的范畴中任意选题，各依一孔之见自由发挥。当时我想，这老师看来是真用心思，这不等于是在教我们写论文吗？可这作业一旦布置下来，他既要一个个地辅导每个学员，又要一篇篇地审阅文章，从头到尾都是纯个性化的工作，付出的心血远在课堂授课之上。这样想着，对这位老师就有了几分特别的敬重。但说实话，我并不认为那时的我们能写出什么像样的东西来，所以完全没用心思，随便诌了一千多字交了差。

　　在北大期间有一次外出参观考察，邹先生是我们的随队老师。记得好像是走到洛阳时，忽听队伍后面有人扑通倒下了，回头一看，原来是邹先生心脏病发作摔倒在地上。随队的其他老师赶紧在他身上翻出急救药品，把他抢救过来了。在这之后，他居然依旧跟没事人似的随我们行走在旅途上，继续他的授课任务。这引起了我的好奇，我暗自寻思，什么人会这么拿工作当生命啊，真是非同一般！我仔细瞅了瞅归队的邹先生，发现他虽然不哼不哈，但脸色确实难看，人也无精打采。于是我有意靠近他，心想但凡有点什么事也好就近搭把手。这样做不能说没有一点私心，因为我好歹当过几天他的清查小组组长，一旦他老人家有什么闪失，我岂不是连清查对象都没了？

　　工农兵学员当年实行的是定向分配，我属于留京指标，应该被分在北京，但毕业时却被分到了武汉。原以为这是因为我好几次顶撞那位专业党支部书记的缘故，因此受到惩罚。但后来从招收我的武汉大学老师那里听说，我到武大还有一个人起了作用，这就是邹衡先生。原因是，那年武大创办考古专业，派教师到北大招人，当征询邹衡先生的意见时，他推荐了我。此外再加上有人巴不得把我弄到外地，于是一拍即合，我便平生第二次背井离乡。

分配到武大后，没想到和邹先生的接触反而更加多起来了。这是因为那时湖北发现了黄陂盘龙城等一大批商周遗址，都有很重要的考古价值，少不得要请邹先生过来现场指导。每次他来湖北除了去黄陂盘龙城有王劲、陈贤一先生等熟人陪同外，去其他地方都会拉上我做伴，我也尽心尽力随侍在先生的左右。他是个纯学者，每到一地最发怵的是见地方长官，不知说什么好，只会坐在一旁讪笑。这时他最希望的，莫过于有人帮他周旋一切，不过他也会尽力配合，让说什么就说什么，让做什么就做什么，听话得很。

20世纪七八十年代时，高校老师的待遇很低，差旅费报销卡得很严，北大亦莫能外。而邹先生最为担心的，就是到一个地方后，接待方一看北大的名教授来了，于是安排个单间或套间，弄得他回去报不了销。每次陪他去一个地方，在路上他就紧张起来，千叮咛万嘱咐让我跟接待方务必讲清楚，只能安排普通标准间，而且要两人合住。见到地方上的接待人员后，只要我还没有顾上谈这事，躲在我身后的邹先生就会当着别人的面拉我的袖口，提醒我赶紧说。

于是，每次陪邹先生外出，都是我们俩住一个标准间，这是他最满意也最惬意的。那时我们师生俩臭味相投，一个是全都嗜烟如命，抽起烟来一根接一根，再就是我们都喜欢熬夜，越到更深夜半精神头越足。记得有一次在襄樊，早上客房服务员来清扫房间，打开房门后被烟呛得直咳嗽，但很礼貌地问候了一句："您二位起得好早啊！"我和邹先生相视一笑，心想什么起得早啊，我们还没睡呢！

这样的时候不知有多少次，于是，我和邹先生就有了多次彻夜长谈的机会。谈话的内容可以说无所不包，除了我从来没有提到过有人揭发检举他之外，除了他没有细谈两次婚姻的变故之外，其他人和事都诸多涉及，几无顾忌。

我们之间首先要澄清的一个话题，当然是要弄明白我来武汉到底是不是和他有关。他对此毫不隐讳，直截了当地说就是他推荐我来武大的。至于原因，他也竹筒倒豆子地说，当时他正在北大闹离婚，加之北大的政治运动如火如荼，于私于公他都实在待不下去了，而武大正好创办考古专业，是一张白纸，人事关系不复杂，再说这里离他家乡很近，所以他打算调来武大。"你调武大和我有什么关系呢？"我不解地问。"我在武大没有熟人，你来了我不就有熟人了吗！"他像个孩子似的说。真是活见鬼，没想到当了两天半清查邹衡小组组长，没成敌人反倒成了熟人，直令我啼笑皆非！我想，这大概和我那次外出参观途中主动接近他有关吧，或许还有别的什么原因。后来他告诉我，其实从那次写商周作业起他就开始注意我了，在他看来，那篇小文虽然空洞无物，但反映出作者还是有些想法的。

当然事情后来发生了变化，邹先生也就断了来武大的念头，可这时我已经是武大的教员了。按说来武汉并非我的本意，对邹先生的举荐我应该有所抱怨才是，但一来当时我在武大已经找到了感觉，干得还不错，二来邹先生这种毫不掩饰地直言相告做法也深深打动了我。我想，无论换上哪个老师，都不会把推荐一个学生和自己的未来打算结合起来的，即便事实如此，也不必和盘托出啊！但邹先生却这样做了，不仅对一切都不加隐讳，而且说得一清二楚。这就是邹衡先生，他的真挚和坦诚几乎到了让人觉得不谙世事的程度，但这恰恰证明了他的为人，证明了他的童心如初。

从那以后，我跟邹先生谈的就都是掏心窝子话了，彼此间的坦诚远远超出了一般师生。我当然首先要向邹先生请教从事考古的方法，可他从不指手画脚地告诉我应当这样做或应当那样做，而是只管谈他自己的考古经历。他说，他一生的事业基础是在读研究生期间打下的，最大的收获是他曾经一脑门子扎在郑州二里岗的陶器库房里，独自一人粘陶片、画线图、排陶器。他感叹说，寒假期间他都没有离开，偌大的文物库房就他一个人，寒风从窗洞里吹进来，冻得他浑身直打哆嗦！但即便这样他仍然坚持下来，并且坚持了不止一个寒暑，由此不仅解读了郑州二里岗商城遗址的密码，而且破解了考古方法论的精髓，摸索出了一套独特的考古类型学方法。

遵循邹先生的教诲，我从 1980 年起丢下了枯燥乏味的考古学专著，抛下了刚刚出生的女儿，独自一人在湖北当阳玉泉寺的深山老林里，用整整四年时间整理当阳赵家湖出土的 297 座楚墓。这批楚墓的随葬品以陶器为主，共计 1230 件。我师法邹衡先生，领着宜昌博物馆的五位小姑娘长居玉泉寺，粘陶片、画线图、排陶器，渐渐悟得楚墓分期及楚文化的精妙，在此基础上完成了《楚文化源流新证》一书，为自己的学术生涯奠定了坚实的基础。

邹先生曾经十分形象地对我比喻说："学考古犹如啃核桃，一层硬硬的外壳千沟百壑，挡住了不少人，里头的果仁也很难完整剥出，又难住不少人。而以这两大层次划分，考古中人大致可分为三种类型。一种是赏玩核桃的，终日把核桃握在手里摩挲，摩挲得油光锃亮，既是秀核桃，也是秀自己。这部分人，说是搞考古，但实际上一辈子也没深入进去，仅得其皮毛而已。另一类人倒是敲开硬壳进去了，却陷在核桃仁的沟壑里跳不出来，终其一生都沉湎在有限的田野资料中，结果既不能通过宏观的比较真正认知手中的资料，也无法通过科学的整理把考古资料变成可以开口说话的史料。至于第三种人，那就是通过努力实现了"进得去出得来"的三大突破，由此从考古学的必然王国进入了自由王国：

一是进得去，即通过最基础工作的身体力行和仔细感悟，深入考古地层学和类型学的堂奥，认真领会其中的复杂与精妙，以此掌握解读考古资料的特殊密码；第二个突破是进去后要出得来，即要通过不同层次考古学文化的横向比较，对手中的资料加以甄别，判明其共性与个性；三是在完成了对考古资料分期、分类、分区的科学整理后，结合历史的研究把它上升为史料，使之为复原历史服务。"

邹先生这个"进得去出得来"的解析，和对考古中人三种境界的划分，使我脑洞大开，一下子窥见了考古学科的奥秘，由此获益终生。当然，作为考古类型学大师，邹先生在讲述这些道理时，免不了要列举各种类型的人和事，而且是现实的人和现实的事，这当然只能当作自家人的私房话了。

邹先生是老师，后来我也做了老师，于是如何教书育人就成了我们共同感兴趣的话题。其实育人始于识人，而如何识别和甄别学生，是我一直关注的，也少不得要向邹先生讨教。邹先生对此经验颇丰，他兴致勃勃地告诉我，在甄别学生方面他有一套独特的方法，即"邹氏筛选法"，而且多年来百试不爽。

筛选的第一个标准是什么？居然是"老实不老实"！为什么？我瞪大了一双疑惑的眼睛，直言不讳地问："你又不是政工干部，怎么做起品行鉴定来了？"邹先生不以为怪，不急不缓地说："要知道老实可是做学问的第一要义啊！如果为人不老实，如果做事投机取巧，那就别指望他做出真学问来！"他看我似信非信，特别解释说，"你也知道的，在北大考古圈里，我邹衡不算是最聪明的，天资比我高的不止一个。但我秉承的原则就是老实，老老实实地做好基础工作，老老实实地从原始资料入手，绝不搞一点虚的和花的。"

"那您这'老实'的标准如何量化？"我穷根究底地问。这一下把老头问住了，他一时语塞，沉吟了片刻说没有量化标准，只能凭感觉。我换了个角度问："那您说说，按您这个主观感觉筛选下来，一个班里的学生有多少合格的？"他说："大约能筛掉三分之二，剩下三分之一。"哇，我心里惊叹，这标准着实不低呢！

"当然，光有这一个标准是不够的。"邹先生接着说。"那是自然！"我也会意地笑了，等着听他第二道筛子的揭晓。

"第二道筛子就是要真的肯干。"邹先生说。我又迷惑了，禁不住问："老实不就是肯干吗？""不然！"邹先生肯定地说。"老实是一种做人的品质，肯干是一种做事的风格，二者有联系也有区别。有不少人为人很老实，可真正事到临头了，未必能扑下身子一锹一铲地干。"我听出邹先生这是在说考古了，因为"一锹一铲"这个词已经很具专业色彩了。邹先生这话我是听得明白的，因为切身经历告诉我，考古田野的一锹一铲，以及室内整理的粘对陶片、核对线图等，都是极其艰苦而且枯燥的，倘若没有豁出去掉一身肉的吃苦耐劳精神，光是老实是无济于事的。

哈哈，第三道筛子不用邹衡先生说我也猜出来了，那就是总不能找个既老实又肯干的榆木疙瘩吧，聪明才智也是免不了的。邹先生呵呵笑着说："是的！加上这一条就完整了。"

邹先生特别强调，这个"邹氏筛选法"应用起来其实很简单。第一道筛子靠感觉，当然对人的了解有一个由浅入深、去伪存真的过程，甚至是个漫长的过程；第二道筛子就看田野实习和室内整理的表现了，不同人的区别在这些环节中很容易反映出来；至于第三道筛子，那只要一看实习报告或毕业论文就知道得差不多了。听到这里我笑了，打趣说："您这套筛选法看似简单，但能躲过您这三关的能有几人？怕是凤毛麟角吧！""有啊，不少呢！"这时邹先生就掰着手指头数起来，说哪一届有谁谁，哪一届有谁谁，就像在述说自己的家庭成员。看他这么津津有味又这么头头是道地念叨自己的得意门生，我着实感到了震撼，心想天下还真有这样的老师啊，对学生竟是如此的用心良苦，又是如此的深情挚爱！

为了写这篇小文，我翻了翻邹先生历年写给我的信函。多年来屡次搬家，东西散在各处，一时很难找全。但即便如此，随便搜了搜也找出了邹先生写给我的近20封亲笔信。邹先生眼睛不好，几乎每封来信都诉苦说："我现在视力一天不如一天，几乎成了半盲人。"但每封信他都要用工工整整的蝇头小楷写上好几张，有的甚至长达五六千字，几近一篇论文。在信里他说："知音难遇，过去我们虽曾是师生，现在只能说是朋友。"把我这个后学晚辈当成了交心谈心的朋友。在这些信里，他不仅言之谆谆地教我如何做人、做事、做学问，而且对他自己面临的种种困顿及挑战也从不隐讳，往往一吐为快，真挚与坦白一如往昔。

有几件很平常的小事，也让我从心底里深深记住了邹先生。

1988年秋，我所在的武汉大学发起召开了"首届国际楚文化研讨会"，我是大会秘书长。那年头学校经费紧张，作为独家发起单位，学校只批给我几千块钱会务费。七个国家的学者、近百名会议代表，这点钱能干什么？真是"巧妇难为无米之炊"啊！穷极无奈之下，我这个秘书长只好"堤内损失堤外补"，一是找和我交谊甚厚的荆州博物馆等单位出面协办，把一个国际会开成了流动性会议；二是鼓励各位参会代表踊跃赠书，把大会当成一个最好的资料和学术交流平台。但即便如此，面子上的花活也还是要做一点的，好歹装装门面嘛！当时各类会议最时兴的就是发放各种款式的公文包，以此作为纪念品，于是我也派人去湘西山里买了一批当地人手织的小挎包。这种挎包价格便宜，但很有民族风味，算是工艺品。可谁心里都明白，要比起其他会议上常发的皮质公文包来，这就差得不是一星半点儿了，谁知道代表们买不买账呢？

邹先生也是那次会议的代表之一，包包发放之后，他竟然挎在身上满世界炫耀起来，到处跟人夸这包好看，而且兴高采烈地说，一回家就要把这包当作礼物送给孩子！我知道邹先生是湖南澧县人，难免爱屋及乌地偏爱湘西风格的东西，但在这之前我也曾向他倒过苦水，诉说会议操办之难。孰知他这不是在以自己的方式支持我们这个会议呢？反正看着小老头的那股开心劲，我当时心里热浪滚滚，感动得一塌糊涂。

那次会上，晚间休息时别的代表都在走门串户，叙旧访友，但四下里张望，却到处看不到邹先生的身影。我闯进他的房间，发现他正独自一人静静地审读我那本新出版的《楚文化源流新证》。说实话，邹先生本来眼睛就不好，看他躺在床上眯着双眼费劲地读那些小字，我心里着实过意不去，再三劝他出去转转。可他置若罔闻，还深有感触地说："看你的书有收获啊！我觉得你已经成功走上了

'三结合'的研究路子（笔者按，即由考古学科出发综合文献及古文字史料研究历史的路子）。我虽然也一直有此抱负，但空喊了几十年却没有实际行动，想想真是惭愧啊！"一个如此大名鼎鼎的考古学大家，竟对一个初出茅庐的毛头小子说这种话，惊得我目瞪口呆。当时我赶紧从身上掏出一支烟，塞进邹先生嘴里说："邹先生，您这是说啥呢，赶快抽根烟醒醒神吧！"

还有一件事，大约发生在 1997 年，我突然接到北京大学研究生院发来的函件，聘请我做邹衡教授某博士论文的答辩委员。那时我已离开考古界，这份邀请的到来既使我百感交集，也令我诚惶诚恐。后来才知道，无非那位博士写的论题和我过去的研究有点关系，邹先生便马上想到了我，向学校推荐我做答辩委员。这件事传递给我的信息是，邹先生仍然希望我和考古界保持一定的联系，不要离开得太远。答辩休息时邹先生走过来，问我是什么意见，我大体谈了谈后邹先生说了句令我大跌眼镜的话，他说："你是这个研究领域的专家，你说了算，你说他的博士论文能通过就通过，你说不能通过就不通过。"那次答辩委员会的主任是国家博物馆馆长俞伟超教授，这时他也跑过来凑热闹说："对，听你的，你说怎么定就怎么定！"

邹先生去世前一年，武汉大学要参加一次国家级评定，需要专业评委之一的邹先生拿意见。因为我在武汉大学工作过，武大的人便来找我，要我代为疏通。我一个电话打过去，想不到从来做事都一本正经的邹先生接到电话后居然乐呵呵地开玩笑说："好哇好哇，只要你过来看我，我就答应你！"

那次见面，我们师生二人谈了很久很久。邹先生谈了他在山西曲村的发掘，谈了他如何春节不回家独自在那里守护古遗址，谈了他晚年遭遇的种种不如意，谈了他还有多少未竟的事业，也谈了他已身染恶疾，目力和精力每况愈下……可是，无论谈什么，他都还是那么真挚与坦率，还是那么执着与坚定，和几十年前毫无两样。

对邹衡先生的学术地位和贡献，时下的人们早有定评。"中国考古学大家""夏商周考古第一人""国内外公认的考古学权威"，即今日主流媒体对他的评价。中央电视台和凤凰传媒联合制作《大家》丛书和电视节目，甄选了各行各业的顶尖人物，而中国考古界唯一入选的"大家"，就是这位邹衡。凡此都是实至名归的必然结果，是邹衡先生当之无愧的。但我最想说的却不是这些，我最想说的是，邹先生是个为事业活着的人，是个心无旁骛地把一生都献给了中国考古事业的人，同时尤为难得的是，他是个大写的好人，是个毫无杂质的至纯至正的人！

我的这篇小文写得很难，难就难在写作过程中我的内心一直被两个遗憾折磨着。一个是邹先生多次亲口对我说，他的最大心愿是在有生之年把历代传世和近百年出土的商周青铜器做一通盘梳理，分别按形制特点、花纹装饰、铭文辞例做出考析，判定其年代、分辨其国别，科学系统地辑录起来，完成一部《商周青铜器大系》。为此他已做了充分的准备，而且很早就把两周的青铜礼器按世系排比出来了。每每说到这里，他都会像个孩子一样得意而神秘地对我说："一有时间我就做张卡片放到床底下，现在所有青铜器卡片我都做好了，一张也不差！"以我浅薄的考古学知识，深知这是中国考古界一件划时代的大事，也是中国文化史上一件居功至伟的大事，而只有邹先生能够完成。但年复一年，我看他始终奔忙在考古田野第一线上，沐风栉雨，往来如梭，从无一日空闲，便善意地提醒他莫忘了这件大事。可他总是叹口气说，要做的事情太多，要操的心也太多，怎么放得下！2005年12月27日，一个白雪纷飞的日子，邹衡先生撒手人寰，把一切都放下了。溘然辞世前，邹先生没有留下任何遗言，也没有留下任何交代。但他有遗憾吗？我知道他是有的，因为他太爱中国的考古事业了，有太多太多宏愿尚未完成。

再一个遗憾，就是我时隔多年后再次捧读邹先生的来信，那密密麻麻的一行行小字中饱含的热望、鼓励和鞭策，令我汗颜不止，更令我愧不敢当！特别是他再三叮嘱我坚守专业道路，不要半途而废的话语，犹如声声重锤，一下一下地击打着我的心田，拷问着我的良知。惭愧啊，先生！学生愧对您的教诲，愧对您的期望！好在"沉舟侧畔千帆过"，先生弟子近千，后继有人，不少人已成为中国考古界的顶梁柱，邹先生在这方面是不会留有遗憾的。

邹先生已经走了十多年了，可我对他的思念仍如绵绵长河，永无止息。谨以此平实无华的小文，权充一朵素净淡雅的小花，恭奉于先生的灵前！

我的"外语"

上过大学，还在重点高校教了十几年书，按说我的外语不是问题。可是惭愧，事实并非如此。原因何在？说来话长。

中学整整学了六年俄语，那是在北京的重点中学，外语是门主课，老师教起来一点都不含糊。可当时中苏关系已经破裂，谁都知道学了俄语没有用，哪个会真的下功夫呢？能把考试应付过去也就行了。

1966 年 6 月，正埋头准备高考，"文革"风暴一夜袭来，北京的两个重点中学紧跟形势，呼吁停止高考，以便让每个中学生全身心投入"文化大革命"，于是高考取消了。当时讲阶级出身，而我出身"资产阶级知识分子"，取消高考后只剩了下乡一条路。于是，1967 年 11 月 16 日从北京出发，在汽车上整整颠簸了 7 天后，我来到了插队落户的地点——内蒙古自治区锡林郭勒盟西乌珠穆沁旗宝日格斯台牧场白音温多尔分场。就冲这长长的一串地名，就猜得出我们到了一个只说蒙语的地方。

此行的起点是北京城中心的天安门广场，终点则是茫茫大草原上孤零零的一个小蒙古包——从这一刻起，我们就开始和一句汉话

104

都不会说的蒙古牧民朝夕相处了！语言不通怎么办？没有人问过我们，也没有人告诉我们应该怎么办，我们自己当然也不敢奢望上面给配个翻译，或者请人给我们办个语言培训班什么的。

于是，从两只手的比比画画开始，我们进入了和蒙古牧民的"同吃、同住、同劳动"。结果是，没过多长时间我们就可以和牧民在衣食住行等生活小事上交流了，又过了一段时间，我们就盘腿和牧民一起开会讨论革命和生产的大事了，再过一段，我们甚至可以独自到牧民家里串门聊天了。这三大阶段的过渡是相当快的，统统下来不过半年，充分说明了只要有合适的语言环境，学语言其实并非难事。在插队知青中我是蒙语学得好的，正因为蒙语好、骑马好，有幸在北京知青中破天荒地被推选为马倌。当时蒙古牧民认定了我不是汉人而是蒙人，理由就是："你看他的蒙语，开始不知道，但只要说一遍，他马上就会用了，说明他本来就会，只是离开草原太久了，自己都忘了自己是内蒙古人！"

虽然我在草原上生活的时间并不太长，前后只有六年，但蒙语却陪伴了我大半生。离开草原后，经常在北京接待来访的牧民，他们有的来看病，有的来旅游，有的来上访，而每逢此时，我是义不容辞的翻译。记得1998年前后，我在北京接到一个电话，电话里叽里咕噜说的全是蒙语，而且很生硬、很生僻。我急了，一着急不知刺激了大脑皮层的哪个区域，蒙古单词一个接一个地往外蹦！对方听了哈哈大笑，自报家门说他是嘎日迪，电话是从呼和浩特市打来的。嘎日迪是呼市的蒙古族干部，跟我在一个牧场呆过，但不是很熟。他的汉语很棒，与内地人无异，而他之所以用蒙语打电话，他说是因为"别人都说你蒙语好，我一直想知道你咋个好法，今天算是知道了"！这是发生在我离开草原 25 年之后的事，而现在我离开草原都 40 多年了，但无论见到哪国人，无论到了哪个国度，一着急了直往嘴边蹦的还是蒙古语。唉，没辙，这应该算是我除了汉语之外掌握得最好的一门语言了吧，但可惜是"内语"，不是外语。

上大学时一开始安排的有英语课，但一到外地搞田野发掘就停了，看来学校也没拿我们学外语当回事。毕业时我被分配到武汉大学任教，满校园都是英语、日语培训班，学外语的条件可谓得天独厚。可我一个搞考古的，总觉得与其学外语，还不如多读几篇古文，于是在别的年轻教师都日以继夜地背诵英语或日语单词时，我却躲在一旁享清闲。

1982 年，全国高校调整"工农兵学员"，留校的"工农兵"年轻教师纷纷撤出教学一线。那时武汉大学的校长是刘道玉，他是个敢于独立思维也敢于担当的人，对这种一刀切的做法很不满。他说："武汉大学有一千多个留校任教的工农兵学员，难道就没有几个好的？"于是他决定把好的工农兵教师继续留在教学岗位上，并且下决心要在这些年轻教师中破格提拔两个讲师，文科一个、理科一个，以示鼓励。

文科的工农兵学员教师有大几百，竞争区区一个讲师指标，想想就知道有多激烈！单说我所在的历史系，有在全国史学界扛帅旗的两位大师级人物，一位是搞魏晋南北朝史的唐长孺先生，一位是搞世界史的吴于廑先生，仅他们麾下的工农兵年轻教师就不下十几个，即便轮到历史系，一个讲师指标还不得首先考虑他们？何况我是外校分配来的，是"外来的和尚"，而按照内外有别的惯例，啥好事不也得先紧着武大自己培养的人啊！所以，说一千道一万，此事断然和我无关，于是每当有人提起此事，我都一言蔽之曰："我不行，这事和我没关系！"

可万万没想到，各种情况汇总上去后，刘道玉校长拍板说："文科的讲师指标就给那个到处说自己不行的人！"——完了！这回真的完了！因为即便指标给了我，也要考外语啊！我考什么？考蒙语？那岂不是开国际玩笑？那几天把我给愁得，一个劲光做恶梦了！最后实在耗不下去了，只好硬着头皮找领导，坦白说自己不懂外语，甚至一句也不懂，所以郑重表态，心甘情愿把讲师指标让给别人！

脸已经丢了，态已经表了，这回心里踏实了，觉也睡得香了。可没过几天，系领导说有重要文件传达，让我赶紧到系里一趟。我去了，一份盖着副省级高校大红印章的文件摆在我面前。我仔细一看，原来刚结束的武汉大学校长办公会通过决议，本年度（注明了只此一年）特殊专业（注明了只限历史系考古专业）提升讲师免试外语！！！

哇，打破脑袋也没想到，武汉大学居然专门为我下了个文件，使我真的成了全校文科的那个唯一！

破格晋升讲师的后果之一，是让我刚刚定下学外语的决心又动摇了。心想，反正下一步还早呢，过一段再说吧！结果没过几年，我又被武汉大学破格提拔为副教授。这次更绝，一个副教授指标直接戴帽下达给我，没人可争，而且事先做了规定，戴帽下达的指标免试外语。

感谢武大，体谅搞考古的未必一定要懂洋文，但也失之于武大，把我当个孩子一样宠坏了，弄得我至今一门外语也不会。记得有一次武汉大学主管文科的副校长亲自找我谈话，说有一个到北欧四国访问讲学的名额，每个国家各三月，问我有没有兴趣。憋了半天我不得不问，对外语啥要求？副校长和蔼地说："我已经让人查过了，你在北大读书时学过英语，去了以后你能生活自理就可以了。至于授课，大多数情况下有专业翻译，但平时的学术交流主要靠你自己。"话一说完，副校长以为事情交代清楚了，谈话也该结束了。可我憋了个大红脸，结结巴巴地说："校长，不好意思，我是学过几天英语，但现在全忘了，一句也说不上来了。"校长一脸诧异地看着我，像是在看个外星人，最后无可奈何地说："哦，是这样啊，那只好算了！"

从武大调回北京后，开始评职称的政策还比较宽松，搞考古工作的晋升职称可以申请免试外语。当我副教授的资历已超过五年，有资格申报正研究员时，却接连申报了三次都被北京文博系统的高评委枪毙了。要论当时我的硬件条件，一方面在晋升副教授后又有很扎实的学术专著问世，一方面工作也取得了明显成果，提升正研究员完全符合标准。但私底下听说，那几个主持高评委工作的老人发牢骚说："就他这年龄，有个副教授职称不错了，别不知好歹！"于是一而再、再而三地把我就地枪决。好，那就知点好歹吧，一点一点地慢慢熬呗！可熬到50多岁后，单位几次催我申报职称，我自己却懒得报了，因为这时政策收紧，申报职称又必须考外语了。想想自己，二三十岁的时候没学外语，40岁的时候没学外语，到50多岁了还要咿咿呀呀地学外语吗？算了吧，何必跟自己过不去！何况看看现在，正研究员满街跑，还不如我20世纪80年代武汉大学的副教授职称值钱呢！

不过令人尴尬的是，终此一生，只要是填写各种表格，我都要在"外语"这一栏中写上一个大大的"无"字。虽然尴尬，但并不觉得羞耻。

感念刘道玉

2016 年 1 月下旬，我有事要去武汉，行前很久就和在武汉大学工作的朋友打招呼，说我此行的一个重要目的就是去拜访武汉大学的老校长刘道玉，请她代为联系。到武汉后朋友告诉我，跟刘校长已经联系上了，他居然还记得我，一听就说："不就是创办考古专业的××吗？当然记得！"刘校长啊刘校长，在武大时我就是你手下一名小小的讲师啊，是你领导的三千多名教职员工中普普通通的一个，你居然还记得！

承蒙刘校长慨允，到武汉后的第二天下午我就应邀去他家做客。我在武汉大学工作过 15 年，此期间多次见过刘校长，但登堂入室去他家还是头一次。在朋友引领下，我来到刘校长的家，那竟然是一套小小的三居室，我们四五个人往厅里一坐也就满员了。不敢斗胆地问这三居室究竟有多大，悄悄打量了一下，估计使用面积也就 50 多平方吧。唉，这可是原来的副省级干部啊，怎么这待遇？我去过其他副省级干部的家，与这不啻有天壤之别！

刘校长当年是我们武汉大学全体师生心目中的一尊神，被誉为"武汉大学的蔡元培"。现在好了，他身居斗室，近在咫尺，普通的简直和任何一个常人没啥两样，倒让人觉得更加亲近了。刘校长现已年逾八旬，但精神矍铄，谈笑风生，而且笔耕不辍，见面后他还把最近出版的著作赠给我做纪念。寒暄中得知，近来他老伴身体不适，正在医院治疗，而每天陪伺在床的，居然就是刘校长自己！

"呵呵，最近有点忙，天天要按时去医院，今天是找人替班才留在家里的。"他这话一说完，着实让我感慨了一番，也感动了一番，真没想到他也会生活在这种世俗的杂务中。我事先准备了两套银餐具，送刘校长和他老伴各一套。当我把这菲薄之礼奉上时，刘校长说："送这么珍贵的礼物干什么，受之有愧啊！"听了这话，我羞惭得抬不起头来，因为真正"受之有愧"的是我自己。

上篇小文已经谈到，1982年全国高校调整教师队伍，年轻的"工农兵"教师纷纷撤出教学一线，我也是待清理的一个。可刘校长对这种一刀切的做法很不满，决定把学生反映好的工农兵教师继续留在教学岗位上，并且下决心要在一千多个工农兵年轻教师中破格提拔两个讲师，文科一个、理科一个，而我竟出乎意料地成了全校文科中的那一个！

当时是刘道玉校长亲自拍的板，这才屏弃了"内外有别"的通常做法，把唯一的破格提升指标分配给了我这个外校毕业的人，同时他还托人带话说："等我把事情办成了，也来会会这个年轻人。"所谓"等我把事情办成了"，这句话里暗含的玄机是，原来我们这些人提升讲师还不是他这个堂堂校长所能做主的！谁都知道武汉大学是直属中央的副部级高校，而这个级别的高校什么事情都有权自己做主，包括提拔博士生导师都是自家说了算，可按当时的规定，它却无权提拔工农兵学员为讲师。为此刘校长跑了好几趟省教育厅，找人疏通，请求破例，最后终于得以通过。

恩重如山啊，刘校长！可当我提起这件往事时，刘校长却轻描淡写地说："这点小事还放在心上啊，不提了不提了！"是的，对刘校长来说，这确实是小事一桩，因为受此恩泽的武汉大学教师何止几人呢？

刘校长的爱才护才是出了名的，最突出的例子莫过于大名鼎鼎的易中天。易中天是新疆定向培养的研究生，在武汉大学读研期间是带工资的，按规定毕业后必须回新疆。新疆自治区也这样要求他，为此还专门向国家教育部和中央组织部打了报告，甚至自治区的一把手也发了话，一定要他回来。可是，武汉大学觉得重点高校的舞台更适合他发展，一心想把他留校，怎么办？刘校长因此不惜动用各种关系，甚至请出了当时的教育部长蒋南翔，通过蒋南翔和新疆高层的交涉，硬是把易中天留在了武大。

学分制、主辅修制、双学位制、插班生制、自由转专业制、导师制、学术假期制和贷学金制……当这一切有利于培养创新型人才的教育改革如火如荼地在武汉大学展开时；当武大兴起了一种前所未有的校园风气，领导作风民主、师生思想活跃，新的文化氛围蔚然成风时；当武汉大学被社会誉为积聚青年才俊的高地、"教育改革的深圳"时，一切竟戛然而止。1988年2月10日，春节刚过，国家教委派来个司局级干部，突如其来地宣布免除刘道玉的武汉大学校长、党委副书记职务。武汉大学全体师生一下子被这消息弄蒙了，半天缓不过神来，朝气勃勃的校园顿时陷入了一片死寂。

这到底是为什么？所有人都在脑子里画了个大大的问号。过了几天，我实在憋不住了，拉上一位资历颇深的武大老教授，执意要去看看刘校长。见到刘校长时，他不改以往的儒雅淡定作风，但也忍不住感叹说："学生们都说要来看我，我不敢见，怕给他们找麻烦。教师怕惹事，来看我的人不多，你们来看我，我很感动！"谈到他被革职的原因，他故作随意地说："哈哈，要否定一个人不就是两大理由吗，一是你贪污了多少钱，二是你生活有多么不检点。"其实，不用刘校长解释我心里也清楚，无非他的教育改革触犯了某些上级领导，开罪了这些人，因此便遭到排斥和打击。再就是，中国的国情是"木秀于林风必摧之"，当中国的教育改革备受非议时，独有武大这边风景独好，一会儿法国总统派人来给刘道玉授勋，一会儿海外媒体连篇累牍地宣扬武大的教改，甚至说什么中国教育的希望全都寄托在刘道玉身上，一旦碰上个度量小的上司，怎么能容得下他呢？

　　这是刘道玉个人的悲剧吗？不是！至少事隔近 30 年后，当我再次拜见刘校长时，他仍然是那么的精神矍铄，仍然是那么的乐观风趣，除了住的房子小点外，别的没有什么不如意。临别时我紧握刘校长的手说："刘校长，一切事情都是过眼云烟，都会风飘云散去，唯有您的健康、快乐，会永远记挂在武大人的心里！"

武当奇遇

　　1988 年夏，应我在武当山工作的学生邀请，我们一家三口前往那里旅游度假。学生的殷勤照料和风景的旖旎动人都不在话下，但颇有意思的是，在山上住了半个月，我那热情的学生竟有 14 天在我耳边宣传一位隐居在山上的老道长，历数他是如何的神奇，如何的每言必中，再三劝我去和那位仙人会一会。呵呵，那时的我可是个百分之百的无神论者哦，对此类事情不仅不信，也一概不感兴趣。可是，架不住我学生再三相劝，在临下山的最后一天，我勉强答应去见见这位老道长。

　　所谓"自古华山一条路"，武当山的旅游通衢也是一条路，但这位老道长却远离这条旅游热线，独自一人住在深山坳里，以便虔心修行。我学生带我们一家过去的时候，不知翻了几座山坡，总之越走越荒凉，越走越没有人迹。最后，终于走到一个山旮旯，看到几处残垣断壁，以及隐藏在其中的一座简陋之极的小道观，这便是老道长的所在了。我的学生反复叮嘱我，这位道长一向拒绝给人算命，但凭感觉他相信今天老道长会答应我们的，但要我一定倍加恭敬和虔诚。千叮万嘱之后，我学生说他和道长相熟，不宜露面，便隐身在一道残墙后面，静候我们出来。

拐进小道观的正门，里面黑咕隆咚的，啥也看不见。凝神注视了半天，眼睛慢慢缓过神来，才影影绰绰地看见一位仙风道骨的长者蹲在地上刮土豆皮，手中用的工具是一个碎瓷碗片。我上前拱手作揖，尊敬地叫了声"老道长"，然后说明了来意。真如学生所料，这位道长丝毫没有推辞，马上应承下来，但谦虚地说："贫道道法不高，只能管你们十年。"哇，十年，好吓人！甭说十年，只要管用，一年也行啊！他这句看似自谦的话把我镇住了，我赶紧调整心态，准备认真听他能占卜点什么。

他把我们领进旁边的厢房，然后问八字、看面相，最重要的是摸骨，抚摸每个人的头骨、脊骨和手骨。后来听说，摸骨是占卜业的最高技法，一般人做不来，即便照葫芦画瓢模仿着做，也大多不得要领。我们一家三口依次完成了这些程序后，老道长慢条斯理地开口了，我赶紧支棱起耳朵细听。这道长还真是敢讲，开口就说明年正月我们要披麻戴孝，而后居然说我们三年内要上调到"中央"。

当时我和老伴的高堂都已有一人过世，剩下的另一半非常健康，毫无病兆，要说他们当中有谁过不了半年就会辞世，打死我们也不信。而说三年内我们要上调"中央"，这更是无稽之谈。当时我在武汉大学任教，工作干得好好的，从事的研究工作也正在兴头上，而武汉大学也待我不薄，刚刚破格提拔了我的副教授，要说调动工作，那也是打死都不想的事！其实，老道长根本不知道我们来自哪里，我们一个字没说，他也一个字不问，可一上来就危言耸听地说了这么两条，真是让人啼笑皆非！我心里觉得荒唐，可嘴上什么也没说，只想听听他下面还有什么惊人之语。

我们三个挨个过了堂，都听他推断了一番未来的吉凶祸福。他的话我们听进去了，也记住了，但却压根不信。临结束时我奉上一笔钱，权作卦金，然后作揖别过。当我从憋闷的小道观里走出来时，打心里觉得多此一举，但看在学生的面上，也不好说什么。

没过多久，老道长的话就被我忘到爪哇国去了。转眼过了年，我忽然想起他的话，跟太太开玩笑说："你看，老道长说咱们正月里要披麻戴孝，可说话1月就过去了，啥事也没有啊！"平安无事地又过了一个月，到了阳历2月，突然间北京传来噩耗，说老伴的母亲好端端地突发脑溢血，在没有任何先兆的情况下猝然去世，应了我们的"披麻戴孝"之说。而奔丧期间，老伴在北京的大街上偶遇一位中学同学，随便闲谈中得知，当年插队的知青有不少回了北京，由此触动了调回北京的神经，而后折腾来折腾去终于在1990年年底调回了北京。

事情发生后才醒过神来，原来老道长说的正月，是阴历不是阳历，正好应在阳历的2月，这就是他说的次年一月的"披麻戴孝"。而在老道长的语汇中，"中央"就是北京，调回北京就是调到"中央"。我们回北京的准确日期是1990年的12月31日，从1988年7月算起，也刚好符合他说的"三年"之限。

这位老道长竟然如此神机妙算，此中的玄机不是我等平庸之辈能够弄明白的。但事实是如此确凿，着实让人不能不服。回北京后一直瞎忙，未能脱出身来重访老道长。等退休之后再返武当，见人先询这位仙人，方知他已驾鹤西去，早已不在人世了。

"风日清于酒，水云但若诗；乾坤壶里坐，这个老先师！"——

谨以道教武当派创始人张三丰的自题诗，祭奠这位未知名姓的老道长。

我的老师王光镐

祝恒富今天停电，电脑罢工了，一时间不知道做什么好，顺手从书架上抽出了一本书。这本书是一个朋友送的，书名叫《记得》，一直没时间拜读，今天停电正好给了我这个机会。书的作者是一位香港的文人、资深的古书收藏家——董桥。书中记述的都是他相识的一些人和事，看起来平平常常，但这些毫无文意的东西从他的笔中流出，每篇短文都像一条清澈的小溪，清晰淡雅美不胜收。翻着翻着，看到书里有一篇汪曾祺先生写的回忆沈从文的文章，题目叫《我的老师沈从文》。此文从日常生活的举手投足写起，直到文学创作的呕心沥血，把沈从文先生描绘得栩栩如生，深深吸引了我。掩卷静思，我不由陷入久远的回忆中，想起我的大学老师——王光镐。

王老师是北京人，老三届的高中生，听说他"文革"时期曾上山下乡到内蒙古牧区插队，放过牛也放过马，高校恢复招生后进入北京大学考古系学习，毕业后被分配到武汉大学当老师。我在没到武大上学之前就知道王老师，一是因为他夫人全锦云老师在省考古所工作，我当时在那里做临时工，对王老师的大名早有耳闻；二是王老师那时已是知名的楚文化专家，在湖北搞考古的多少都会了解一点楚文化，而知道楚文化的就不可能不知道王光镐、张正明这二位旗帜般的人物，但从未有缘相见。

上武大后才见到王老师。写王老师还真有点难，因为王老师真的不是很帅气，也不是很挺拔和伟岸。他外貌平平常常，个子不高，偏瘦，喜欢抽烟而且烟瘾很大。但王老师的特点也是一望可知的，首先他的腰板总是挺得很直，甚至直得有点夸张，给人一种可以战胜一切的气势和力度。此外他走路时的步伐要比常人略大，速度也很快，但却走得坚实稳健。他说话的特点最为明显，这时他往往习惯性地双手撑着后腰，语气铿锵有力，语言虽不咬文嚼字，也不带之乎者也，但用词都非常精准到位，旁人一听便明白。不过，说到兴头上他喜欢带上一两个不太文雅的"京骂"，说完后便哈哈大笑一声以示自嘲。他带我们课时住在省博物馆，平时到学校总是骑一辆破旧的自行车，那车与他的身份颇有些不相称，我们在私底下还曾议论过。

尽管王老师不是文人笔下的美男子，但我觉得王老师是一个非常潇洒的人，颇具男人的气质和学者的风度，至少在我们学生的心目中是如此。王老师教我们课时已经卓有成就了，不仅有大量论文见诸各类刊物，他的《楚文化源流新证》一书还将楚文化研究推向了一个新的高度。可惜他过早离开了武汉大学，离开了湖北，如果他不离开武汉大学，不离开楚史研究领域，一定会是楚文化研究的领军人物。

王老师上起课来的潇洒风趣，是很令我们学生着迷的。他在给我们讲课时从未拿过讲义，只在一张纸上写几行字，这就是他的讲义。看起来这似有不认真备课之嫌，其实他是胸有成竹，胸藏万卷，那些历史典章都装在他的脑海里。王老师讲起课来不仅引经据典，深入浅出，而且逻辑性非常强，层层深入，丝丝入扣，尽管是枯燥的历史也不由得你不跟着他的思路走。同时，他还时不时开几句幽默风趣的玩笑，过后又在不经意间把你带回到严肃的历史概念上来，这就使他讲授的楚文化专题课成为最受欢迎的课程。他在讲台上总是手里夹一支粉笔，来回踱着步子，偶尔在黑板上写几个关键的字。听他的课有如在欣赏一位指挥着百万雄师的将军，既给人一种纵横万里的气势，又让人时时沐浴在中华文化的春风细雨中。

与其他老师不同的是，刚刚开始授课，王老师就事先给我们布置了作业，要我们每人在课程结束时提交一篇论文，而且论文要在班上宣读，还要大家点评。我们非常喜欢他的课，但也觉得很累，喜欢的是他的课程笔记少，累的是写论文要去看好多参考书。最痛苦的是宣读和答辩，因为我们的水平不过如此，谁知道别人会提什么古怪的问题？我记得几乎我每次发言或是对别人提出问题，总是招来大家的笑声，其实我到今天也没搞清楚同学们为什么发笑。有一天我到王老师家去，他对我说："你说话同学们为什么总是发笑？"我真的蒙了，我说："我哪里知道呢，我觉得我说的话真没什么可笑的。"过了一会儿王老师对我说："人不能孤芳自赏，我希望你不要故步自封。"我明白了王老师的意思，在学校我虽然不是这样的，但20年过去了，这句话一直回响在我耳边，时刻警示着我。还记得王老师说过要在我们班招几个研究生，我当时真的想再做几年他的学生，但在我们还没毕业时他就调回北京了，使我的梦想成了泡影。

在相隔 20 年后的前年和去年，我有幸两次重见王老师。他还是那样神采奕奕，说话的气势、语言的风格、走路的姿态等等都没有变化。所不同的是他现在不抽烟了，但人也老了，头发也白了，不过他还是像从前一样关心着我们每个学生的事业和生活。

中年一道坎

　　我和太太是北大同学，毕业时一起被分配到了武汉，她在一家博物馆工作，我在武汉大学教书。十几年下来，我在武汉大学干得风生水起，教学和科研双丰收，学校也待我不薄，两次破格晋升我的职称。可我太太却一直不适应，既不适应武汉的气候条件，也不适应单位的人文环境，久而久之，我们便产生了是否继续留在武汉工作的争歧。

　　一个女人一旦认准了一件事，那是轻易改变不了的，无论我如何晓之以理、动之以情，也无论多少同事、弟子走马灯似的来劝我太太，她都坚持要走。正僵持不下时，我做了个莫名其妙的梦，梦见我去见上帝了，留下孤儿寡母在异乡，深受排挤和欺凌。我一下子从梦中惊醒过来，整个后半夜辗转反侧，难以入眠。熬到凌晨六点，我披衣下床，二话不说直奔电报局。那是20世纪80年代，最先进的通讯方式就是发电报。我给我认识的一位北京文博口的负责人发了电报，告诉他我想找机会调回北京，请他帮忙想办法。

　　要求调回北京的是我太太，但出面去办的却是我。没过多久，我去了趟北京，拿回了国家文博系统的接收函。那时北京户口控制得极严，而我是大学毕业后一家三口调北京，既不能走知青返城的路，也不能走照顾两地分居的路，可谓难上加难。最难的还不是找接收单位，而是有了接收单位却不等于有户口，这是北京市的特殊市情。我找的那个单位就是这样的，他们虽然答应接收我，但说要等有了进京的户口指标才能办。

适逢此时，岳母去世，我太太赴京奔丧。在京期间，她专门去看望了打算接收我们的负责人，随便聊天中我太太得知，北京的户口指标等起来很没谱，也许一年，也许两年，也许更长，便问有没有别的办法。那位负责人说，办法是有的，那就是走远郊区县引进特殊人才的路，这方面的户口指标比较宽。于是，在我毫不知情的情况下，我太太决定照此办理，并委托那位负责人出面联系了一个远郊区县。

等我太太从北京返回武汉，我才知道生米已成熟饭，她已代表我和那家远郊区县的文化文物局签署了服务五年的协议。隔了近半年，正当我带领武汉大学考古系的学生在湖北宜城的考古工地发掘时，突然接到我太太的长途电话，说北京的调函已到，限我们在1990年11月16日以前赴京报到，逾期便不予办理落户手续。那天是11月12日，我第二天赶回武汉，第三天又马不停蹄地赶往北京，终于在最后期限的前一天到北京市公安局办理了户口登记。

从武汉出发时的匆忙可想而知，不仅什么都来不及准备，甚至什么都来不及考虑。我们大人的事情还好说，最难办的是女儿，她正在读小学四年级，到底是带回北京还是托付给熟人代管，我和太太都拿不定主意。最后我决定，尽管来不及跟她的学校打招呼，也还是先把人带走为好，起码孩子在身边心里踏实些。于是，抱歉得很，我女儿转学北京时连手续都没来得及办一个。

在北京市公安局落下户口后，我们两人马不停蹄地赶往那个远郊区县，以便在最后期限前赶到单位报到。记得接待我们的是区文化文物局的一位科长，他很坦率地告诉我们，国家文物局的有关领导到他们那里来过了，说明了我们两口子是国家局的人，只是暂时在这里过渡。这位科长说，既然是过渡，那就不好做正式安排，所以决定把我们两人临时安置在一座古寺庙的管理处。这座古寺位于一个非常僻远的深山老林，话一说完，我们一口热水都没喝，又接着往那座古寺赶。

赶到寺里时已是红霞满天，我们向工作人员说明了来意，他们把我们领进了一间客房，说主任不在，有什么事情等他回来再说，然后就扭头走开了。整整奔波了一天，我们都瘫倒在客房的床上。没过一会，寺里的钟声响了，猜得出是在召唤人们去吃晚饭。从中午起我们就水米没打牙，小憩了一会儿后我跟太太说，快去吃晚饭吧，迟了就什么也吃不上了。想不到她不以为然，说这初来乍到的，怎么好意思没人招呼就自己去吃饭呢！我笑了笑说："我的好同志啊，被别人前呼后拥的日子已经一去不复返了，别再等别人来请了！"果不其然，门外什么动静都没有，空荡荡的院落很快连个人影也看不见了。我忽然想到，这荒山野岭的，周围连个小卖部都没有，再不吃点东西就要饿上一整天了。我看太太依然躺在床上不动，只好独自走出房门，东寻西问地找食堂。找到食堂时果然早已关门大吉，我敲开后厨，对里面的师傅自报家门说，我是新调来的职工，还没来得及买饭票，能不能先赊一餐饭，事后再补。他很爽快地答应了，但说已经没啥吃的了。我随便拿了几个凉馒头和一些剩菜，然后大笔一挥写出了平生印象最深的一张欠条，注明了我欠寺里饭钱 1 元 2 角。

入夜，月亮升起八丈高了，寺里的主任才回来。主任直截了当地对我们说，上面已经打招呼说我们是来过渡的，所以不会对我们有什么特别的要求，工作上也随我们的兴致，干多干少无所谓。"工资奖金一分不少，唯一的要求是你们得踏踏实实待在这里，否则我跟其他职工不好交代。"这话说得在理，我一边听一边频频点头，答应一定照办。

主任一一交代完毕后，问我们还有什么问题，我马上接茬说："我有一个上小学四年级的女儿，请问来了后在什么地方上学？"那位主任听了此话大为诧异，瞪大眼睛说："你们两个不是大学生吗，一个教语文一个教数学不就行了吗，还上什么学！"哇，敢情是这情况啊，我当时脑袋嗡地就大了！我不甘心，打破砂锅问到底地问，这附近总归有学校吧，离这里到底有多远？结果得知，几十里外有个军队的防化团，他们有几个随军的孩子在很远的地方上学，有车接送，但那是军车，不可能来接我们。总之一句话，此处无学可上！

回到客房已经是深夜了，从早上起劳累了一整天，我太太上床后很快就睡着了，而且睡得特别香。可我怎么也睡不着，整整一夜反复爬起来三次，三次围着寺里空旷的院落徘徊。我知道我已无路可走，所以我逼自己，在一趟接一趟漫无目的的徜徉中寻找一种感觉，一种逼自己接受眼下一切的感觉。可是，当我徘徊到第三趟的时候，我告诉自己，我怎么都行，可以在这里沉下心来读书、写作，两年三年甚至十年八年都可以，但绝不能让女儿从小就辍学！

那时我母亲早已过世，父亲已经续弦，有了新的家庭，而他和继母已经明确表示不管我们的女儿。我姐姐当时在兰州，大弟弟在海南，北京只剩一个小弟弟，是个连自己都懒得照顾的人，更别说代管他人的孩子了，连想都不要想。我太太倒是在北京有兄弟姐妹好几个，但这节骨眼上没有一个人开口，估计他们也各有各的难处。总之，女儿除了跟着我们，别的无计可施。

就这样思来想去，转眼天亮了。我拍醒还在熟睡的太太，一字一眼地对她说："从现在起我要按我的方式行动了，不管走到哪一步，不管啥结果，你都跟着我，不要发牢骚，更不要添乱！"

事到如今能咋样？反正豁出去了，有路没路总要闯一闯。我早听说，在我太太签署的为远郊区县服务五年的协议中，有一条明文规定，即我们的档案在调动后要直接封存在区人事局，五年冻结在那里不能动。原本说我们在区里过渡一两年，到时候档案拿不拿得出尚不得而知，可如果现在马上就想解冻，岂不是比登天还难？我们四处托人，四处想办法，最后终于有了转机，有人答应帮我们把档案调出来，但前提是我们只能在市属单位工作。这又是为什么呢？答案是，我们调进北京占用的是北京市的户口指标！唉，估计所有人读到这里都会不明白，什么叫"进京占用的是北京市的户口指标"？其实当时我自己也不明白，原来北京的户口指标分两大块，一块是中央直属机关的，一块是市属单位的，各自分口管理，而我们占用的是市属单位的。

档案有可能调出了，但还要找接收单位。遥想当年，诗圣杜甫困守长安，生计无着，为求人援引写下了"朝扣富儿门，暮随肥马尘。残杯与冷炙，到处潜悲辛"的诗句。那些日子，为了找一个对口的接收单位，我终日奔波，挨门求拜各衙门的主官，生生体会了这两句古诗所饱含的辛酸与无奈。终归天不绝人，最后大学同学荣大为伸出援手，把我们接收进了北京市文物局。到北京文物局报到后我办的第一件事，就是托人把我欠那座寺庙的饭钱还清。

真没想到一个家庭从外地连根拔出来那么容易，而要在北京市站住脚竟是那么的难，尽管我们都是老北京人！

先说孩子的学籍，当时为了赶报到期限，匆匆忙忙把孩子带过来了，连转学手续都没办。来了以后我们连轴转地办户口、找工作、转关系，把孩子暂时寄存在我父亲家，就近找了一家小学寄读。因为是临时寄读，也没办手续。落实好户口和工作后，我和太太要立即返回武汉交接工作并张罗搬家，于是跟父亲和继母再三说好话，拜托他们临时照顾一下女儿，就匆匆忙忙赶回武汉了。

此生有几个日子是在记忆中永远抹不掉的，其中一个日子就是1990年的12月31日。之所以记得这么清，是因为我紧赶慢赶，下决心要在元旦前赶回北京陪女儿。于是，短短一个月不到，我在武汉交接完工作、辞别了亲友、打点好行装、托运好家具，心急火燎地于元旦前一天的中午赶回了北京。刚进家门就到了孩子下午放学的时候，我亲自去校门口接孩子。但令我终生难忘的是，见到孩子时我已经认不得她了，她已经瘦得皮包骨了！这是怎么回事？我问父亲和继母，继母大言不惭地说："你爸爸高血压，我是高血脂，我们中午都不吃饭，也不做饭，孩子想吃就在冰箱里找点吃，反正饿不着！"这样的亲人可以信托吗？这样的家庭能够久待吗？"赶紧给她转学，重新找学校！"我暗自下决心说。

那时我们没有住房，不知道将来住在哪里，但工作单位已定，我和太太的单位都靠近北京的西北部。而以我们的工作地点为坐标，范围之内有一所很好的重点小学，就是门槛太高，轻易进不去。但我不气馁，尽人事以应天命，好歹要试一试！左打听右打听，怎么也不得其门而入，正无可奈何间，有一个北大同学听说我回京了，专门登门来访。他不像我这样不争气，走向社会后总是水往低处流，越混越惨，而他是脚踏实地地往上走，当时已经在美国最著名的大学读博士了。故友重逢，无话不谈，聊到回京后的种种辛酸，我也谈到了孩子没学上的悲哀。听到这里，那位老兄一拍大腿说："傻呀你，这事找我啊！"

"啊！你有办法？"我一下子愣住了，惊讶地看着他。

"那是当然！"他得意地告诉我，他认识一位女士，是北京重点小学的校长，而且关系非同一般。"要说女人当中，除了我太太之外，就数她跟我铁了！"他故作神秘地说。他看我会心一笑，知道我理解错了，这才赶忙解释说："因为我们在一起插队，是真正的患难之交啊！"

"她在哪所小学？"我急不可耐地问。

他说了那所小学的名字，如果是拍电影，演到这节骨眼上我应该瘫软到地上了，因为他说的那所小学，正是我终日踏破铁鞋无觅处的那一个！

剩下的事情就不用说了，一路绿灯！因为各地教材不同，按说外地的小学生进北京的学校要自动降一级，可我女儿没有，接着读四年级！因为匆匆忙忙过来时没来得及在武汉转学，所以没有学籍证明，但没关系的，重新登记！哈哈，就这样还被照顾进了重点班！

最让我感动的是，那位哥们儿担心事情办不好，专门委托他的令尊大人出面，亲自带我女儿去见校长。那位校长一看这位老兄的老爹大驾光临了（但愿我那位老兄也是这位校长一生中除老公之外的最重要的男人），很惊讶也很感动，居然把我女儿当成了那老兄的女儿。他父亲受儿子重托，非常得体也非常给力地对那位校长说："哈哈，跟我孙女一样，您就当是我孙女吧！"

这位老兄是我北大考古系的同学，大名王文建，是美国哈佛大学张光直教授的博士。他长居海外，我们已失联多时，但不管他如今在哪，都请接受在下深深一拜！倘若此生无缘再见，就算鄙人在此郑重谢过了！

好，再说住房，这可没有女儿找学校那么传奇了，说起来点点滴滴都是泪！

那年头，别说北京了，全中国都没有租房或买房一说，全靠单位分房。而按北京市的规矩，调回来的人要和单位签一份协议，保证五年内不要房。其实谁都明白，熬不到五年单位就会帮忙想办法，但于情于理，自己想办法扛一段也是必须的，哪怕是一年半载。回到北京后，因无处安身，曾挨家挨户拜访各位亲戚，恳求寄居几个月，但都被拒绝了。万般无奈，只有求助亲生父亲。当时他和继母、继母的小女儿住着单位分给他的一套大三居，继母另外还有空闲住房，临时接纳一下我们是没有问题的。我们提出暂时寄住在他最小的那间屋里，这间屋可以塞进去一张稍大点的单人床，还可以加放一张折叠床，然后就一点空间都没有了，刚好够我们一家三口每天晚上竖进去。

虽然是亲爹的家，可那两个月也备尝了寄人篱下的滋味。每天赔笑脸是必须的，说话不敢大声，如果识相点，下班回家也尽量别空手。但即便如此，住了不到两个月，继母便开始躺在床上大呼小

129

叫，父亲就赶紧把我们往外撵。记得是一个大雪纷飞的日子，我父亲拿起我们的东西就往外扔，把我们一家三口赶到了雪地里。

想起当年林冲被逼上梁山，也是个大雪纷飞的日子。我那天的感觉真是差不多，完全是叫天天不应，叫地地不灵！穷途末路的我突然想起太太的单位有一间等待拆除的平房，于是找了一把钳子，拧开那房门的铁锁，一家三口住了进去。

我太太供职于一家博物馆，而博物馆是不准住家的，想象得出第二天这家博物馆的负责人是如何的恼怒。他不仅站在我们门前跳脚大骂，而且气急败坏地跑到局里去告状。我因为实在无路可走，所以不管外面闹得如何山呼海啸，也只能充耳不闻。过了不到半个月，我上班回来后听说，市文物局几位局长白天来过了，站在我侵占的小屋前开了个现场办公会。我太太紧张得不得了，我却无所谓，心想就怕没人管，有人管就是好事。

果然，几天后局里传出话来，说局长王金鲁到现场看后不胜感慨地说："人家王××好歹也是咱局引进的人才，没想到住得这么惨！"随后几个局长大发慈悲，决定在博物馆院里另外给我盖三间大瓦房，供我临时居住！感谢王金鲁局长，感谢许金和局长，感谢张春祥局长，是你们在我走投无路时接纳了我，而且在我无家可归时给了我一条生路！

"谁言寸草心，报得三春晖"，虽然在北京市文物局期间我被迫放弃了心仪的专业，但我仍踏踏实实地干了六年，无怨无悔地干了六年，终于把一个破烂的庙宇建成了享誉京城的艺术殿堂。说实话，我之所以如此玩命，就是为了报答北大同学荣大为及那几位老局长对我的知遇之恩。

过了没两年，文物局给我在南三环以外分了一套三居室。当时我在西三环北路上班，因为有公务专车，路远路近无所谓。我太太的单位在北三环西路，不可能穿越整个北京城住到南三环以外去，于是我出面为她调换了一家南城的博物馆，骑车 20 分钟就可以到家。我女儿那时在人大附中上初中，也和南三环以外的住房隔了一座北京城，于是我又想方设法为她联系了一座南城的市重点中学，打算把她转学到那里。当我有条不紊地把一切都安排停当时，凭空遇到了一个意想不到的阻力，这就是我女儿。当时我对她讲了我的不得已，讲了我的安排，要她做好转学的准备。谁知这时她冷冰冰地回了我一句话："你如果逼我转学，我就去死！"

　　于是，一切努力顷刻化为乌有，我只好硬着头皮继续住在博物馆里。后来一家市属机关准备调我去工作，我很爽快地就答应了，条件只有一个——为我在北三环调换一套住房。我拿到这套住房时已经是 1998 年了，离我调进北京已整整八年了。经过八年抗战，我终于得以安居！

　　真是一场抗战啊！为了工作的落实，为了女儿的入学，为了小家的安居，为了把一个家庭重新撑起来，整整八年，我耗尽了精力，也耗尽了元气。就是因为在最不恰当的时间、以最不恰当的方式调动了一次工作，我人到中年一切归零，而且遭遇了种种意想不到的挑战和磨难。好在我竭尽全力，翻过了人生的这道坎，虽然心力交瘁，但也还是像条汉子一样重新站立起来。

万寿寺的新生

万寿寺，人称"京西小故宫"，位于西三环北路紫竹桥北。明万历五年（1577），明神宗朱翊钧之母慈圣宣文皇太后命人在京西督造寺院，以贮汉经，赐名万寿寺，这就是该寺的由来。清初康熙时对万寿寺进行了大规模修葺，这之后乾隆帝将此寺定为皇太后祝寿的庆典场所，又先后两次大规模扩建和修葺，并接连三次在寺里为其母祝寿。光绪年间为庆贺慈禧六十大寿，再次对该寺进行了全面整修，此后慈禧来往颐和园都会在万寿寺拈香礼佛，并在西跨院行宫吃茶点。历经数次大规模的扩建和翻修，此寺形成了集寺庙、行宫、园林为一体的古建筑群，成为帝都北京纵贯明清两朝的一座皇家重寺。

清亡后，万寿寺逐渐荒废，后长期成为学校和部队的驻地。上 20 世纪 80 年代初，部队将万寿寺移交给北京市文物局，1985 年 6 月市文物局决定在此筹建一座北京艺术博物馆。北京市各种类型的博物馆有一百多家，但冠名"艺术博物馆"的仅此一家。其功能为收藏、展陈、研究各类古代艺术品，属于综合类艺术博物馆，这在北京市更是舍此无他。在其他文明古国和西方国家，都是把综合性艺术博物馆放在博物馆首位的，而古都北京又是元明清的艺术之都，不难想见这家博物馆肩负着多么神圣的使命。在进入筹建阶段后，北京市文物局调拨给该馆六万多件文物，以明清两朝的艺术品为大宗，这就为它履行这个使命提供了充足的条件。

然而事与愿违，这家博物馆在艰难跋涉了五年后，居然陷入了难以为继的状态，原领导班子的馆长、书记、副馆长也由于种种问题而被集体免职。到了1991年年初，这家博物馆已经彻底瘫痪，很长时间没有开门迎客了。

我是1990年年底从武汉大学调回北京的，在北京市文物局报到后，先被安排在局机关文物处，跟着做了些文物保护工作。正在这时，局党组决定派工作组进驻北京艺术博物馆，而我这个"外来和尚"就成了当然的人选。其实，一起共事了几个月的局文物处朋友早就提醒我，万寿寺是局里的一个大泥潭，千万沾不得，一旦陷进去了谁也出不来。可是我初来乍到，哪有资本挑三拣四呢？只能服从局里的安排。

记得再清楚不过的是，1991年3月8日，一个全世界女性的节日，我以局党组工作组成员的身份来到了万寿寺。那天天气阴沉沉的，我的心情也阴沉沉的，因为万寿寺给我的第一印象实在是太差了，差得超乎想象。它的馆舍外面虽然挂着"北京艺术博物馆"的金字招牌，但里面居然没有一个展览，而且所有建筑都破破烂烂的。更令人愕然的是，院内竟然住着好几户居民，他们不仅到处堆放杂物，晾晒的衣服也四处飘扬，就像彩旗一样刺激着我的眼球和神经。这叫什么博物馆啊，简直是徒有虚名！而且我发现，自从踏进中路的山门，迎接我的都是阴沉的目光，既有来自身份不详的居民的，也有来自艺博职工的。

工作组的职责就是清查艺博老班子的问题，没几个月就完成使命了。工作组撤销时我被任命为艺博书记兼副馆长，据说这是因为北京市文物局党组书记、局长王金鲁说了一句话："都说这家伙有点本事，那就给他个硬骨头啃啃嘛！"由于这句话，书记没当几天我成了代理馆长，紧接着没过几个月我又被正式任命为艺博馆长。显然这是上面早就计划好的，于是便有了这节奏极快的三级跳，使我在1991年秋天就成了万寿寺的法人、北京艺术博物馆馆长。

接手馆长时，艺博各种问题积压成堆，有很多整顿工作要做，可最令我头疼的，还是院里住的那几户居民。这可怎么办？请示局领导，局领导说那是几家钉子户，而且各有背景，根本清不出去。有一次王局长领衔在艺博开现场办公会，最后做出的决定竟然是，把居民占领的那一大块甩出去不要，余下的部分做馆址。这怎么行呢？万寿寺路前后共七个院落，居民占着的正好是中间的第四、第五个院落，也是整个万寿寺中最宽敞的两个院落。如果承认他们居住合法，那么头几个院落也将成为他们出入万寿寺的唯一通道，迟早会被他们侵占。何况被这样分割开后，艺博只剩下窄窄的最后两个院落，而且四周全是居民区，根本无路可通，只能生生憋死在里面。我一听急了，当即表示不同意。向来一言九鼎的文物局王局长大概还不习惯有人这样当面顶撞他，遂带着几分嘲笑的口吻对我说："那你小子看着办吧！"

看着办就看着办，我才不在乎呢！说实话，我在接任艺博馆长时提了个要求，就是只答应干一年，一年期满后回归业务单位，继续搞我的考古。可局领导不同意，要求我既来之则安之，好好干下去。说实话，这个破馆长当不当的有啥意思呢？能干就干，不能干就算！但眼下既然把我钉死在了这里，那我怎么也得想办法把这几家钉子户清出去，否则啥也干不成。于是，按照常规做法，我给局里打了个报告，请求市里调拨文物搬迁房。

报告上去了，批复下来了，就是两个字——"没有"！我一下傻眼了，总不能做无本生意吧，手里一点本钱都没有，怎么动得了这几家钉子户？事情逼到这份上，我别无良策，只有开动脑筋，想办法找出一个对策来。我打听清楚这几户居民据说都是当年驻扎在万寿寺的部队留下的，而且都已复员转业，于是我突然脑洞大开，心想按照常理推测，他们不应该是部队安排在这里的。个中的道理很简单，一来部队已经正式把万寿寺移交给了地方，这种安排于理不符；二来他们都已复原转业，部队也不可能再给他们安排住房；三来这也不可能是新工作单位做出的安排，因为新单位不具有这种处置权。想到这里，我找来馆里一个办事比较得力的行政人员，交代他说："我要你尽快查清这几户在万寿寺外的住房情况，我坚信他们不仅在外面都有住房，而且他们在万寿寺的强占房屋既是瞒着原部队的，也是瞒着现单位的。"两个月后调查结果出来了，果不其然，他们个个在外面有住房，万寿寺的房屋是他们非法占用的。

心里有了这个底，下面就好办了。我通知办公室，给各家发公告，告知万寿寺是北京重点文物保护单位，严禁住家，要求他们限期搬出。我当然明白，这是官样文章，没有人会当真。而在这之后，我紧接着安排我馆工作人员挨个和这几户人家交涉，让他们在两个方案中选一个：1.把他们在万寿寺有住房的情况通知他们现单位，我们和他们单位共同协商处理办法；2.限期搬出，我馆给每户补贴

2000 元搬家费用。

第一个方案显然戳中了这几家钉子户的软肋，因为对方单位一旦知道了他们另有住房，今后分房时就不会再考虑他们了，损一点的甚至有可能让他们交出已分配的住房。傻子都明白，在不明不白占用的住房和合理合法分配的住房之间，当然要放弃前者保存后者。至于 2000 元钱，那可是 1991 年啊，当时国家机关普通干部的月薪也才百把块钱，2000 元就是将近两年的工资，这在那年头可是很大的一笔财富。于是很快的，好几家表态选择后一个方案。

可也真有一户不识趣的，死拧着劲不搬，还凶巴巴地说了些要杀人放火之类的话。既然以犯罪相要挟，那就只好走法律程序了。我让馆里上报区执法部门，陈述了此住户在外面有单位住房，但仍然非法占用市级文物保护单位古建筑的事实，引证了文物法规对此类现象的处理规定，并注明了该当事人对我们发出的种种威胁，请求执法部门协助解决。我们很快得到了执法部门的支持，区法院向该住户直接下达了限期搬出的通知。谁料想，法院的通知刚刚下达，那住户就在门上贴了一张纸，上书一行大字："王馆长，你逼我没路走，我要跟你拼命！"纸上还插了一把明晃晃的匕首。

看到这住户的纸条和匕首，馆里的保卫科科长急了，紧急召集保安人员说，要从即刻起对王馆长实行 24 小时的不间断保护。我听了后苦笑说："24 小时保护？我回家也跟我走？我睡觉也陪我睡？"我知道，那家伙如果真想取我性命，我再怎么注意也没用。于是我打定主意，一面让保卫科马上报警，做好预警准备，一面独自一人走出了办公室。

我准备去哪？没有人知道，只有我自己知道。我从馆长办公室所在的万寿寺最后一个院落往前走，一直走到大禅堂前面的西厢房，来到那个插着匕首的地方。我冲着那扇门，"咣"地一脚踹去，随后大步跨进了门。古建筑的采光不好，屋里黑咕隆咚的，我定了定神，看清了一个鸠形鹄面的中年男子的身影。"我就是王馆长，你不是要跟我玩命吗？我来了！"我声音洪亮，大义凛然，腰板笔直地站在了他面前。没想到，这一下子倒把他给吓住了，一屁股跌坐在屋里的床沿上。

"你，你，你就是王馆长啊！"他不由自主地结巴起来。

"我就是王馆长，想怎么着，说！"我气势丝毫不减，直指着他的鼻子说。

"您先坐，您先坐！"他醒过神来，殷勤地招呼我。

"不坐！"我仍然伫立不动。

"嘻嘻嘻，不就是想跟您好好聊聊嘛。"他嬉皮笑脸地说。

"你一把匕首插在那，是想好好聊聊吗？不是想玩命吗？"我寸步不让。

"王馆长，您赏脸，我请您吃饭，一块儿好好聊聊！"他一脸猥琐，讨好着我说。

"那你先把门上的东西弄下来！"我命令道。

然后呢？然后他立马屁滚尿流地把匕首拔下来，蔫头耷脑地跟在我身后走出了万寿寺。来到万寿寺旁的一家饭馆，我要了几个菜，不动声色地等着看他葫芦里到底卖的什么药。他哼哼唧唧了半天，最后我终于弄明白，他的意思是事情闹到这一步，法院都出面了，如果他搬走的话，那2000元钱还给不给他。我大人大量，当即表态，只要他一周内搬走，我照给不误。我们的谈话很快结束了，但让我至今忘不了的是，他说是请我吃饭，最后还是我结的账，这种人啊！

这下好了，截至1991年年底，几家钉子户陆续搬出，万寿寺中路全部清空了。从1992年年初起，整个万寿寺中路的古建筑维修工程逐次展开，到1993年上半年全面竣工。工程结束后，我带领全馆职工夜以继日地筹备展览，到1994年年初，明清瓷器展、明清工艺品展、明清书画展、明清家具展、明清佛造像展、明清织绣展、古玺印展、万寿寺历史沿革展等一系列艺术展全部布展完毕。1994年5月1日，万寿寺以修葺一新的寺庙建筑和系列艺术展对外开放，在沉寂和落败了80多年后，万寿寺终于重获新生！

艺博的系列艺术展在开展当年就被评为全市百多家博物馆的"十佳展览"之一。由于这个博物馆小而精致，别有情趣，还被中央有关部门指定为接待外国元首的单位。从那时起，北京艺术博物馆迎来了它创业史上辉煌的一页。

万寿寺西路回收记

　　"京西小故宫"万寿寺坐北朝南，分东中西三路，占地约50亩。其中西路为慈禧行宫，中路为寺庙，东路为僧侣生活区。该寺从部队手里移交给北京市文物局时，以西路保存得最为完整也最为合用，后经上级领导出面协调，被无限期借给了现代文学馆。当我被任命为万寿寺中路所在的艺术博物馆馆长后，主要精力全放在中路的回收与建设上，从未去西路看过。突然有一天，公安局消防部门来人找我，说万寿寺西路杂草丛生，电线老化，防火安全隐患极大，按规定要对我们处以罚款。我大惑不解，跟他们说："你们找错人了吧？我们管中路，西路你们应该去找现代文学馆啊！"可公安局的人振振有词地说："万寿寺是现代文学馆向你们借用的，主权是你们的，你王××是法人，一切事故由你负法律责任。"天啊，凭空掉下来这么大个责任，着实吓了我一大跳！

　　我赶紧带保卫科科长去西路查看，敲门敲了大半天，最后终于有位看门的老头开了门。幸好这老头认识我们的保卫科科长，我们得以进门。进去后一看，果然是杂草丛生，一片萧条。特别是院里临时拉的电线横七竖八的，而且都是明线，着实危险。我一看这情

139

况，马上交代保卫科科长，一定要督促他们限期整改。

受领了我的任务，保卫科科长自不敢怠慢，从此经常去西路检查并督促他们整改。但这么大个院落，这么大个工程，要说整改并非易事，所以迟迟不见动静。见了动静的反倒是，1993年年初，有一天保卫科长突然对我说，西路的态度一下子变得强硬起来，对保卫科长说以后不准我们再来人检查了，让我们有什么话直接找中央说去！哇，这话说得，胆子小的听了准能被吓死！可事情还没完，过了一两天，好几个本馆职工跑来找我说："王馆长，你完蛋了，捅了大娄子了，已经被人在报纸上点名了！"呵，这话更吓人，能把吓死的人一猛子又吓回阳间！

到底咋回事呢？我让人找来报纸一看，赫然在目的是《北京日报》的周末版，用整整一版套红刊登着现代文学馆的文章，详细述说了现代文学馆的艰难处境，着重讲了我这个馆长如何给他们出难题，如何刁难他们，弄得他们终日不得安宁。我一看就明白了，原来是有这张牌垫底，他们的态度才突然强硬起来。事情闹到这一步，我也没有别的办法了，只好按现代文学馆给出的思路往前闯，"有话找中央说去"！

各位看官都已知道，我是从武汉大学调回来的，而当初我在武汉时，有位朋友刚好调到了中央宣传口，在首长身边工作。我想那就找他试试看吧，至少可以把报纸上没说的情况反映一下。电话通了，事情讲了，对方痛痛快快地说："好了，知道了，你等我消息吧！"放下电话，我踏实了一大半，可万万没想到，第三天这位朋友打来电话，说他已经带着中办调查组到了现代文学馆，现在就坐在那里！

他的雷厉风行真是让我吃了一惊，赶紧把他请到仅有一墙之隔的我这里来。

他说事情的原委都已调查清楚了，问我是什么处理意见。我说："我的意见很明确，现代文学馆在这里反正是借住，终非长远之计，建议给他们建新馆，把西路还给万寿寺，让万寿寺以它的整体面貌回归公众。"他说："好，你放心，我们会把你的意见报告给首长的！"时近中午，我请他们一行三人留下吃个便饭，他们推辞了，匆匆忙忙地赶回了中南海。

我已经按现代文学馆的指示找了中央，中央也来了人，现代文学馆应该消停了吧？不，恰恰相反，中办来人的当天下午，现代文学馆的常务副馆长舒乙先生便打过电话来，说要来拜访我，一起坐下好好聊聊。俗云"远亲不如近邻"，我到艺博都两年多了，还一直没拜见过这位高邻呢，于是马上开门恭迎。

舒乙先生是位谦谦君子，笑容可掬地来了，手里还提着一瓶XO，说是难得来拜访一次，等会要一起喝几杯。刚好那时我们馆的系列艺术展陆续布置好了，我陪他参观了一番。他表现出了浓厚的兴趣，说不知道这里居然有这么好的藏品，有这么好的展览，真是相知恨晚！我当然知道舒乙馆长是老舍先生的公子，而我对老舍崇敬有加，也免不了要借此机会向他表达一番对老舍先生的敬意。

当然我们彼此心里都清楚，我们之间最该谈的话题不是这些，而是现代文学馆今后的归宿。在晚餐桌上推杯换盏时，我们谈到了这个话题，我爽快地对舒乙馆长说："我已向上面建议尽快推进现代文学馆新馆的立项和建设，今后也会尽全力促成此事，因为这是使我们双方共赢的最佳结果。"

事过之后，有一天我在外地出差，突然有人辗转找到我，说北京文物局王局长有急事找我。我听了大吃一惊，要知道那是1993年啊，"大哥大"远未普及，一旦有人出差在外，基本就处于"失联"状态。细想想，王局长要找到我，先要在艺博那里了解我到什么地方出差了，有可能跟当地的哪些部门接触，然后找到这些部门，再请他们帮助联系我。这中间不知要费多少周折，若非遇到急事，王局长才不会找这麻烦呢！

果不其然，电话打过去，王局长气急败坏地说："你小子给我捅什么娄子了，弄得北京市委书记亲自跑来找我问万寿寺西路的事！人家书记说了，中央的文件都下来了，他都不知道是怎么回事，跑来问我，可我也不清楚啊，只有问你小子！"哈哈，原来是这档子事啊，我禁不住笑了，跟王局长说："你踏踏实实把心放肚子里吧，没什么大不了的事。如果中央征询北京市文物局的意见，就说建议给现代文学馆建新馆，把万寿寺西路还给北京市文物局就行了，别的啥事没有。""你小子啥路子，跟上面协调好了？不会给北京市文物局找麻烦？"王局长十分疑惑地问。"协调好了，没问题！"我斩钉截铁地说。我之所以这么有底，是因为我相信那位中办的朋友，他不会弄碗夹生饭给我吃的。

等出差回来后才听说，中办的朋友就现代文学馆新馆的建设问题给中央领导打了个报告，报告里特别提到了"万寿寺法人、北京艺术博物馆馆长王××"的建议。这份报告被中央领导批转北京市，征询北京市的意见，北京市委书记莫名其妙，这才惹出了上面那场风波。呵呵，真没想到，我等草民的名字会出现在中央文件里，难怪王局长说"你这臭小子"捅了个大娄子！

事情进展之快超出了我的想象，从我找中办的朋友起不到三个月，结论就出来了，中央同意为现代文学馆建新馆。这主要源于现代文学馆是巴金先生亲自倡导成立的，从一开始就得到了中央有关领导和全国知名作家的支持，现代馆的舒乙等人也为此付出了很大努力。但不能否认，我那位中办的朋友在事情的运作上也起了相当大的促进作用。

　　决定为现代文学馆建新馆后，我那位中办朋友专程找我，告知了我这个结果，并就新馆的建筑面积和拨款数额等进一步征求我的意见。我当然尽可能把事情往好里说啦，即使舒乙馆长不再请我喝酒，我也希望他们能高高兴兴地早日搬进新馆去。

　　1999 年 10 月，位于北京市朝阳区芍药居文学馆路的现代文学馆新馆落成，此后不久，万寿寺西路回归北京市文物局。那时我已调离北京艺术博物馆，所有这些消息都是从报纸上看到的。

希望小学的失望之旅

一辈子跌跌撞撞地走过来，对世间百态早已波澜不惊，要说至今还有什么未了的心愿的话，那就是很想为贫困孩子的上学做些力所能及的事。我不太懂"天赋人权"之类的深刻道理，但我坚信，孩子有受教育的权利，也有被教育的义务，无论是家财万贯的富家子弟，还是穷困潦倒的山野稚童。

刚有希望工程的时候，我马上捐助了三个贫困山区的孩子，也让我女儿认捐了三个孩子，并嘱咐我女儿一定要和受捐的孩子保持联系，如有其他困难也要尽力相助。可是，自从认捐以来，只收到过一个孩子汇报学习成绩的信，其他统统如泥牛入海，杳无音讯，捐的款项也不知所踪。那个来过信的孩子，在我们热情洋溢地回了信后，居然也再没了消息，显然是中间的衔接环节出了问题。从那以后，我就想还是等有机会时再亲力亲为地做点实事吧，那样虽然费力，但是省心。

这样的机会终于来了，那是 1992 年的夏天，我和全馆职工一起到河北涞源的大山里度假。我们去的是一处尚未开发的自然风景区，山势奇伟，林木葱郁，山泉清澈，但游客稀少，四周的环境还相当凄清，附近的农家也十分清贫。有一天中午，职工们在聚餐，一个个围坐在树荫下喝啤酒，我不胜酒力，稍喝了几口就独自到山脚下溜达。这里的山光水色已经观赏好几天了，我忽然想去附近的乡村小学看看，于是信步走去，一路走一路问，不一会儿就找到了。

这是学校吗？虽然占地很大，虽然有道土墙围着，但里面只有三间破旧不堪的土房。孩子们正在上课，我悄悄走近窗口，发现窗子上居然没有玻璃，只钉着几块薄木板，四处露风。教室中间是一张张用土坯堆起来的桌子，板凳大小不一，看来是学生们各自从家里带来的。一位四五十岁的男教师站在讲台上，身材清癯消瘦，满脸刻满风霜，讲一口带浓厚乡音的普通话。他语速很慢，但很清晰。

看那教师已经开始注意我，我不想打扰他们，便转身离去。在回去的路上，我心里沉甸甸的，不太自在。说实话，我是干考古的，各地的乡村去了不少，但像这样破败的乡村小学却并不多见。我打定主意，一定要为它做点什么。

到了住地后，我通知单位的办公室主任，请她下去跟那个小学联系一下，说我们要去集体参观。第二天，我们全馆的职工都去了，把学校的院子站得满满当当的。这次我得以走进教室，仔仔细细地上下打量了一番。我发现教室里没有电灯，讲台上没有粉笔，很多学生没有练习本，有练习本的也写得密密麻麻的，写完了用橡皮擦掉再用一次。有的同学的铅笔用得只剩一个小头了，拿都拿不住，但还是舍不得扔掉。有的甚至买不起橡皮，剪一块破塑料拖鞋代替。孩子们的书包都是用一些旧布头缝的，身上的衣服更是缀满了补丁。

我看着眼前的孩子们，他们可以说什么都缺，但就是不缺灿烂的笑容和晶亮的眸子。从他们的脸上，从他们的眼里，丝毫看不到对生活的不满和怨怼，而满满地洋溢着天真的童趣。这时他们正圆睁着明亮的眼睛，好奇地打量着我们这些不速之客。

这所小学一共有三位老师，两个女的，一个男的。我问他们，怎么连粉笔也没有，老师们叹着气说，财政困难啊，一分钱拨款都下不来！我找了张没人坐的板凳坐下，暗自思忖了一会儿又问："学校一年的开支大约需要多少？"三位老师一起掐指头算了算，说连买教具、维修校舍等等一共需要八九千。我一听就心里有数了，不是对他们的开支有数，而是对这几个老师的人品有数，因为谁都看得出，他们报的数字没掺一点水分。

"这样吧！"我说，"我乘二，每年给你们学校教学经费两万！"三位老师直不楞登地看着我，谁也没吭声。

"你们几位老师的工资是多少？"我不管不顾，继续发问。

他们嗫嚅着告诉我，应该每月 50 元，但已经半年多没发了。

"好，以后我每人每月补贴你们 100 元工资，一年 1200 元，一次性给齐！"我的话音刚落，场面有点失控，在场的老师和学生们互相咬起耳朵来。

三位老师中负点责的那位男老师特意凑到我们办公室主任的耳边，嘀嘀咕咕地说起来。办公室主任笑了，冲着我说："馆长，他们怀疑你在这瞎忽悠、瞎逗乐呢！"然后她转脸跟老师和同学们说："老师们好，同学们好！这位王馆长是我们单位的一把手，他说话算话，从来都是说一是一、说二是二。他既然这样说了，就一定做得到，你们放心吧！"这时会场才稍稍活跃了些。

这时我转过身，冲站在一边的全馆职工说："下面是你们的事了，看看这些孩子，多可爱，有没有愿意一对一捐助的？每人每年

300 元！"当时有七八个职工响应我的号召，犹犹豫豫地举起了手，但大多数人面面相觑，左顾右盼。我知道这也是笔开支，需要每个人仔细掂量掂量，就笑着对学校的师生们说："哈哈，不着急，让我们的职工考虑考虑，到时候我会把结果告诉你们的！"

回到住地后，我让办公室主任统计一下愿意认捐的职工名单，没想到很快就统计完了，而且全馆职工一个不少地都签名认捐。我大为惊诧，问办公室主任说："你用的啥技法，把全馆职工都煽忽起来了？"她哈哈笑着说："不用我煽忽，有职工说，'赶紧捐吧，只要认捐了，馆长还能亏待得了咱们？'这一说，大家就都捐了。"我哈哈大笑起来，心想确实是这个理！

我办事认真，即便是给人家送钱，我也督促办公室主任去签个协议，在协议里指定了我们这边的责任人，指定了付款方式和日期，对他们那边的要求无非要保证专款专用等。

回到单位后，我办的第一件事就是派人去给学校送钱。在我心中，这所小学就是我们单位的希望小学，我一定要把自己承诺的各项职责履行好。没过多久，县里来了一位官员，说已经听说了我们对那所小学的资助，非常感谢，但希望我们把资助款交给县里，由县里发下去。我把那位官员好生招待了一番，但以我们已经和那所学校签了合约为由，拒绝了他的要求。

后来我发动全馆职工把家里闲置的图书、笔记本、文具、干净衣物整理出来，带上他们的孩子一道，又去了一趟学校。这时的学校虽然没有多大改观，但窗户上有玻璃了，教室里有电灯了，讲台上有粉笔了，老师和学生的脸上也有笑容了。记得那天阳光灿烂，学校师生、我们职工以及职工的孩子们个个笑容满面，大家站在阳光下，奏国歌、升国旗，先是我馆职工孩子的代表发言，而后是老师代表发言、同学代表发言，最后是捐赠仪式。整个活动没我一点事，我兀自在一旁看着，心里特别美！

这以后我再也没有去过那所学校，但那几项承诺我一直记挂在心，每年到时间就办，从不延误。这样过了三年，1995 年的夏天，那所小学的那位男教师来了，身上背着一大袋土豆。他风尘仆仆地走进我的办公室，一见面就蹲下来掏土豆给我看，一个劲地夸耀他们那儿的土豆多大多好，说是专程送来让我们尝尝鲜的。我再三表示了感谢，然后当着他的面叫行政科来人把土豆抬走，吩咐一定要分给馆里每个职工都尝尝。

忙完了土豆的事，我们才顾得上寒暄。我问他学校现在怎么样，他们几位老师过得好不好。他吞吞吐吐，几次欲言又止，最后终于鼓起勇气说："王馆长，您给我们每位老师按月发补贴的事上面知道了，开始他们让我们全部上交，我们拿出您们签的协议，说上面写得很清楚，补贴必须直接发放到每个教师手里，不得转交他人。结果后来上面的人看我们拒绝上交，就陆陆续续地把我们三个人都辞退了，换了领导的亲戚来学校当老师。"

我像被电到了一样，一下子从椅子上蹦起来，脱口而出了一句国骂。真没想到，居然会有这一招，气得我七窍生烟！"好愚蠢啊！"我在心里责骂自己。真是好心办了坏事，现在不仅事与愿违，还把三个无辜的老师害了！

"对不起，真的对不起！"我一迭声地向这位老师道歉。"没啥，没啥！"这位老师反过来安慰我说："反正我们都是编制外的代课老师，工资也不能按时发放，干不干的也无所谓，不如回家种地。"停了一会儿他又说，"倒是前两年沾您的光，日子过得挺好，所以我们一直说要来当面感谢您呢。这不，那两位女老师来不了，今天让我都代表了！"

我无语，真正的无语！我拉开抽屉，把手边放着的一千元钱塞给那位老师说："这是我的一点心意，请您们务必收下！"

那位老师走了，我却心潮难平。这叫啥事啊！原本是想用自己的善举来浇灌点希望的，最后却让人深深地失望！

桑拿亲历记

那是很早以前的事了，大约是1992年吧，反正当时还没听说过什么叫"桑拿"。那次我去南戴河开会，期间有一天当地的东道主出面招待，说是去"洗澡"。我觉得很蹊跷，好端端的洗什么澡呢？他说没什么特别的，就是洗完澡有人帮你捶捶背。出于礼貌，我跟着他们走，但心里总觉得怪怪的。

进入一条很繁华的大街，来到一处很繁华的铺面，一切都那么富丽堂皇，看来没啥见不得人的，心里踏实了些。可进了大堂后七拐八拐，楼道越走越暗，楼梯越走越窄，我这个少见多怪的人也越来越紧张。几次想独自返回，但想想这也太不爷们儿了，故而欲行又止。最后登上了顶层，来到一个暗处，一扇小小的门悄然无声地打开了，放我们一行人进去。

进得小门后，里面豁然开朗，一间灯火通明的大厅极其宽敞也极其耀眼地呈现在面前。最奇特的是，虽说是大厅，但迎着我们的是个玻璃走廊，两边各有一道大玻璃墙，墙后边站满了半裸的少女，一眼望去至少有四五十个。东道主凑到我耳边轻声说："没啥不好意思的，放开点，挑个你喜欢的。"我傻傻地问了句："挑了干什么？"对方戏谑地说："你想干什么就干什么。"我生硬地回答："我不想干什么，就帮我找个捶背的吧！"我坚持独自冲澡，冲完澡后走出来，门口候着一位小姐，带我走进了一个单间。

这个单间的格局想必很多人都看过，一张床、一个沙发、一张小桌、一台电视，如此而已。带我进来的女子身着一套短款黑衣，紧紧地绷在身上。看起来她年龄不小了，估计有 30 来岁，但身材窈窕，胸脯丰腴。为了缓和气氛，我开始和她有一搭没一搭地攀谈，知道她是辽宁人，已婚，有个 7 岁的女儿。她叹息说，家在农村，什么收入也没有，为了养活女儿，只好出来做小姐。说实话，她按摩的指法很娴熟，轻重有度，舒缓有致，让我从心里感到熨帖。苦情戏唱完了，她就劝我做点别的什么，并且说如果我什么也不做，她在经理那儿过不了关，而且基本上没收入。我这么大岁数的人，不想栽在这个坎上，所以说什么也不答应。她轻轻叹了口气，很无奈地说，那你翻过身去吧，我给你捶捶背。

我头冲下翻过身去，听凭她在我背部揉搓、抚摸、捶击，享受着由此带来的丝丝快意。少倾，她停止了动作，我正要问她是不是完事了，她轻声说："好了，你翻过身来吧。"我翻过身来，一下子惊呆了，原来她趁我头冲下，把自己的衣服全脱光了，只剩下一条小内裤。我跳起来，躲到墙壁边，大声说："快别！我心脏不好，别把我吓出毛病来！"她见我这阵势，知道是彻底没戏了，只好轻轻笑着说："看把你吓的，好了，随你便吧！"话说完，她背过身去，把胸罩和衣服重新穿上。

这里的规矩是客人一进门就要把衣服扒光，换上这里的浴衣，也就是客人在里边是没有任何随身物品的，包括钞票。而出门时，每位接待过客人的小姐就会站在门口，等候客人付账，账结清后小姐便鞠躬送客人出门。轮到我了也一样，那位黑衣小姐笑盈盈地站在门边，冲我深深地一鞠躬，我向她点头示意，就此别过。

出来后我大喘了一口气，觉得还是外面舒畅。这时那位陪同的东道主凑过来小声说："王先生，您真够可以啊，居然什么也没做！"我听完后站住了，确切地说是呆住了。我突然间明白，我做什么或不做什么，其实谁都不知道，全凭那姑娘的一张嘴，可她居然跟柜上说我什么也没做！明知有陪同的人给我买单，明知我什么也没做会对她很不利，可她还是说我什么也没做，这是啥境界？我急急地跟那位陪同说："如果真是这样，那不是我可以，而是她可以，实在是太可以了！"随即我从身上掏出 200 元钱，递给陪同说："快，拜托你马上回去找到那位小姐，替我把这 200 元钱送给她！"那位陪同笑嘻嘻地说："这种好事我愿意干！"随后转身跑去。

从那以后，我记住了一个道理——小姐也是人，而且不乏好人。

邂逅边梅

中国第一女保镖边梅大名鼎鼎，她不仅功夫了得，毕业于中国警官大学警卫专业，拳击、柔道、射击、驾驶样样精通，而且颜值颇高，曾在"北京小姐"的竞选中名列季军。按说这样一位传奇人物，是不会和我等凡夫俗子发生交集的，但天下之事无巧不成书，偏偏老天爷开了个玩笑，让我和这位女神有了一场意外的邂逅。

当年我在北京艺术博物馆工作，有一次接到通知，来华访问的孟加拉国女总理要造访我馆。我们馆过去也接待过国家元首，没那么紧张，但这次不同，因为有传言说孟加拉国的宗教极端分子要趁出访暗杀该总理，所以安全保卫人员提前两天就进驻了我馆，对馆舍内外实行了全方位的立体保护。

参观当日，现场警备森严，里三层外三层地把女总理围了个水泄不通。而作为馆长，我是女总理的主陪，当然也被团团包裹在这个包围圈的中心。可实在不巧，中间突遇急事要我暂离这个中心，而等我处理完公务要返回总理身边时，才发现只有我这个东道主的身上没有每个人佩戴的不同等级标识。可我这个馆长总不能长久不在国宾身边啊，于是硬着头皮往里挤。好在外围的来宾和警卫大概对我多少有点印象，纷纷闪身让我通过。唯独挤到总理身边时，她身旁的边梅感觉到有人往里挤，头也不回地把胳膊往后一挡，我立马向后栽去……

事过多年以后，直到现在我都搞不明白，一个女人的纤纤玉手怎么会有这么大的力道，总之我还没有来得及在脑海中闪现任何英雄形象，就兀自向后倒去。幸好身后站着两个边梅的男同事，他们眼疾手快，挽救我于既倒。糟糕的是，一个堂堂馆长，一个堂堂东道主，居然被一位女警卫当场撂倒，这场景大概是太搞笑了，一位见多识广的男警卫竟然忍不住笑出声来。这笑声惹得边梅回眸观望，看到尴尬不已的我，也忍俊不禁地破颜一笑！哇，这一笑啊，让刚刚忍着肋间的剧痛强撑着站起来的我，差一点两腿一酥又跌坐下去！

事后想想，这个跟头摔得值！且不论那"回眸一笑百媚生"传递过来的歉意，更庆幸的是这位中国第一女保镖心中有数，没有轻易动用她手里紧握的家伙。女人嘛，谁手里没个时髦的包包？边梅也不例外。她右手紧握着一个黑色的皮质小包，一尺见方，貌似公文包，把英姿飒爽的她衬托得格外精明强干——哈哈，你猜对了，那当然不是普通的公文包，至于其中的机关，您就可着劲去猜吧，因为事涉机密，我就恕不奉告了！那玩意据说有个小按钮，就在边梅的大拇指下，只要她顺势一按，我今儿个就不会在这跟您唠闲嗑了哦！

两次特殊的外事接待

人称"京西小故宫"的万寿寺，寺内有巍峨的大雄宝殿，有高耸的亭台楼阁，有别致的御制碑亭，有建于清乾隆年间的熔中西文化为一炉的巴洛克式拱门，还有象征佛教胜地普陀、清凉、峨眉的三座假山，以及观音、文殊、普贤三大士殿，是京都皇家寺院中不可多得的兼有佛教胜景与自然景观的建筑，再加上寺内郁郁葱葱的苍松翠柏和古银杏树，处处尽显人间仙境。截至1994年年初，万寿寺古建筑全部修葺一新，北京艺术博物馆又利用六万多件馆藏文物制作了一系列明清艺术展，把古色古香的万寿寺装扮得更加风情万种、典雅妩媚。自从面向社会开放后，万寿寺的系列艺术展就被评为北京市百多家博物馆的"十佳展览"之一，各类媒体好评如潮，各方观众接踵而至。

由于这个博物馆建筑精美、布局典雅、山石玲珑，又具有浓郁的东方色彩和艺术氛围，很快被中央有关部门指定为接待外国元首的单位。此后接待过不少相当级别的外宾，其中有两次最为难忘。

一次是接待联合国秘书长加利。布特罗斯·布特罗斯·加利是埃及人，于1991年12月起担任联合国第六任秘书长，是联合国历史上担任该职务的第一位非洲人。他长期致力第三世界的和平与发展事业，为维护不发达国家的合法权益做了大量有益的工作。他对中国十分友好，在担任埃及外交国务部长和副总理期间就多次访华，就任联合国秘书长后更是频频访华，被誉为"中国人民十分敬佩和爱戴的老朋友"。2016年1月20日，习近平主席在出访埃及时专程会见了加利等10名友好人士，授予他们"中国阿拉伯友好杰出贡献奖"，这时加利先生已是93岁高龄的老人了。

那是1995年的上半年，加利访华，安排到北京艺术博物馆参观。这次参观由外交部主陪，一起来的还有中方的联合国副秘书长和外交部副部长。要说联合国秘书长的身份也够高的，算是地球村的"村长"吧，可我却没太当回事，主要是浑身上下没有着意修饰一番。记得中方的联合国副秘书长和外交部副部长先到了，在馆里迎候加利先生。中方联合国副秘书长眼尖，指着我脚上的皮鞋说："看看你这皮鞋，怎么也不擦擦！"一句话说得我无地自容，正尴尬难耐间，那位副秘书长指着我身边的司机说："他的皮鞋不错，快脱下来换上！"哈哈，换衣换帽的有，还真没听说过换鞋的，可脱下来一试，还真合适！要说我这个馆长灰头土脸的不招人待见不假，但我们馆的职工都特争气，每逢重大外事活动都非常注意着装，皮鞋也擦得锃亮，就连司机也不例外，这才在关键时刻救了我的驾。

我虽然在着装上准备不足，但在了解加利其人上却做足了功课。我了解到，加利先生本质上是个学者，学识渊博，一直坚持记日记和拂晓起床写作，已有100多本著作问世。对学者我是了解的，所以我打算用轻松自如的方式来完成我的这次接待。加利先生到达后，我先陪他在幽静典雅的万寿寺内徜徉漫步，边走边讲述万寿寺的历史，讲述中国古代的历史。看来他很喜欢这种方式，跟着我兴致勃勃地在万寿寺内徐行踱步。从第一个庭院逐次走下来，当走到第六个庭院的假山后边时，他由衷地感叹："真美啊！又美又幽静。"我也乘兴对他说："只要加利先生喜欢，那就欢迎您退休后到这里来常住，到时我把这个院子留给您！"话一落地，加利先生开怀大笑起来，中方的联合国副秘书长及陪同人员也都哈哈大笑起来。

　　跟着是参观展览，我们馆展出的都是明清时代的工艺精品，不乏皇家珍玩，加利先生一边看一边赞叹不已。我看他兴趣盎然，顾盼流连，遂打趣说："加利先生放心，等会儿我有好东西送给您。"加利先生呵呵笑着问："什么好东西啊？"我说："当然是我们馆藏的宝贝啦，您一定喜欢的！"这时中方的联合国副秘书长凑到我跟前悄悄说："王馆长，可别乱说啊，你要是说了就要兑现的。"我点点头说："我明白。"

　　参观到最后一个展室时，我吩咐职工说："把送加利先生的礼物拿上来。"那是一套台湾出版的画册，共五册，分门别类地辑录了我们馆收藏的各种艺术珍品。我捧在手上，冲加利先生说："加利先生，我们馆藏的全部珍品都在这儿了，全部送给您！"加利笑了，中方的副秘书长笑了，旁边站的几位加利先生的随员也笑了。

　　临离开我倾注了六年辛勤汗水的艺博时，我跟别人说："除了留下脚印，我也该带走点什么。"于是把悬挂在馆长办公室墙上的接待加利秘书长的照片摘下来了。那张照片拍的就是我赠书的镜头，捧书的是我，接书的是加利，我们俩中间站的是中方的联合国副秘书长，旁边是女翻译，后面是加利先生的随员。

　　当听说联合国秘书长要来我馆访问时，我觉得应该趁这个机会敲上面一笔，于是打了个报告，说为了以最好的面貌接待贵客，还要将一两个展览改进一下，希望市文物局资助一笔经费。报告上去后，领导下来了，东瞅瞅西看看，满院子瞎转悠，就是不提经费的事。我很纳闷，遂向领导身边的人打听，这才知道，领导听说联合国秘书长要来的事后比我更纳闷，逢人就问："王××是通过啥关系把加利请来的？"天啊，这可真是个难解的"斯芬克斯之谜"！我哪里知道他们是通过啥关系找到我这里来的？不过我敢保证，我王某人在联合国没有一个亲戚！真的没有！

还有一次外事接待，印象也很深。那是1996年的下半年，局机关博物馆处来电话，说德国一家相当国家博物馆的大牌馆长来了，对安排访问的故宫及其他博物馆很有意见，说这些地方已经去过多次了，不想再去。然后问："你们北京有没有一家有品位、有内涵的博物馆可以去看啊？"哇，这位馆长据说跟咱们中国挺友好的，但这问题提的确实很有点挑衅性，也让局里的接待人员犯了难。博物馆处的人在电话里说："没辙，我们实在想不出办法了，只好把你们馆抬出来。我知道你们馆也达不到他们的要求，可总比说没有强啊！"

一句"我知道你们馆也达不到他们的要求"的话，把我一个男人的阳刚之气激发出来了！何方圣贤啊，这么牛奔，我倒要好好会会他！于是我答复博物馆处的人说："好，让他们来吧，我就喜欢见这种牛人！"

不一会儿人来了，倒真是把我惊住了，因为在一群金发碧眼的洋人当中，为首的居然是个40岁不到的大美人！如果是搞文学创作的，这时一定会抓住机会大大描写一番她前凸后翘的体型，大大形容一番她一泓碧波的双眼，顺带渲染一下她那短裙和美腿。可我没这雅兴，因为我必须保持高度警惕，好好想着怎么去对付她，想着千万不要栽在她身上！

看来这位馆长对古建筑不太感兴趣，在我一个院落一个院落地介绍明清古刹万寿寺时，她那倨傲不恭的神态始终写在脸上。可当我带他们一行走进展室，一个接一个地介绍我们的展览时，我发现她的神态变了，变得越来越亲切，甚至越来越谦恭。慢慢地，我终于知道她想要什么了，原来她想要的不光是眼前流光溢彩的展品，更想要蕴含在这些展品中的主办者的理念和思想。

哈哈，不就是玩思想吗？鄙人别的啥都没有，就是不缺思想！于是，我从我馆在北京博物馆界的特殊使命谈起，谈我馆藏品的独特性，谈"艺术"的内涵与外延，谈我馆这几个展览的内在联系，谈东方艺术的阶段性发展，进而谈明清艺术的特点与成就。我滔滔不绝地讲着，丝毫不顾忌她听不听得懂。听懂了如何，听不懂又如何？吹晕了算！参观完了后，我发现这目的基本达到了，因为她一再表示今天很有收获，一再说不知道北京还有这样一家内涵丰富的博物馆，一再说自己孤陋寡闻。临分别时，她郑重其事地说，希望今后两个馆加强合作，包括合作研究和交换展览等。这回轮到我再三说感谢了，而且借机和这位大美女馆长握了握手。

隔了一天，居然接到德国大使馆的请柬，说德国大使要出面宴请我们。被邀请的还有故宫博物院院长，一共就我们两家，请柬还附带说明可以各带一位助手。东道主是德国驻华大使本人，他居然亲自出面替那位美女馆长答谢我们！场面的隆重可想而知，刚一进门我就被震住了，这倒不是说那间宴会厅有多么豪华，而是伺立在宴会厅两侧迎候我们的，居然是四位白发苍苍的老欧仆！他们那气质和派头，足以震慑五洲四海，哪里是小姑娘服务生可比的！中间上菜时他们手托餐盘的姿容笑貌，进餐时他们恭立一旁的体贴入微，使我食不甘味，都不知道吃的是啥。

我带的助手是我馆的馆长助理，她热心快肠，不忍心看那几位老者总是把偌大的餐盘托在臂肘上，于是起身去接餐盘。我坐在旁边暗自着急，心想这动作可真够土的，但我又不能贸然去制止她，否则更掉份儿，于是只好充"二"，神态自若地假装什么都没看见。好在那位欧仆不动声色，既微微鞠躬表示感谢，又微微笑着摇了摇头，彬彬有礼地婉拒了。

这应该是我此生吃过的最高档西餐了，但印象最深的却不是菜，而是酒。从餐前的三道开胃酒开始，接着是餐中酒，最后还有餐后酒，一种接一种换着喝，前后品尝了不下十种酒。我对酒本来就不感兴趣，尤其是洋酒，喝到嘴里感觉像"××"（此处省略两个字）。但出于礼貌，餐前酒和餐中酒我都一道道尝了，当最后再上餐后酒时，我这嘴里五味杂陈，实在受不了了，于是一再推辞。可那位大使先生热情过人，再三夸耀这酒如何如何好，如何如何珍贵，非让我尝一尝不可，只好又一杯接一杯地往嘴里倒。

这天的主角是大使，全部彩头都被他夺了，那位美女馆长反而话不多，给我们敬了酒后就静静地陪坐在一旁。临分手时她特意走到我跟前，对我说希望以后加强联系。我嘱咐说有什么事情就打我名片上的座机电话或发传真，她答应了。其实那时我已确定调离艺博，在那里待不了几天了。而将来无论谁当馆长，都会使用那部公务电话和那部传真机的。

感受季老

　　调到市委机关后，我的主要职责是筹建北京市文化发展基金会。当时我向上级领导建议，为了发挥首都的文化中心优势，希望聘请几位文化界的大师做基金会的名誉理事。经主管领导同意后，我草拟了一个十人名单，名单上居首的就是季羡林先生。名单报上去不久，有话传下来，说由市委机关出面，名单上的其他九人都很爽快地应承了，唯有居首的季老没同意，让我想想办法。我想，既然请他请不动，那就换个法子试试吧！

　　那时我跟季老从未谋面，但仗着北大毕业的招牌，请和季老相熟的老师做了介绍，便直奔他家而去。见到季老，我毕恭毕敬地执晚辈礼，不敢稍有差池，但说到正事后他仍然坚辞不受，我只好壮着胆跟他理论说："首都的文化工作您不关心谁关心？"老头哑然。我看这一招管用，遂得寸进尺说："我是北大毕业的，市里让我管这事，我只能寻求师门的帮助，可遍寻燕园，我不找您找谁？"哈哈，想不到"大师"级的人物也有理屈词穷的时候，这时的季老就是这样一位！恰逢其时，季老最宠爱的猫咪蹿上了他的肩头，"喵喵"地叫了两声。我开玩笑地说："您看它都同意了，您也就同意了吧！"季老笑了，说："好好好，同意同意！"看来，真是"请将不如激将"，这招还真管用！

季老这名誉理事虽说没有一文报酬，但也不是那么好当的，紧接着我就给他布置了任务——在基金会成立大会上做主旨发言。老头一听又急了，连连摆手说不去！孰料我对此早有准备，掏出事先拟好的发言稿说："好，不去就不去，不过有一份发言稿，请您这位散文大家斧正斧正。"我想，季老是不会拒绝给别人看文章的，索性等他看了再说。果然，季老戴起老花镜，习惯性地拿起一支笔，认真地看起来。我们凝神静气地候在一边，看他读完一遍又从头读了一遍。最后他把手里的笔往桌上一拍，吁了口气说："写得不错，不用改了，一个字都不用改！"我听了大喜过望，遂试探着说："那这份东西就放季老您这了？"季老未置可否，看来这事有戏了！

基金会成立那天，我亲自驱车去接季老，把他从家里搀扶出来时我小心翼翼地问："季老，发言稿您带了吗？"季老拍了拍兜，冲我莞尔一笑。那一刻，我突然感觉季老像极了孩子，而且是个可爱的孩子。关于季老，各种各样的评论众说纷纭，有来自学生的，有来自海外的，有来自自己的，也有来自家人的，合成了一个色彩斑斓的季老。可就冲他那一笑，让我相信了季老的至真至纯，相信了他的善良。成立大会上，这位蜚声国际的东方学大师和文学家，这位北京大学副校长，这位全国人大常委，这位曾经撰文三辞"国学大师""学界泰斗"和"国宝"桂冠的人，认认真真地捧着别人代写的发言稿，像孩子在课堂上读书一样一丝不苟地读着，坐在台下的我凝望着他，瞬间感受到了一种令人震撼的人格力量。

我暗自思忖，尽管季老在基金会只挂了个名誉头衔，相当于做义工，但我也还是要为他老人家做点什么的。当时各种规矩很严，可以额外做的事情不多，于是我想到为他订一份报纸。经过与他秘书商量，决定为他定一份《人民日报》。于是在这之后，每到年底，季老的秘书都要提前很久打来电话，说季老让问问是不是还继续为他订报。我总是一迭声地回答："当然！当然！"但心里却止不住窃笑，心想，一份报纸就让这位大人物记住了我们，真值！

　　大约是1998年，一面在报纸上拜读季老刚发出的废除文、理分科的宏论，一面听说季老的牙齿出了问题，正一趟接一趟往城里的口腔医院跑。季老的医疗待遇是不用担心的，但作为在高校工作过的我，深知大学教授最难的莫过于出行。那年月谁家都没有私车，遇上事情只有申请用公车。可按当时的规矩，教授用学校的公车不仅要提前预订，还要领导审批，而且有定额限制，即便如此也是僧多粥少，很难排得上队。于是我马上决定，把我的公务专车派去给季老用。我特意嘱咐我的司机说："你的任务就是每天到季老楼底下上班，准点去准点回，一定要保证季老随时用车。"时间不长，也就是二十来天吧，季老把车退回来了，说治牙的任务已经完成，可以不用车了。

　　哈哈，没想到小小的举手之劳，却换来了一个大大的谢意。季老的秘书告诉我，事后季老特意交代，以后基金会的人来找他不用预约，随来随见。此外，他还特意邀我去参观他的私人藏书，并亲自作陪。他的藏书全部存放在他北大宿舍对门的一套三居室里，据说这套三居室还是经政治局常委一级的高官出面协调后北大才分配给他的。里面密密麻麻地立着一排又一排书架，各类图书整整齐齐地码放在上面，数量之多不亚于一个图书馆。季老如数家珍般——

给我介绍着他那些珍稀的绝版图书，令我大开眼界。我一时兴起，跟季老说，我家有小女，特别喜欢季老的散文，经常翻读。他闻之大喜，欣欣然地说："那就哪天把你的小女带来，一起聊聊嘛！"于是，风和日丽的一天，我去看望季老时带上了小女。季老那天兴致颇高，当场拿出两本他的文集，认认真真题写上"××小友惠存"，郑重其事地送给了我女儿。哈哈，从此我家也有珍藏版图书啦！

智者乐，仁者寿，长者随心所欲。2009 年，耄耋老人季羡林告别人世，享年98 岁。这时的他，早已把生命融入浩渺的东方文化，留给了钟爱的中华大地，故而走得十分安详，十分从容。但出乎意料的是，他走后，由他遗产引起的风波此起彼伏，至今未得平息，搅得生者和逝者都不得安宁。不过我想，季老真正的遗产不在法院受理的那份清单上，而在我等华夏子民的心里。我坚信，季老的清名绝不会因某些宵小的亵渎而稍有逊色，他将与他钟爱的东方文化一道，千古长存，历久弥香！

美国纪行

1998 年夏秋之际，我参加了一个赴美公务考察团，首次造访美国。此前我多次有机会去美国，包括调离武汉大学后还收到过美国高端学术会议的邀请，但不知怎的，就是对去美国没兴趣。自己问自己为什么，却始终没有答案，大概潜意识中觉得这是老牌帝国主义，是专门和我们作对的吧。但这次不同，反正就是去半个月，又是公务访问，什么事都不用自己操心，乐得去看一看。

那时我在市里做文化工作，而这个团是"城市文化发展考察团"，算是相当对口，团长还给我临时安了个"北京城市发展协会秘书长"的头衔，也挺有面子。全团八个人，来自不同城市，以行政官员为主。有一位是二线城市的副市长，有一位是三线城市的市长，彼此间不熟，从不互相打听。

第一站是洛杉矶，飞机落地后却迟迟进不了关，只见团长和随团翻译往来如梭地在瞎忙乎。后来一打听，说是我们少了一份什么文件，被拒绝入关。我听了后哈哈一笑，找了个安静的地方把自己安顿好，静候交涉的结果。我心想："进不了关就回去呗，有啥了不起！"没想到中国人自有中国人的门道，团长和翻译转来转去找到一位海关上的华裔老警官，嘀嘀咕咕说了半天，这位华裔警官出面疏通了一下，我们终于得以踏入美国本土。这是我平生遇到的中国人帮中国人的罕见一例，故记录于此。但别忘了，这是20世纪的事，倘如放到今天，恐怕很难说是啥结果。

邀请我们访美的是美国国会美中关系委员会，派出的陪同兼领队是一位40多岁的男性白人。他身材高大魁梧，做事认真细致，整个行程被安排得井井有条，但总是一副公事公办的样子，喜怒不形之于色。美方配备的随团翻译有两位，一位是30出头的女性，是犹太籍白人，性格热情开朗，和我们相处得非常融洽。另一位是个50岁上下的台湾女性，毫不隐讳对大陆人的鄙视，一路上始终板着脸，翻译起来也是有一句没一句的。

这美方三人中给我留下最深印象的是那位犹太籍女翻译，姑且叫她艾玛吧。艾玛体型苗条，面容姣好，但性格耿直，快言快语，颇有点女汉子的味道。她私底下常跟我聊天，说她喜欢东方文化，于是爱屋及乌（不错，这是她的原话，她的中文水平比某些地道中国人都强）地喜欢亚洲男人。她告诉我，她已离异，前夫是韩国人，以后还想再嫁个亚洲人，尤以中国人为佳。印象最深的是，在洛杉矶参观时，她觉得接待方安排的不合理，愤愤然地说："为什么只给你们参观好的地方？也应该把美国不好的地方给你们看！"于是自作主张带我们去了最脏最乱的贫民窟。她嘱咐我们不要下车，然后在车里给我们沿街讲述这里发生过多少抢劫案，有多少吸毒团伙等等。我们心惊胆战地在车上跟她沿街绕了一圈，只是感觉街区窄了点，绿化差了点，房子破了点，可凶神恶煞的人一个也没见到，反倒看见三三两两的黑人孩子在街面上玩耍。

当时的美国总统是克林顿，就在我们来的前几天，这位大名鼎鼎的总统刚在众目睽睽之下向联邦大陪审团作证，承认与白宫实习生莫妮卡·莱温斯基有"不恰当"关系！此事闹得沸沸扬扬，艾玛倒是觉得没啥了不起，轻描淡写地说这就是典型的美国闹剧，怎么发生的也会怎么收场。相反的她倒对克林顿的亚洲政策颇有微词，喋喋不休地数落个没完。记得有一次说到愤慨处，她站在大街上冲我跺着脚说："这样的总统，真是愚蠢透顶！"

结束访问后的第二年，即1999年，我在北京突然接到艾玛的电话，说她到北京了，是随中美复关谈判代表团来的，她是美方的首席翻译。我特别高兴，带家人一起去住地看望了她，还陪她去大钟寺古钟博物馆敲了钟。临分手时她一本正经地对我说，希望不久后我再去美国，到时她一定陪我去科罗拉多大峡谷看一看。

闲话少叙，下面说说我访美期间遇到的几件小事。

结束了在洛杉矶的访问后，我们全团直飞华盛顿。当时乘坐的是一架美航小飞机，团员散坐在各处。我的座位临窗，是双人座，邻座是位白发苍苍的老妪。看不出她有多大年纪，但只见她红光满面，精神矍铄。刚一落座，那位老太太就打开了一个折叠式金属本本，在上面的显示屏上写起字来。哈哈，那可是1998年哦，谁知道这是笔记本电脑呢？听都没听说过，更不要说看过了。不过我对此没多大兴趣，因为时差还没倒过来，头一歪就睡着了。飞机快落地时团友叫醒了我，邻座的美国老太太看我醒来，马上招呼空嫂给我端来了一杯咖啡。我道了声"谢谢"，就心安理得地喝起来。直到下飞机，同团的人才告诉我，刚才在飞机上先已给我送了杯咖啡，但被睡着的我碰翻了，而且洒在邻座老妪的身上。但老妪什么也没说，只是找空嫂要来纸巾擦了擦，然后继续打她的电脑。更难得的是，我醒来后她不仅只字不提此事，还主动为我要了杯咖啡。

这件小事很让我感动，当时便急不可耐地想把这份感动与艾玛分享。她却对我的感动无动于衷，眨巴眨巴眼睛说："这不是很正常吗？你又不是故意弄翻在她身上的，她为什么要怪你？再说了，你正睡觉呢，她不帮你照顾好咖啡，是不是也有责任呢？"看来跟这些美帝国主义分子真是无法交流，什么事都想不到一块去，我只好把要对艾玛发的一肚子感慨咽了回去。但不管怎样，这份感动却留在了心底，一直保留到今天。

纽约的自由女神像是美国的象征，每个访美代表团都会被他们的美国主人安排到这里来拜谒的，我们也一样。在前往女神像的途中，领队反复给我们讲解说，这尊神像代表了美国人民对民主、自由的向往，特别对成千上万世界各地来的移民来说，她既是美国的象征，也是摆脱旧世界贫困和压迫的保证。哈哈，言者谆谆听者藐藐，我听了后一点不为之所动，因为我压根不相信美国真的能做到人与人之间绝对平等。不过，到现场后我顿时惊呆了，因为在炎炎烈日下，参观的人流居然排了好几里长！要知道这是在美国呀，各处都看不到人潮如涌，各处都没有排队的长龙，可在这里居然看到了，而且是在阳光灼灼的大街上。

我瞭望着队尾，一眼望不到头，心想这要排多久呢？可万万没想到，领队居然带着我们大摇大摆地向队首走去——插队？我又一次惊住了！早听说西方人最反感插队，认为这是最不文明的举动，从心底里鄙视和唾弃。既然这样，我们怎么能去插队呢？领队一言不发，只顾带着我们往前走，我们也只好埋头跟着走。这是一条步行街，车子早停在了几里外，我们实际上就是擦着那条等候拜谒女神像的长龙在走。我们几个是中国人，这几乎是一望可知的，而我们正走到前面去插队，这也是明摆着的。中国人——插队！我在身边的那条人龙面前感到了莫大的窘迫。可是，万万想不到，明明知道我们是到前面去插队，那些排队的白皮肤、黑皮肤、褐皮肤的人还纷纷扬起手臂来和我们打招呼，而且脸上满是灿烂的笑容！在主动和我们打招呼的人中，看不到黄皮肤的同胞，估计他们也觉得脸上无光，都故意背转身去了吧！我无法像同团的其他团友那样，满不在乎地回应那些打招呼人的笑脸，我感到羞惭，羞惭得几乎要榨出我西装革履下藏着的"小"来！

事后我小心翼翼地问领队，为什么要插队？他若无其事地说："你们中国人不是喜欢插队吗？特别是你们这些做领导的，如果不带你们插到前面去，不就是对你们的不尊重吗？"我无言以对，当时就哑在了那里。还有一次插队，是在迪士尼乐园，晚上看焰火表演，当时表演现场已密密麻麻围满了人，只见领队和管理人员嘀咕了一阵，就带我们大摇大摆地插到前面去。幸好那天穿过的人墙只有十来排，而且是在黑夜，有夜幕给自己遮脸。

说到迪士尼乐园，我们去的是佛罗里达州奥兰多的全球最大迪士尼。美国还有一处迪士尼，位在洛杉矶，是世界上第一家迪士尼，但规模较小。佛罗里达迪士尼乐园的大就不用形容了，但最吸引我眼球的是，它怎么会这么干净呢？眼目所及，不论是纸屑、矿泉水瓶、塑料袋、餐盒等，全都无迹可寻。我不信这个邪，圆睁着眼睛四处搜索，终于在二百米开外发现了地上扔着一个废弃饮料盒！可是紧跟着，旁边一家正在行走的白人居然让自己刚刚蹒跚学步的小孩过去捡起了饮料盒，又指引他扔到另一边的垃圾箱去。因为隔得远，看不清这孩子到底有多大，感觉也就一岁多不到两岁吧。看着他摇摇晃晃去捡垃圾的身影，我心里受到的冲击真是无以言表！

说实话，对我们这些中国来的成年人而言，迪士尼乐园中的那些游乐项目是没有什么诱惑力的，无非走马观花而已。但有一个童话世界，里面集中了世界各民族的童话，反反复复播放着迪士尼乐园的主题曲，真令我流连忘返。当我从偌大的展厅走出来后，那首主题曲仍在心中奏鸣，一个又一个卡通人物仍在脑际穿梭，久久挥之不去。

最值得一说的是这家迪士尼乐园的中国城。世界各地的迪士尼乐园虽多，但中国城却只此一处，里面全是中国式的古建筑和中国式园林，古色古香，极具东方风情。中国城内有一个半球幕式影院，反复播放着一个介绍中国的影片，时长大约半小时。影院里没有座椅，观众都是站着看，看完后继续循环放映。艾玛悄悄告诉我，这部影片是20世纪40年代日本人拍的，我听了后瞠目结舌，既不敢相信，也不敢不信。这是部黑白片，不仅画面没有色彩，内容也属白描，银幕上展现的都是纯自然的蓝天、白云和呼伦贝尔大草原，还有故宫、胡同、四合院、风筝等，再就是胡同深处跳皮筋的孩子。

看完电影，脑子里还在琢磨着这到底会是谁拍摄的问题时，忽见一位金发碧眼的妙龄女郎向我款款走来，彬彬有礼地问我："您是中国人吗？"哈哈，以我的外语水平，这句话还是听得明白的，于是爽快地应道："是。"刚好这时艾玛及时赶到，接着翻译女郎的话说："她想请问你，什么是东方文明，它为什么对我们西方人来说如此神秘？"这可是个了不起的大问题，一百个人就会有一百种答案，而恰好我是搞考古的，是搞东方文明的（按：这里的东方文明特指中华文明），这位女士真是瞎猫碰死耗子，算是问对人了。可在这种场合，我该如何回答呢？那时的外事纪律很严，出来前被再三告知不要胡乱发表言论，于是我思忖再三，做了个特别不着调的回答。我说："东方文明之所以神秘，是因为中国有长城，你们隔在长城外面看不清楚。好在现在有了飞机，只要您乘上飞机，飞越长城，双脚落在中国的土地上，一切就不再神秘了。"这是纯外交辞令，等于什么也没回答，说完后我自己都觉得不像话，生生亵渎了人家的真诚。

那女郎听后莞尔一笑，知道我不想正面回答她，便转身离去。突然间我觉得光是让她问我有点亏，我也得问问她，于是请艾玛叫住她，反问道："那么请问，你们都了解东方文明些什么呢？"艾玛一字一句地翻译那女郎的回答说："她说在我们这里，凡是读过些书的人，都知道你们中国的李白和苏东坡。"在我道过谢后，那女郎离去，可这番对话却深深烙印在我的心底。我研究了大半辈子东方文明，但我知道什么是东方文明吗？仔细想想，还真的说不清楚！回到中国后我挨个问身边的同行，反映无非两种，一种是瞪大了眼睛看着我，意思是说你怎么问这么傻的问题啊，难道这都不知道？另一种是拍着脑门一脸困惑地说：呀，还真的不知道耶！

平心而论，她提出的，可以说是人类文明史上最核心的问题。细分析，她的问题可以分解为三层含义：一是如何定义东方文明或中华文明；二是东方文明为什么对西方人来说如此神秘，也就是说，东西方两大文明为什么如此隔膜；三是为了人类文明的共同发展，怎样才能不断沟通东西方两大文明。

众所周知，西方理论界很早就流行着一个"文明冲突论"的说法，认为今后国际间的冲突将主要在各大文明之间展开，并认定这种异质文明集团之间的暴力冲突不但难以避免，而且旷日持久。这种观点的对与错姑且不论，但无论如何，把东方文明的内涵尽可能清晰地揭示出来，在世人面前逐渐消除对东方文明的神秘感，不断加深东西方文明之间的沟通，无疑是人类文明最为重要也最为宏大的工程。基于这种认识，在后来的岁月中，我以此为使命，尽自己的绵薄之力做了一些力所能及的事情，当然这是后话。

迪士尼乐园的参观用了近两天，据说还有一部分没看完，但我们也要离开了。按说我们是政府级别的城市文化考察团，而迪士尼乐园是美国文化的象征，哪怕是形式上的，我们也该跟迪士尼总部的高级官员座谈一下。但遗憾的是，经领队交涉，他们的副总裁婉言谢绝了。想起童话世界带给我的感动，想起"大人大量"的中国古训，我不计较迪士尼总部对我们的简慢，临走前仍然从我带来的中国工艺品中拿出了两个内画鼻烟壶，请领队转交迪士尼的总管。没想到，小东西起了大作用，第二天清晨，当我们的汽车已经发动时，迪士尼的副总裁匆匆赶来了，给我们每人送了些小礼物，又上车和我们每人握了握手，并且反复夸赞我们的礼物是如何的精美，如何让人爱不释手。我理解，这无非一种西方式的礼貌罢了，用东方的话来说就是"投之以桃，报之以李"。虽然这只是很表面的做法，但至少让你感到了尊重，心里还是很受用的。

临离开美国前，安排的最后一项活动是访问加州大学洛杉矶分校。到访的那天上午，适逢学校秋季开学，校园里来来往往的全是从各地赶来报到的年轻学生。他们中有白皮肤、黑皮肤、黄皮肤和褐皮肤的，三三两两走在一起，感觉到处都是小联合国。看着他们英姿飒爽的身姿，感受着他们朝气蓬勃的气息，一时间觉得好像全世界的青年才俊都集中到了这里。人流中有一位年轻的金发女郎，真跟电影里的白雪公主一样，楚楚动人，风姿绰约，袅袅婷婷地从对面走来。我一下子呆住了，眼光竟死死地锁定在她身上，怎么也挪不开。谁知她见我在注视她，便向我露出了绚丽的笑容，径直向我走来，问我是否需要什么帮助。天啊，这可让我怎么回答呢！我当时就窘在了那里，什么话也说不出，赶紧一低头逃跑了。

加州大学洛杉矶分校对我们的造访十分重视，派出了三位和城市发展有关的学院院长做主接待，他们分别来自城市规划学院、城市资源和环境学院以及城市旅游学院。其中一位是白发苍苍的老人，风度翩翩，儒雅风趣，是个地道的白人绅士；有一位是黑人，年纪偏大，身材魁梧，沉稳而有气度，坐在那里就像一座小山；第三位也是个白人，年龄是三人中最小的，四十出头，一看就知道是锋芒毕露、恃才傲物的那种。这时我已从邂逅金发女郎的尴尬中走出来，饶有兴味地打量着他们，心想，这三位凑到一起，倒真像是美国社会的缩影呢！

彼此坐定后，那位白发苍苍的老者先发言，他说今天他们承担着重要使命，要负责回答我们在参观途中遇到的各种问题，然后展开讨论。但他说，进入正题前他们安排了个小插曲，请我们先见一个人。随之他招呼进一个小伙子，介绍说这是在他们大学攻读博士的中国留学生。老院长兴致勃勃地说："这是你们的同胞，也是一个极为出色的留学生，在这里获得了一致好评。"为了奖励这位学生的优秀，他们经过努力，已经把他的夫人从中国接来了，恰好今天到达。说到这里，这位老院长风趣地说："今天一个是有幸接待你们这批贵客，一个是这位年轻人的夫人到达，算不算中国人说的'双喜临门'啊？"——是的，"双喜临门"这四个字他是用蹩脚的中国话说的，可见他事先准备了很久。他一说完，我们鼓掌，小伙子很礼貌地站起来鞠躬，这个简短的见面仪式就算结束了。可我余兴犹在，示意小伙子坐过来，问他是哪里人，都有什么学历。他回答说，他是杭州人，大学毕业于杭州师范学院历史系，硕士期间学的金融，博士是在这里读城市资源和环境。我冲他竖起了大拇指，夸奖他说："难怪你那么优秀，原来你文理皆通，知识结构很特别！尤其是你的历史底蕴，一定对你的研究很有帮助！"

下面老院长请我们提问题，可我们全团八人，居然过了好一阵都无人发问，一下子僵在了那里。我心里明白，今天是在美的最后一天，团里不少人都希望取消这次纯学术访问而改成到商场购物，可无论怎么做工作，美方的领队就是不同意，弄得有些团员心里很不爽。加之我们团的大多数人到美国来的目的无非走走看看，也就是来消遣的，让他们提什么问题，也确实难为他们了。

看见出现了冷场，那位年轻的白人院长滔滔不绝地开始了主旨发言。通过艾玛的翻译，知道他说的大概意思是：因为研究的需要，他去过世界各大洲的成百上千个城市，但是最让他心灵震撼的是，当他来到北京，站在景山公园的主峰上，放眼俯瞰整个北京城时，中轴线上的古都风貌真是令他激情澎湃。他兴奋地说，这是举世无双的奇迹，是人类文明的瑰宝。但说到这里，他话锋一转，对今天的北京城市建设大加挞伐，说这几十年的北京建设如何破坏了古建筑，如何破坏了环境，把这个极为珍稀的城市文明杰作搞得满目疮痪。说完之后，他凝视着我们全体团员，颇有点挑战的意味。话音落地，我们这边还是无人搭腔，团长也一言不发，倒是艾玛坐不住了，不断往我这里瞅。我也实在按捺不住，跟团长打了个招呼，决定做出回应。

我首先肯定他的发言很有内容，对古都北京的评述尤其令人振奋，然后同样话锋一转，说他提出的实际上是一个全球性的普遍问题，也就是城市的新与旧、发展与保护的问题。我说，从根本上讲，这二者是有矛盾的，即一旦发展了新的，就有可能破坏旧的，全球无一例外，关键是如何协调好这二者的关系。如果单纯强调事情的一方面，这是不科学的，也是不公正的。话说到这里，我很不客气地说："譬如贵国，这次我们有幸走了很多城市，都是新兴城市，但满目所及，一个印第安人的旧址都没有看到，它们都到哪里去了？

不是被破坏殆尽了吗？还有，美国的历史到现在不过二百多年，可中国的历史有几千年。我们相信贵国的历史将来也会延续到几千年的，那么不妨设想，在几千年后，洛杉矶还会是今天这个样子吗？纽约还会是今天这个样子吗？我不相信几千年后的洛杉矶还是今天这样子，也不相信几千年后的纽约还是今天这样子。但如果几千年后的洛杉矶、纽约真的发生了变化，那么能斥责几千年后的美国人都是破坏者吗？恐怕不能这么说吧！"我的话语掷地有声，艾玛翻译的更是来劲，不仅语气斩钉截铁，而且手势也特别有力。

我发完言后，全场鸦雀无声，那位盛气凌人的院长也低下了头。这时领队先生及时宣布，因为时间的关系，今天的座谈会就到此结束。当我走出会议室，准备登上回程的汽车时，那位年轻白人院长追上来，拉着我索要名片，然后特别诚恳地表示，很感谢我的发言，希望今后有机会把我们今天的话题继续讨论下去。果真，回到北京后，不断接到这位院长按名片上的传真地址发来的传真件，但通篇都是英文，我看不懂，加之工作忙，一直没有回复他。

　　这次访美，活动安排得非常紧凑，探访的机构从最基层的社区开始，一直到联邦政府的建设部止，林林总总不下四五十家。总的感觉是，这些不同层次的美方管理人员的最大短板是数字，只要一问他管理上的数字就犯晕，要么就赶紧让秘书去查，要么就打开电脑搜索，可我们这边的官员恰恰关心的就是各种发展指标和数字。而美方最大的长处是，他们崇尚独立思维，崇尚思想，崇尚发现问题和解决问题的能力。在美期间我听得最多的一个关键词是"双刃剑"，即他们谈什么问题都要从正反两个方面考虑，既考虑到积极的一面，也考虑到消极的一面，然后寻找解决问题的最佳切入点。

　　这次访美，留下印象的琐事还有很多，它们虽然细微，却也各有其丰富的内涵。例如在华盛顿参观时，一向行事刻板的美方领队居然把我们早就预约好的白宫参观擅自取消了，改为拜谒美国第三任总统、《独立宣言》作者托马斯·杰斐逊的纪念堂。这令我们大为不满，所以无论他怎么说《独立宣言》是美国的立国之本，无论怎么强调它的意义，我们都一点听不进去。但从他的角度，此举倒能说明在美国普通人的眼里，《独立宣言》确立的原则和信念是多么的重要。另外印象深刻的是，一次为了赶飞机半夜就起了床，到宾馆外面看见工人正在用高压水枪清洗整座大厦。我当时想，这要用多少水啊，美帝国主义可真是够浪费的！一到入夜，几乎所有空无一人的大厦都灯火通明，这也是资源大国才有的景象。再一个印象是，大街上的陌路人都是笑容可掬的，只要眼神有交集，他们就会冲你微笑，甚至主动向你招手，跟你打招呼。初来乍到时我简直搞不懂这是怎么回事，除了一脸惊愕外竟不知该如何应对。但人的模仿能力终归不亚于猴子，没过两天我也学会了冲他们傻笑，冲他们招手。

　　连往返路途一共 16 天，这次访美连走马观花都谈不上，充其量只是浮光掠影。而我最深的感受是——看来东西方的差异还真是挺大的，远不是一两次短期访问就能看得清的！

绿野中，那一缕仙踪

  那是 21 世纪之初的 2002 年，女儿突发奇想，竟用威胁加利诱的十八般手段，胁迫我这老爸随她一同参加绿野仙踪的登山旅行。"绿野仙踪"是怎么回事？难不倒我，上网查！哦，原来是一群年轻人的小玩闹，专门结伴自助旅游的。据说规矩还挺大，玩归玩，但要"自虐"——餐风露宿，徒步山林，一切自理。不就是一帮乌合之众嘛，能有什么好？还专门自找苦吃！可是面对女儿殷殷然期期然的目光，想起老祖宗"大人大量"的千年古训，终于很无奈地点了头。心想，有什么了不起，三十六计不是有落荒而逃一计吗？好歹还能给上大学的女儿做个伴。于是暗中带足了可以环游半个中国的脚资，蔫头耷脑地跟在背着小山般野营行囊的女儿身后，一步三摇地上了路。

  此行目的地是太行山北部高峰小五台。

  清晨集合，黑压压一片六十余人，敢情还是个大型活动。行前女儿再三叮嘱，彼此不问姓名，不问职业，更不问年龄，陌生人相互只称网名。好在本老汉阅人无数，分清性别应该是问题不大的，此外还能把年龄看出个八九不离十。一眼扫去，队伍中男女数量相当，二三十岁的占绝大多数，一个个肩扛着"欲与天公试比高"的行囊，很奇特，也很新鲜。"看好吧"，我想，这么一帮素昧平生的同路人，这么一群嘴上没毛的小家伙，这么一个绝不省心的自助游组织……我摸摸怀中的人民币，想想自己的先见之明，悠然自得地点起一颗烟，任凭清烟缭绕在年轻人轻松浪漫的嬉笑中。

果然，行程伊始，便遭不测。先是车有毛病，后是路有毛病，走走停停，活像腿脚不利落的老人。折腾了一溜够，最后还不得不打马回程，另择新路。在下不才，过去也曾在单位多次带员工出行。虽然那队伍是出行人衣食靠山的单位，虽然那行列里有我这么个说一不二的主，但一遇到同样情况，不炸锅也要送你十箩筐的怪话，够你一听！可是，这帮人不知怎么那么乖，上车下车，前进后退，任凭活动发起人兼领队的摆布。一路颠簸，好不容易到了目的地，但行程已晚，只好改变计划。只见领队小熊和一位叫"Mudplayer"的绿野山版版主、一位叫"特种兵"的魁伟汉子简单商议了一下，便向众人宣布了新的计划和安排。宣布完了吗？完了，再竖起耳朵细听，怪！居然一切服从，没有人提出异议。大约看出了我的疑惑，女儿附在我耳边小声说："那几位都是在绿野让人服气的主，特权威。"哦，原来如此！可是如果换一个地方，怕再加几倍努力也换不来众人的自觉服从，要知道最难的并不是没有值得服从的人啊！想不到人类最本质的法则居然在这里得到了体现，我不由得以充满好奇的目光重新打量起周围的年青一族。

伴着落霞，进山，登山，艰难的旅程开始了。群山耸峙中，山路逶迤，队伍逶迤，前后排开竟绵延数百米。队伍前面有人探路，队伍后面有人压阵，行列中此起彼伏着鼓劲的吆喝声，间或还飘来随山风而颤音陡增的歌声，当然也少不了女娃们不胜体力的娇呼香喘声。渐渐地，男子汉们肩头的小山越来越高了，高到了背后望去"神龙见尾不见首"，但终于换来了没有一个人掉队的最佳战绩。宿营了，在领队小熊的指挥下，人们紧张有序地安营扎寨。刹那间，青山绿水中数十座帐篷序列排开，花花绿绿的，在青翠欲滴的山谷中摆下了一道独特的风景，煞是好看。本老汉叨光年长岁高，居然被安排在中帐大营。看着那些簇拥着自己的座座营帐，被满足的，岂止是虚荣心呢？

当我的眼光投注在领队小熊和山版版主、"特种兵"这些领头羊身上时，竟发现他们都属于那种嘴巴功能退化了的人，只知埋头干活，很少言语。匆匆中，只见他们四处忙碌的身影——队伍里，他们前后奔跑；行进中，他们总是背负双份行囊；扎营了，他们成了被众人呼来唤去的大工；疲累了，又传来他们铁汉柔肠的细声抚慰，弄得小姑娘们一个个感动得两眼发直。可是到开饭时，他们嘴巴的功能又淡化了，总是最后一个拿起碗，随便扒拉几口便一个劲地说："饱了，饱了。"真像是可以不吃不喝的野骆驼。通过女儿的介绍我早已知道，实行 AA 制是绿野仙踪的神圣天条。在这里，所有人的服务都是义务的，各种费用人人均摊，活动结束后组织者还要及时公开账目，接受监督。"这些家伙图的什么呀，真是有病！"我身边一个与我年龄相仿的同伴小声嘀咕着。话是牢骚话，但从他痴痴地看着"这帮家伙"的目光中，我读到的满是钦佩与悦服。

队伍中有一位可爱的女娇娃，大号缪斯，昵称地主婆。她青春靓丽，娇小玲珑，身着长衣短裤，坦然展露着那双修长白皙的玉腿。由她出口成章的话语和一脸明丽的笑容，不知是否尽现了艺术女神缪斯的风采，可要说满脸横肉五短身材的地主婆，却怎么也和她连不起来。此娃是领队小熊的女友，由于这个特殊身份，她几乎成了无职无衔的副领队。那银铃般的笑声，娇恬的呼唤，从她无处不在的倩影传出，成了这首野营交响曲中独具魅力的高音符。扎营野餐了，她居然跑到我的中营大帐前，变戏法似的摊开一地炊具、餐具、食品，兀自居中而坐，俨然一个压寨夫人的架势。顷刻间，荤的、素的、热气腾腾的、晶莹剔透的，一盘盘食品如白云般从她手中飘出。"来啊，弟兄们，刚出锅的，吃啊！"——听这吆喝声，俨然又成了孙二娘。人们到也随意，有那吃完自带的食品仍余兴未尽的，便一股脑涌来，或大鱼大肉的荤，或瓜果玲珑的素，各取所需，尽兴而去。

在一旁作壁上观的我，或许多了一份别样的闲适，竟无意中听到了一段缪斯的儿女私房话。那是在人们打着饱嗝从她那里散尽之后，一直忙碌的小熊拖着疲惫的脚步走来，一屁股瘫坐在他的地主婆身边，困倦地抱怨说："傻丫头，我的肠子都要饿断了，你只管喂别人，也不管我。""你才傻呢，我不把别人喂饱，怎么好一心一意地喂你啊？"一句柔柔的话语，一个媚媚的眼神，活脱脱一个阿庆嫂二世！只可惜小熊全无一点刁德一的诡谲，此刻他浑身上下演绎的，竟只有一脸胡传魁式的傻笑。

入夜了，山影憧憧，山风凛冽。小熊和他的几个哥们早已从四野寻来了一堆干柴，人们簇拥四周，篝火晚会开始了。熊熊火光燃起，映红了一张张青春的脸庞，笑声、歌声、喧闹声腾空而起，在山谷中久久回荡。伴着皎洁的明月，伴着漫天的繁星，这青春的声浪无遮无拦，直入苍穹……

"梦里不知身是客，一晌贪欢。"平生头一次野营，头一回蜷缩营帐，居然难得一夜好梦。没有闹钟的惊鸣，没有老伴的聒噪，以独特风韵向我报道这新的一天信息的，唯有远处的鸡鸣，近处的流水，和山峦间悄悄探头窥视的红日。正对着高山深谷发呆，领队通知我们，随队的六名老弱病残可以就地腐败。想想可以免除烈日攀缘的自虐之苦，怡然自得地放情于青山翠谷，我作为长者的尊崇再一次得到了满足。这帮小年轻还真是知冷知热的，居然颇有人情味，难得！

　　正独自窃喜间，突然发现在拔营的队伍中有几个异样客，他们俯身就地，东寻寻西找找，似乎在探什么宝。走近一看，原来是在满地捡垃圾！我忽然有了一种莫名的冲动，巨弱智地明知故问说："你们在干什么？"被问及的年轻人莞尔一笑，也来了个答非所问："我们的规矩是除了照片什么都不带走，除了脚印什么也不留下。"哦，明白了，怎么能不明白？当我们早已习惯周围的垃圾正伴着社会的繁荣与日俱增，当我们甚至亲眼目睹了在国外的同胞们随地吐痰、丢弃污物时遭遇的鄙夷目光，我们能不明白这些年轻人举动的非同寻常吗？转眼间，垃圾集中到了一个可以塞进条汉子的大塑料袋中——天啊，这可是要一步一步扛下山的呀！当一个小伙子艰难地扛起大包，蹒跚地迈开脚步时，周围的人居然那么平静，那么心安理得，反倒显得我少见多怪了。

　　队伍离去，"大地白茫茫一片真干净"，刚才拾尽而去的，不仅有我们的垃圾，还有过往游人遗弃的垃圾。环顾四周，竟愕然发现，在我们这几个老弱病残中，居然凭空多出了一个二十出头的棒小伙。"你？"看着我惊讶的目光，那小伙笑了。"奇怪吗？我也是你们组的啊！""你不去爬主峰？""不去，我和你们在一起。"尽管我再三追问，尽管小伙子再三否认，我也明白这显然是领队特意留下照顾我们的了。

小伙子性格爽朗，快言快语，我简单几句话就把他的来龙去脉搞了个底掉。原来他昵称"游侠"，今年 22 岁，河北人，是京城某重点大学计算机系的学生，还是学校攀岩队的队长。攀谈中，无意间了解到他还有一段颇富传奇的经历——他居然参加过两次高考，上过两所大学！开始的一次，他考上了河北一所普通高校，读了两年后竟中途辍学，再次参加高考，终以 580 多分的优异成绩被眼下这所重点高校录取。

"我就是要考到现在这个学校来，这是我从小就有的梦！"他不无得意地说。

"当时你中途辍学，家里同意吗？"这个险可冒得不轻，我小心翼翼地问。

"那还用说，当然是拼命反对啦。"

"后来呢？"

"后来有什么，自己下决心呗。"

"再后来呢？"

"再后来家里就特支持啰，要不怎么把我的生活费由每月 300 元增加到 500 元了呢！"在朝霞的映照下，小伙子的得意之情溢于言表，青春的脸庞神采飞扬。

500 元！我始而愕然，继而惶然，终而怅然了。以我女儿的情况对照，读大学的费用岂是他的两倍、三倍可以计算得出的？

"够用吗？"我忽然来了打破砂锅问到底的拗劲。

"不够，"小伙子咽了下口水说，"我特能吃，每个月光吃饭就要花400多。"

"那怎么办？"

"那有什么，"小伙子手一挥，一块飞石直落对面山崖的潭底。"有的是力气，打工挣呗！"

多可爱的年轻人——从小就有了自己的梦想，很早就选择了人生的道路，尤为难得的是，一旦做出选择就对自己负责，敢打敢拼，肯干肯学。对这样的年轻人，上苍有什么理由不格外眷顾呢？这就是当代青年，赶上了可以决定自己命运的时代。现在的他，已经激发出生命的力量，今后的路上已无困难可言。

和老弱病残归在一组的"非人待遇"，丝毫也没有影响小伙子的兴致。在不分分内分外细心照料我们的同时，他一会儿登高爬低，一会儿翻几个跟头，一会儿又劈劈叉。看着我们好奇的目光，他爽快的解释说："拳不离手，艺不离身，我这攀岩队员的身子骨每天都得松松筋！"放眼周围的蓝天翠谷，感受身边活蹦乱跳的他，刹那间我突然领悟了古人所说的"天人合一"的特殊神韵。随着心灵的顿悟，魂魄似乎远离我的凡胎俗体而去，升华到无边无际的苍穹，在飘渺的自由王国尽情翱翔……"我想唱歌！"老夫聊发少年狂的我跃身而起，对着空旷寂寥的深山高喊——运足气，挺直腰，伸展双臂，几个高低错落的音符一出，很快就找到了感觉，但却迟迟找不到调门。"让我来！"小伙子无所顾忌地说。只听一曲《懂你》打头，一首首流行歌曲从他嘴里联翩而出。听着那丝毫听不懂的歌词，感受着这绝对感受得到的青春气息，我那脱壳的灵魂超然世外，久久不肯着陆。

186

我终于注意到，小伙子身上的运动衣早已千疮百孔，脚底的旅游鞋也张开了大嘴，脚掌上一个略显粗犷的"红杏"缩头缩脑地探出了墙头。于是，一个小小的阴谋在我心底滋生……

　　老谋深算的我深知，凡属阴谋诡计者，必须迂回渐进，不可直来直去。我故作讨教地问："小游侠，这里为什么不准问姓名，不准问职业，不准问年龄啊？"

　　"干什么来的呀，"小伙子不假思索地自问自答："不就是来玩的吗？报什么姓名身份啊，弄得高低贵贱的，多没劲！"

　　"那这么说我们都是平等的啰。"

　　"当然！"

　　"那我能不能给你提个要求？"

　　"好啊，我尽量满足。"

　　"请你给我一个机会，让我赞助你这次的活动经费，好不好？"

　　如鲠在喉的话终归不知该如何道出，只好一吐为快。

　　"那可不行！"小伙子头一扭，断然拒绝。

　　"有什么不行啊，你不是也帮了我们很多忙，照顾了我们一路，你不答应我的请求，不就是不平等了吗？"我仍然强词夺理，不肯罢休。

　　"两码事。"小伙子的眼睛直盯盯地看着我，丝毫也没有商量的余地。"自助和互助是我们的宗旨，帮助你们就是互助，应该的，要钱成什么了！"

　　小伙子的话掷地有声，反倒让我一时无地自容，借鲁迅先生的话说，"甚而至于要榨出皮袍下藏着的'小'来"。"俗！"早已重新附体的灵魂暗中责骂自己。

大部队约定傍晚下山，我们这群孤雁又要归巢了。女儿此行，是为自虐而来，当然要随行在攀登主峰的队伍中。繁华都市长大的独生女，质似蒲柳，羸弱有余，尤其缺乏漫漫人生长途中跋涉的坚毅，登山无疑是滋养她身心的最佳良药。可做父母的，总免不了一份别样的牵挂，绝不敢轻易放她单飞。所幸小女好运，自打刚一参加登山活动起，就结识了绿野山版版主 Mudplayer 这样的引路人。此前出行，女儿带走的是爹妈再也无处安顿的心，而带回的，除了容光焕发的面庞、舒畅开朗的心境、陡然倍增的信心，便是对 Mudplayer 说不尽的感激。每逢归来，我们总要听她喋喋不休地讲述 Mudplayer 如何照料他们这些年轻体弱者，如何帮他们克服困难，如何替他们负重、教他们攀缘，又如何一丝不苟地管教他们……听着这些故事，脑子里就像过电影，一幕幕全是红军过雪山草地的战友情。这位版主大人究属何方圣贤啊，竟能有如此魅力，我倒真想见识见识！

此番绿野活动，有幸拜谒了版主大人。他中等身材，敦敦实实，寡言少语，一见就是那种做人做事特认真而又特让人信赖的人。早听女儿说，参加绿野活动的人以受过高等教育的居多，甚至以各行业的年轻精英居多，而这位版主大人更是其中的佼佼者。他是清华大学的高才生，现供职中科院一家尖端科研机构。在努力攀登人生旅途的同时，他还成了登山高手，多年来不但踏遍青山，而且成功征服了多处人迹罕至的冰山雪川。在各类登山活动中，他事事身先士卒，极富团队精神，因此众望所归地成了绿野仙踪的山版版主。这次登小五台，他只是一个普通参与者，完全可以置身事外，但从一开始，他就主动压阵，紧紧跟定了我们几个老弱病残。

看他肩上那小山般的背包，真如取之不尽的万宝囊，满载着他为人准备的营帐、睡袋、头灯、炉灶、餐具等，几乎应有尽有，光是为体弱者准备的专业登山杖就多达八支。"什么东西没带吗？找Mudplayer！"这几乎成了我们几个年龄和脸皮都略显厚重的人的口头禅。他的最爱是一套高保真微型音响，在攀登爬越中从不离身，从中不断传出时而悠远时而跌宕的悦耳乐声。在青山翠谷中，伴着习习山风、啾啾鸟鸣、潺潺流水，这乐声真如天籁之音，直令人心旷神怡，飘飘欲仙，醺醺然与天地同醉。"你们看。"一位年长的女士指着 Mudplayer 前行的背影说。从背后望去，只见他陶然自得，踏歌而行，偌大的行囊和身体一起随节拍晃动，活脱脱像个蹒跚踽行的大笨熊，让人忍俊不禁。拔营的那天早晨，我还无意中看到，因为把营帐让给别人使用，他竟独自在露天蜷缩了一宿。当时我伫立一旁，看他一语不发地默默收拾自己的简单行囊，看他归拢别人借用的家什重新打点起自己硕大无朋的背包，看他紧随几个黄花后生身后又投入攀登主峰的人流，我久已麻木的心灵如决堤的潮水，激荡难平……

有 Mudplayer 在，有那么多可信赖的人在，攀登主峰的女儿有什么可不放心的呢？可是，当我们毫无牵挂地尽情腐败了一把后，回到大本营一看，已经提前下山的女儿竟一脸沮丧。"怎么回事？""唉，别提了，腐败不成，自虐没戏，弄了个两头不着边。"女儿说。仔细一问，原来在同行的人中有一个年方十四五的小男孩，虽然充足的营养和宠爱提前催生了他挺拔的身躯，但终归底气不足，在距离顶峰不远处筋疲力尽，女儿只好和他一同提前下撤。

"那 Mudplayer 呢？"我这句话问得实在没道理，好像什么都要他来承担似的，但嘴巴不由人，竟兀自脱口而出。

"他一直跟着我们啊，"女儿不以为然，似乎这问题天经地义，紧接着说，"我和那个男孩的背包从一开始就被他抢去了，整整一天没换肩，最后也是他自动放弃登峰保护我们下山的。而且，而且……"女儿的话语突然哽噎起来。

"而且什么？"

"而且他把所有的水都给我们喝了，自己整整一天滴水未进，嘴唇都干裂起泡了。"

"别说了！"我打断女儿的话，撇下正深自懊悔的她，疾步向小卖部走去。寻觅良久，手提两瓶冰镇啤酒的我，终于在人群中找到了独处一隅静静喘息的 Mudplayer。"什么也别说了，来，伙计，我敬你一杯！"陡然间我像换了个人，一下子变得豪放冲动起来，情义直逼胸臆。他彬彬有礼地站起身，憨憨地笑着，接过我手中的酒瓶。这时我才仔细打量了他的嘴唇，果然，白白的一圈泛着小泡，干裂得尽失本色。这究竟是什么汉子，居然耐得住一整天超负荷体力的消耗而滴水不进，何况是为了两个完全不相干的陌路人！不由得，我的双眼潮湿起来。

"下山的人还少两个，谁跟我上山去找！"猛听领队小熊在远处大声喊。

我还没回过神来，Mudplayer 已经放下酒瓶，二话不说快步向小熊走去。"哎，你好歹先喝两口啊！"我拿起酒瓶紧追不舍。可是，他已如旋风般离去，再也没有回头。

……旅行结束了，安然而归的人们四散离去，一切在转瞬间又成过眼烟云。可是，我那被重新激荡起来的心，却久久不能平静。

未曾想，一次不期然的无奈之旅、山水之旅，竟梦幻般地演化为精神家园的寻根之旅、圆梦之旅。我深知，绿野的每支队伍难免良莠不齐，网络这种虚拟媒介也不可能铸造出超越时空的奇迹，每次登山都势必会留下这样那样的不尽如人意。然而我更知道，每一个来到这里的人终归没有世俗的名利和权益可言，人逢此处，只有相伴相知的命运与共，只有可依可恃的团队精神。更有那视责任为天职的人，成了这支队伍的脊梁，支撑着他的大小每一次活动。人们跻身其中，不仅会身心交融地感受大自然的陶冶，步履艰难地历练自己的精神，而且在无形中也会一次次接受责任与义务的挑战，体味个人与集体的休戚与共，触发对高尚与鄙俗的人生思考——从这些人中，一定会走出社会的脊梁、民族的脊梁的，我坚信！

　　放眼祖国大地，笑靥尽展的蓝天白云已日渐开阔，孕育生命的翠绿正愈发浓郁，然而我深深眷恋的，仍是这绿野中的一缕仙踪。

　　年轻人，祝你们一路好运！

三亚印象

    号称"东方夏威夷"的三亚市，雄踞中国四大一线旅游城市榜首，风光的旖旎早已为人们所共知。我也多次去过三亚，既长期寄居过，也短暂停留过，去的次数多了，便有了些与众不同的经历和感受。

    先说台风。

    去过三亚的人虽多，但真正经历过台风的人毕竟不多，而我不仅完完整整经历了两次台风，并且凑巧这台风都是从三亚登陆的，台风的中心就在三亚。

    一次是1994年的秋冬之际，我因公事去海南，在海口办完了事，少不得要去三亚转转。当时是开车去的，准备来个环岛游，路过三亚时住两天。但"人不留人天留人"，刚好到三亚时传来了台风要来的消息。陪同我们去的当地人很紧张，既担心我们遇到麻烦，又担心我们耽误从海口返北京的飞机，主张连夜驱车回海口。我却不但不紧张，反而有点小惊喜，心想此生还从未见识过台风，这个机会千万不能错过！按说台风一般都是七八月来袭，这次居然让我们十一月赶上了，这不就是天意吗？所以我执意留下，至于赶不赶得上返京的飞机，去它的吧，走一步说一步，管那么多干吗！

台风的前奏是暴雨，暴雨的前奏是乌云。当台风即将来临时，天空瞬间布满了乌云。那可不是人们常见的一朵朵乌云，而是满布天空的如同烧焦的破棉絮似的大片云块。它们像魔鬼般遮盖了天空，张牙舞爪地向人间扑来，越压越低，似乎要把整个大地吞噬。狂风来了，大风盘旋在树干上、电线杆上、桅杆上、楼舍上，盘旋在所有敢于在它面前挺着身子的物件上，发出阵阵令人恐怖的尖叫。顷刻间，暴雨喷薄而至。那哪是雨啊，分明是泼向人间的天水，全宇宙的水都兜头倾倒下来，像是要把大地瞬间变成汪洋。

我们住的房间在宾馆的五楼，暴雨来袭前我们做了充分的准备，把所有窗户都关了个严严实实。但狂风暴雨根本不把小小的窗户放在眼里，它无孔不入，肆无忌惮地直接穿越进来，把窗户拍打得噼啪作响，瞬间便把窗玻璃击得粉碎。我一看我们的防卫措施全部归于失败，突然心生一念，心想还不如豁出去到外面看看！

在风暴的呼啸和窗户的噼啪声中，我提高嗓门冲我身边的人喊道："走，去海边看看！"

"这怎么去啊？"陪同我们的当地人吓傻了，懵懵懂懂地问。

"开车去！"我们从海口开来的是一辆三菱中巴，我想这狂风暴雨总不至于把整台车都卷到海里去吧！

"这么大风，伞打不起来啊！"同行中有一位女士，带着哭腔说。

"糊涂，打什么伞！"我转身进了卫生间，三下两下把自己扒光，换上了随身带的游泳裤。

看我如此决绝，同行的三个人也只好换上了游泳裤和游泳衣，和我一起向昏黑一片的混沌世界走去。哇！刚一出门，那暴雨就像密集的子弹般噼噼啪啪射来，打在人身上和脸上像针刺一般痛。好不容易钻进了汽车，车子顶着风暴缓缓向海边驶去。想知道此时坐在车里的感觉吗？最确切不过的形容词就是"风雨飘摇"了！词典中对这个成语的经典解释是："比喻局势动荡不安，很不稳定。"而此时的我们，根本无暇去联想什么局势，只知道这车就像悬浮在半空的一叶扁舟，飘荡着，摇晃着，真真切切地让我们感受了一把"风雨飘摇"的滋味！

到了刚能看见大海的地方，车就远远地停下了，我一马当先，带头冲了出去。哇，这是海吗？是我们每天看到的蔚蓝而平静的大海吗？不！人们习惯中的大海是个平面，而今天呈现在我们面前的，却是个耸立的庞然大物。它犹如疯狂的魔鬼，蹿上了天际，在空中张牙舞爪、狂呼乱叫，放肆地翻卷着、撕咬着，好像要吞噬整个世界。最令人惊心动魄的是海浪——姑且叫它海浪吧，但那绝不是你熟知的海浪。远远望去,这浪头足足有三层楼高！怎么也有十几米！它就这样高高地耸立着，像一堵高墙，以极快的速度扑面而来！等来到你跟前时，它就"哗哗"大叫着扑向你，要把你压倒，要把你吞噬！现在，就在我的眼前，这十几米高的海浪一浪接一浪地拍过来，一刻也不停息，一刻也不迟疑，就好像誓死要把整个大地拍碎、摧垮！

我们用双手死死抓着那辆三菱车，免得被狂风刮走，但仍然站不住，于是赶紧钻进车走了。坐在车上，依然听得见风的呼啸、海的咆哮，唯独听不到一丝人声。这场面实在是太震撼了，让人久久回不过神来。要不是这次冒险，我还真见识不到大自然的神伟和人类的渺小，甚至一直都相信"人定胜天"呢！

第二次亲历台风是在 2005 年的 9 月，也是在三亚。这时的我，早已没有了十年前的血气方刚，加之孤身一人，在台风肆虐的三天中一直龟缩在房间里，哪儿也没去。我住的是三亚湾的一间海景房，在楼房的四层，那几天最大的困顿是，四楼的房间也刮进来很多水，让你躺也无处躺，站也无处站。停电、停水，没有食物、没有信号、没有网络，这就是台风带给人们的生活。至于台风过后，满街横陈的都是连根拔起的大树、折断的电线杆、掀翻的屋顶，放眼望去一片狼藉。幸好三亚人久经考验，对这一切都习以为常了。

　　说完台风，再说说人的故事。

　　有一次我去三亚长住，打算在那里把我要写的书好好开个头。来的路上没太在意，把笔记本电脑放在行李箱里托运了，结果还真遭遇了野蛮装卸，把电脑摔坏了，到三亚后怎么也启动不了。那时买一部新笔记本电脑还是件挺不容易的事，只好想办法找人修。

　　人生地不熟的我找到一家门面比较大的电脑公司，问明了维修人员毕业于海口大学计算机系，便把电脑的维修托付给了他。这个维修人员是个很腼腆的小伙子，白白净净的，和其他三亚本地人的黝黑面孔迥然不同，一看就是个白面书生，让人觉得可信。三天后电脑修好了，我拿到家里打开一试，没两分钟又瘫痪了。想想道路不熟，打车过去也价格不菲，于是打电话请他上门。当时上门一次的价格是 50 元，我每次都给他双倍，而且赔上一箩筐好话，希望他尽快修好。他每次来都说这回一定修好，结果坏了修、修了坏，如此循环往复，前前后后竟来了六次，而每次我都是双倍付资！最后我终于死心了，换了一家离我更远的大电脑公司，人家一看就说是硬盘摔坏了，不能维修，只能更换。结果花钱换了个硬盘，电脑就什么毛病都没有了。

　　事情原来这么简单，那小伙子不可能不知道啊，为什么一直糊弄我？事后我一直想搞明白，是不是我看人走了眼，于是有一次买打印机墨盒时又专程来到那小伙的店铺。店里拿货的女店员问小伙说，买货的是个老客户，该收多少钱？那小伙特意用我听不懂的海南话说了一大通，那女店员就按他说的价码收了我的钱。我拿了货后拐弯走进旁边的另一家店，再买一盒同样的墨盒，结果整整少了三十多块！我一下恍然大悟了，原来这小伙子一直在宰我！

　　为什么要宰我？我真的想不通！我那么信任他，从不亏待他，不仅双倍付酬，还觉得他每次大太阳底下走来不容易，总要备好牛奶和冷饮给他喝，而且告诉他我一天都离不开电脑，心里很急很急！可是，从我第一次找上门，到后来他多次上门，整整耽误了我二十多天！这期间他确实挣了我一些钱，可是，诚信难道不值钱吗？他真的拿诚信不当事吗？

　　长住三亚的那回，我自己开火做饭，经常在楼下一个街边小菜场上买菜。一次在菜场上东游西逛，偶然发现一个卖菜的老婆婆身边趴着一个小男孩，正在放菜的箩筐上写作业。我觉得好玩，就蹲下来在这个菜摊挑菜。挑好菜后老婆婆过秤，那小孩就放下作业，帮我装菜。我买完菜后蹲到小孩面前，跟他攀谈起来。一问两问就问明白了，孩子10岁，上四年级了，老婆婆是他奶奶，家里就他们两人，靠卖菜度日。我没有问孩子的爸爸妈妈去哪了，我担心这个话题会让孩子感到沉重。

　　从那以后，我买菜就认准这一家了，有时老婆婆和孩子没来，我宁可空手回去也要等他们来了再买。更重要的是，从那以后我再不挑菜，只报菜名，随老婆婆拿，更不管分量足不足。老婆婆和那孩子的话很少，我不开口他们就绝不开口。但在这无语的交易中，我很清楚，我想做的无非让他们稍稍多挣一点。久而久之，我发现了一件很蹊跷的事，就是每次我去买菜，老婆婆都是从菜柜的下面拿，显然是专门为我预留的。开始我往好里想，觉得老婆婆是担心菜卖完了我买不到，于是预留出来。可是不对，我买的都是大路菜，她菜摊上摆放得很多。那到底是为什么呢？最后我终于停止了自我欺骗，因为我不得不承认，老婆婆给我预留的，都是老得卖不出去的陈菜！

当我回到家里，把老婆婆卖给我的蔫得不能入口的黄瓜和老菜帮扔进垃圾桶的时候，心里真的有一点点疼。为什么会这样呢？难道我的好心就值不了一根新鲜黄瓜吗？

当然，从那以后我再也不去那个菜摊买菜了。时常在买菜时路过那个菜摊，大家都若无其事似的，彼此也不打招呼，就像从来没有接触过一样。可每每看到趴在箩筐上写作业的孩子，我仍然有一点点心疼！

三亚，你让我快乐也让我心疼！但这么多年下来，我仍然从心底里为你们祈福，既为那位修电脑的白净书生，也为那位卖菜的老婆婆，更为那位在箩筐上写作业的孩子。我坚信，你们是天生纯洁而质朴的，一如纯净的亚龙湾海水。只是因为这些年如潮水般涌入三亚的人鱼龙混杂，你们被光怪陆离的世事迷糊了双眼，才把你们的纯洁和质朴蒙蔽了。而一旦天清气朗，你们就一定会回归本分，依旧如往昔那般质朴、纯洁、善良！

遭遇车祸

　　我平生遭遇过两次重大车祸，第一次我本人不在车上，但责任由我担了起来；第二次我在车上，责任是别人的，但由我善后处理。

　　1995 年 8 月下旬，第四次世界妇女大会在北京召开前夕，有一天下午我正在办公室处理公务，突然接到我单位一位姓张的司机的电话，电话里他哭吼着说："王馆长，快来救我！我出车祸了，我轧人了，你快来呀！"我赶紧叫上另一位司机，心急火燎地开车直奔现场而去。

　　车祸地点在北京西郊一条偏僻的马路上，这是张司机回家的必经之路。我刚一到，张司机就冲到我身边，扑通一声跪下，紧抱着我的双腿哭着说："王馆长，我轧人了，压轧人了！快救救我吧！"

　　车祸现场已被封锁，经了解，张司机在我不知道的情况下上班时间私自开我的办公用车回家，车速太快，而马路的路况不好，一时间左车轮打偏失控，向反方向冲去，把对面自行车道上逆向而行的一辆自行车轧到了车轮底下。那自行车骑着一个老汉，驮着一个孩子，老汉当场身亡，孩子身负重伤。

　　第四次世界妇女大会是当局非常重视的一次国际性会议，会前重点整治的一个项目就是交通，上面三令五申严禁恶性交通事故的发生，如有发生必须从严惩处。车祸地点属于海淀区，区交通大队的民警赶来时唬着个脸，说刚刚立下了不死人的军令状，就马上出了这么大的事故，而且是肇事司机的全责，说什么也不能轻饶了这个司机。说话间，他们拿出手铐就要把张司机铐起来拘走。我赶紧凑过去，递上名片，说明了肇事司机是我单位的员工，再三向警察表示了最大的歉意后说，能不能先不把司机拘起来，让我带回单位，我作为单位一把手保证他随时听候处理。为首的警察认真看了看我问："你是单位一把手？"我肯定地回答说："是！"那是20年前，社会的诚信度普遍较高，就靠这空口无凭的一问一答，警察就相信了我，答应我说："好吧，你先把人带走，回去等候通知！"随后把我的名片收了起来。

世妇会召开前，北京市各局委办也签了安全责任书，听说我们馆出了这么大事故，文物局的领导也在第二天赶到了馆里。当他们问起我事情的经过时，我把责任全揽到了自己身上，说张司机出车是公事，是我派他回家取一份我急需的展览图纸，而且因为他头天把我的图纸忘在了家里，临走前我大骂了他，造成他情绪波动，同时我还规定他必须一小时内赶回，所以才出了这么大的事。

警方看重的是事故现场的责任，而文物局看重的却是事故缘起的性质。如果是公事，主管局就不能不管，我们单位就不能不管。

从此我无论对外、对内都是这种说法，而自打我对事故原因做了如此定性后，局机关和我们单位就共同行动起来。首先我走访了遇难者，向他们表示了深切的哀悼，取得了他们的谅解。遇难者是附近的农民，对他们来说，如能得到一些实际赔偿，远比把肇事者送进监狱更为重要。于是，我和他们谈好了赔偿的数额，并一次性将全部现金交到了他们手里。下一步便是遇难者家属撤诉，我们局也协调了海淀区各有关方面，最后终于解除了对张司机的刑事和民事处罚。

整个事情处理下来，我没让张司机出一分钱，也没让他出一分力，连在医院看护受伤的小孩都是我派馆里的女职工轮流去的。我之所以如此不遗余力地挽救张司机，不仅因为他年轻，而且因为他妻子正在孕期，如果把他关进局子，或者让他个人来承担赔偿责任，一个家庭铁定就毁了。但我衷心希望，这一死一伤的惨痛教训他能终生铭记。

又一次车祸发生在 2013 年 4 月，我们一家开车走在昌平区回龙观一条非常宽敞的马路上。驾车的是我老伴，她车开得非常稳，就算当时马路上几乎没有任何车辆，也只开到四五十迈。可是天有不测风云，好不容易对面过来一辆车，而且我们中间还间隔着不下三条车道，可当他的车走到和我们并排时，却突然打轮向我们横冲过来。因为冲力太大，他的车先撞上了我们的车头，随后又被弹开，顶在了街道一侧的墙壁上。

他开的是夏利，我们开的是小宝马。他的车撞在墙壁上后只剩了驾驶座以后的部分，前边全没了，我们的车也损失惨重，整个车头都瘪了，前窗的挡风玻璃全部粉碎。这时我看到从夏利车上走下来一男一女，男的 40 多岁，女的 30 出头，那女的除了惊慌失措外好像没有受伤，男的却浑身上下都是血。我们这边因为是带孩子去温育河湿地公园放风筝，车上坐得满满当当的，不仅有我和老伴，还有两个小外孙女，另外有一个带孩子的阿姨。两车相撞时我老伴的头磕在挡风玻璃上，但其他人除了受了惊吓外，倒是没有受伤。特别是两个小宝宝，因为坐在大人的怀里，就跟没事人一样。随车的阿姨说她的腿被撞了，很疼，后来我们带她去医院检查，也没有发现什么问题。

借一句《老子·道德经》的名言说："天道无亲，常与善人。"真是吉人自有天相，万万没想到出了这么大事，我们一家却毫发无损！这时周围已经围拢来不少人，看着惨烈的现场和安然无恙的我们无不啧啧称奇，纷纷说："真是菩萨保佑，一看就知道你们是积德行善的人，居然什么事都没有！"过一会儿交警来了，测了是否酒驾，拍摄了车祸现场，对那一男一女做了详细审问和笔录，然后把那男女和我老伴带去了警局。我留下来送孩子们回家，又返回来等候事故车来拉我的车辆。

在车祸现场有一位警察幸灾乐祸地对我说："瞧这破夏利，顶多只上了交强险，搞好了也许能赔你两三千块钱。"

"这么大事故，几千块钱就打发了？没门！"今天这么晦气，一口怨气堵在我心口，不由得如此说。

"你还想咋着！"这年头恐怕很少有人用这种直不棱登的口气跟警察说话，那警察听了后火冒三丈，冲我吹胡子瞪眼说："告诉你，能给你几千块钱算你走运，搞不好后边还有好戏呢！"这警察可能不习惯光说不动手，一边说还一边挑衅似的连连拍我的肚子。

警察这话听得我莫名其妙，但他话里有话我是听得出来的。后来才知道，那一男一女是一对情侣，正在谈恋爱，男方是车主，有驾照，女方无驾照，也不会开车，出事时是女方在开着玩，属于无照驾驶。最关键的是，男方是刑满释放犯，刚从监狱里出来。那个警察之所以那么说，恐怕就是指男方的这个特殊身份而言。你想想看，这种人怎么惹得起呢？可不是吗，肯给你几千块钱算你交好运，不找你麻烦就不错了！

剩下来的事情就不用说了，一趟接一趟地往车管所跑，要不就是他们通知你去填材料，要不就是你找他们要材料。最关键的是，我要从警察那里得到肇事方的联系方式，好找他们进一步交涉。警察给了我那个男方的电话和联系方式，但电话是空号，地址是假的，我们和肇事方由此断了联系。这时家人和朋友听了这些情况后，都劝我算了，说是消财免灾，自认倒霉。可我不认，心想怎么能算了呢？世上哪有这道理！"卖了孩子买蒸笼，不蒸馒头争口气"，好歹也要找他们讨个说法！

我想法找到了女方，说要么赔偿，要么起诉，请她二选一。这时女方也知道她的无照驾驶触犯了刑律，要负刑责，只要我们按刑事责任而非民事责任起诉，她就要被判刑入狱。女方答复得很痛快，说她既不想坐牢，也没有钱赔偿。我说那好，那你把男方的地址和电话给我，我去找他交涉，只要他肯赔偿，你就没事了。

当我从女方那里拿到地址，决定去找男方的时候，好多人都怕我出事，劝我别去。我说我一定要去，但希望有个人陪我一起去，至少可以在外面等我，里外有个照应，最后只有老伴响应号召陪我去了。当我敲开那男人的门，突然出现在他面前时，他很感意外，但也没说什么，默默地把我让进了门。这时我看他胳膊夹着夹板，脖子挂着绷带，才知道那天他胳膊断了，是粉碎性骨折，很严重。我跟他谈了我的想法，说赔偿或起诉二选一，请他考虑。没想到他很冷静，沉了沉气说："那就赔偿吧！"当然，他要求把赔偿金额控制住，要求维修预算报他审核，这都是合理的，我全都答应了。临分手时他自言自语地唠叨说："出了这么大事，怎么能不赔偿呢？应该赔偿！"

来找这个人之前什么都想到了，就是没想到男方比女方通情达理多了，而且很爷们儿，颇有点"一人做事一人当"的意思。看来我找他找对了，开了个好头，可万万没想到，好戏至此才开场，后边的事情更让人始料未及。

我们的小宝马一直固定在一家北京南郊的4S店维修，这时我们那辆车已经在那里趴了四五天了。男方做出承诺后，我怕他反悔，紧锣密鼓地找到那家店，请他们抓紧做预算。预算出来后吓了我一跳，他们居然开出了一个天文数字！真是趁火打劫啊！不知道有多少4S店会干这种事，反正他们是干了。这预算不要说肇事方不会接受，我都不会接受。我给他们打电话说："你们都是行家，你们自己想想，我这辆车修好了能值多少？现在你们开出的维修费用超出了它好多，我要是有这钱还修它干吗？不如买辆新的！"话说到这份上，他们也不让步，仍然来回扯皮，说他们用的都是进口件，他们的维修水平也是最高的等等。

我看谈不下来，于是说："那算了，不在你们这里修了。"对方说："可以啊，但你要付车子在这里的保管费，还要交我们做预算的费用。"我让他们开价，他们说："我们有规定，预算的费用要按报价总额的百分比付，车辆的保管费也要按相应的比例付！"算来算去居然报了两万多！我说："在你们那里放了几天车就要收这么多钱啊？"对方说："你以为我们这是停车场啊？就因为你的车占着位置，我们少收了多少辆车你知道吗？"哈哈，这回我明白了，我是遇上了既不讲理也不要脸的了，于是说："好，没问题，不就是两万多块钱吗？没啥了不起，你们等着吧！"

　　第二天我赶到了那家4S店，找到那个经办人，掏出银行卡说："我来付费！"他挺得意，刚想接过我的银行卡，我把手缩了回去，说："别急，你先把发票给我开好，一张写清楚是维修预算费，一张写清楚是存车费，存车天数几号到几号一笔一画写清楚！"喘了口气我接着说，"还有，既然我付了预算的全部费用，这预算就归我了，你必须把预算原件给我。"他说："你这是要干什么？"我没好气地说："你说我要干什么？拿到发票好去找工商局讨说法啊，预算可以发帖子到网上给大家看啊，这样好帮你们提高知名度嘛！"

　　我们交谈时，邻桌有一个年纪稍大点的人一直在听，这时他走过来，假装什么都不知道地问："怎么回事？"经办人和我说了事情的经过后，他装模作样地拿过预算报告看了看，然后问我："你能承受的维修费用是多少？"我回答："我能承受多少没有用，维修费用由肇事方出，要看他能承受多少！""那好吧，"这个年纪稍大的人说，"那你把肇事方请来，我们一起商量一下，再看怎么办吧！"一看事情有转机，我也缓和了态度，答应说："好吧！"

　　回来的路上我想，我该怎么办？是把肇事的男方请到4S店来？一则他的胳膊摔断了，来不来得了很难说；二则他即使来了又能起什么作用呢？忽然间我心生一计，心想我不如请个街边修车行的老板或师傅，以肇事方代理人的身份来看看，起码可以对车子的破损程度搞搞清楚，以便心中有底。想好了就办，我在附近找了好儿家汽车维修店，终于有个老板答应跟我去。我给他的酬劳很优惠，但也明确了他的任务：一是要把车况查清楚；二是按进口件的价格给我开个详细的维修预算单，三是代表肇事方跟 4S 店砍价。

这样做了以后，我们把 4S 店原来的预算拦腰砍了一半，这时 4S 店有个更高层的管理人员出来打圆场，说是看在老客户的面子上，这个赔本生意就接下来了，但因为他们的税高，要求把街边店报的预算再加上几万。如此这般的讨价还价了一番后，维修预算终于压到了肇事方和我都能接受的范围内。

车子修好后，我去接车时邀请了两位懂行的老师傅同行。通过看车况、听声音、试驾驶，两位老师傅说车子修得还不错，于是我去前台结清了账。完事后我们往外走，一开始跟我胡搅蛮缠的那个经办人追出来了，一脸讨好地媚笑着说，马上他们总店会找我给他评分，希望我能给他个"优"。说实话，我心里一百个不愿意，但想了想后仍然点了头。我想，事情已经过去了，何必再跟这种人纠缠呢？所以当总店打电话来征询意见时，我就给了他个"优"。我不知道这样做对不对，也不知道下一个车主会不会再上他的当。但我更想弄明白的是，他们内部的这种评优制度真的管用吗？这类店铺的监管机构到底在哪里？

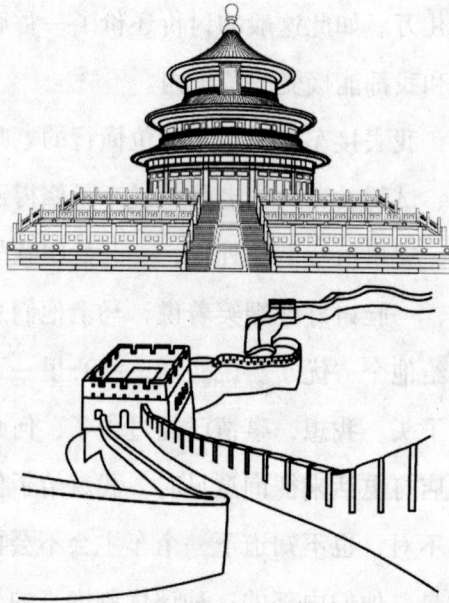

难产的作品

　　2014 年 7 月，历经整整八年的埋头著述，我的长达 70 余万字的《人类文明的圣殿——北京》一书终于完稿了。十月怀胎后便想着一朝分娩，于是开始为书的出版探路。

　　我首先上网搜索民营出版机构，按榜单的头十家挨个发了投稿信，结果全部石沉大海。我于心不甘，又费尽心力找到电话号码，一家一家地打过去。打到一家大名鼎鼎的民营出版公司时，接电话的是一位前台小姐，我说我有一部历史类书稿，想跟编辑谈谈，请她转接。她说不可以，因为无此先例。我问她能不能前去拜访编辑，当面谈，她也说不可以，而且强调他们不接待来访。没问几句她烦了，呵斥我说："你以为我们这是报社吗，你想投稿就投稿？打听打听清楚再说吧！"说完就把电话挂了。放下电话后我半天回不过神来——这是民营机构吗？怎么比官僚还官僚？后来一查，原来这家民营出版公司已经被请进政府主办的出版创意产业园去了，已经周身换了马甲，难怪这么牛！

　　既然此路不通，那就另辟蹊径吧！从网上搜索了 12 家比较对口的官方出版社，把投稿信一一挂号寄去。最快做出反应的是一家规模不大但很有名的出版社，在发出投稿信的第三天就把电话打过来了。打电话的是他们的历史编辑室主任，我们很快见了面，谈得也很融洽。唯一的遗憾是他们只负责出书，不负责"做书"，也就是既不管宣传也不管市场。当时我的心境是，赶紧把孩子生出来是主要的，千万别胎死腹中，其他的就顾不上了。

出版社都实行三审制，一审是责编，二审是编辑室主任，三审是总编。直接跟我联系的是这家出版社的编辑室主任，所以一二审都算通过了。这位主任满怀信心地说，三审应该也没问题。确实，没过多久传来消息，说他们的总编会已经通过了这本书的选题，但需要修改，具体意见是要多从自然地理的角度剖析北京的历史文化。我自认为书中该从自然地理角度谈的已经谈了，不知还要怎样加强，于是再三询问究竟。悉心探询的结果，方知他们的总编是学自然地理出身的，对这方面的论述有所偏爱。我听了后被吓出一身冷汗，心想幸好这位总编是学自然地理的，如果是学天文的呢？

还有一家大牌出版社，反应也很快。打来电话的是个负责初审的女编辑，她很热情，说十分看好这本书的选题，已向编辑室主任做了汇报。隔天女编辑又打来电话，说编辑室主任点了头，估计问题不大了，嘱咐我千万别着急。此后我们一直有联系，每次她都会不厌其详地告诉我此事的进展，告诉我在争取让这本书的选题尽快上总编会。结果很快出来了，选题已经上了总编会，总编也提出了明确意见——中国历史上流行的"中原中心论"和"华夏中心论"不能批！这个意见是直接针对我书中的观点来的，很切中要害，也很伤筋动骨，让我无法接受。女编辑很着急，说她会继续疏通，请编辑部室主任出面想想办法。我笑了，再三向她表示了感谢，但也不再心存侥幸。拙作出版后，我专门给这个女编辑寄去了一套，以感谢她当时的关心。寄书时这事已经过去了一年，难得她还记得我，并且仍以此书未能在她那里出版而感到遗憾。

另有一家大牌出版社，是在投稿信寄出一个多月后找上门的。打来电话的是这家出版社的分社长，一位非常热情的女士。她再三解释说她刚出差回来，刚看到投稿信，耽搁了对我的回复，请我原谅，然后雷厉风行地说马上就来见我。我家住昌平，不好意思让人家跑，再三表示还是我去见她。她却不由分说，马上开车出发，让我在家静等。

风风火火赶来的是两位三十出头的女士，那位分社长快言快语，一到就要求看原始文稿。简单翻阅了不到两小时，她就斩钉截铁地说："这本书没问题，我们要了。"然后她又说了几句特别提气的话：一句是"一看就知道，这本书的后面有一个庞大的文化产业链，特别值得开发"；再一句是"我们是家大出版社，资金雄厚，将来一定大力宣传你的书，把它推向市场"；又一句是"我的女儿上小学五年级，经常写和北京有关的作文，可除了'我爱北京天安门'或'四朝古都'外，别的不知道写什么。现在好了，你的书一出版，就知道古都北京是咋回事了"。我激动异常，心想终于找到知音了，这回算是铁板钉钉了！

家家出版社都有自己的规矩，我小心翼翼地问："您们的要求是什么？"那位分社长也说得很小心，解释说："我们是家大出版社，规矩比较多。主要是：1.需要请社外的三位专家审稿；2.有关宗教问题的论述最好去掉，如想保留则需报请有关部门审批；3.文中的注释都要注明页码，包括杂志。"我一听头就大了，别的姑且不论，单说这第三条，我全书的注释加到一起不下2500条，全都按正式出版的传统要求注明了作者、文章标题、发表的书刊杂志、出版的年份和期号，以及出版社或出版单位等，现在要一个个查出页码，即便一天查10-15条，2500条一共要查多少天？

我叹气，说让我考虑考虑。分手后她们又打来电话，说聘请的社外专家可以让我自己找两位，她们找一位，但第二条和第三条是原则性规定，无法更改。我知道她们已经尽了最大努力，也做了最大让步，但想来想去还是婉言谢绝了。

中国有句成语叫"敝帚自珍"，意思是把自己家里的破扫帚当宝贝。当时的我大概就是这样一个不识趣的人吧，总觉得自己十月怀胎孕育出的孩子，别管长啥样，还是囫囵着生出来的好。如果在胎里就给肢解了或整容了，弄个面目全非，那生出来的孩子还是自己的吗？一旦碰上好事之徒品头评足地议论几句，搞不好还得做亲子鉴定，那不是更麻烦？所以思前想后，不管我这本书咋样，还是让它照原样出世才好。于是，我决定放弃努力，走自费出版的路，这样好歹主动权大一些。没承想，即便如此也还是颇费了一番周折，不过最后的结果还不错，终于照我书稿的原样出版了。

此书出版后的社会反响还不错，不到一年就再版了。我心中窃喜，心想幸好我坚持下来，才有了这么个原汁原味的作品，不至于又成为图书市场上触目可及的"转基因"产品。

《人类文明的圣殿——北京》出版周年记

在《人类文明的圣殿——北京》出版一周年之际，有几个小故事一直萦绕在心。

一个故事是，拙作出版后，我给一位熟悉的人民大学女教师送去了一套。未曾想，她的夫君——第三世界科学院院士、原中国心理学会理事长、国际心理科学联合会副主席张侃先生，在家中看到此书后便手不释卷地读起来，一口气用十余天把全书读完，成了我这本书的第一个读者。读完后他在自己的微博中评论说："此书凡识字者必读！"他的微博拥有粉丝百万，这个评论一时间掀起了不小的波澜。事后我见到他，问他为什么这么评价，他说："一是你这本书全面刷新了人们对北京历史文化的看法；二是你论证谨严，足以服人；三是这本书中的确包含了很多新东西，特别是第七章谈到的中华民族信仰，是个众所关注的大问题，应该能引起舆论的重视。"他的评价或许过高，但对我确实不无鼓舞。

第二个故事是，我送了一套书给我过去一起插队的老友，同样让人出乎意料的是，感兴趣的居然是他的女婿——一个在中科院工作的85后计算机博士。他一字一句读下来，还热情洋溢地给我写了一篇读后感。他说："您的大作为我打开了一扇富丽堂皇之门，逐步将一座人类文明圣殿的全貌展现在我的眼前。……实话说，您的大作重塑了我对北京的认识，'惊诧莫名'之余升起的是对这座城市文明奇观的敬仰，不由得想重温北京每一座'宗庙'之美。另一方面，我觉得您提出的'五点'（按即北京历史文化的五大属性）既是本质的，也是非常清晰的，一定会深入普通北京市民乃至国民之心。"

特别让人感动的是，年逾七旬的原北京市委副书记、国家体育总局党组书记李志坚同志经人介绍后，很快将拙作通读了一遍，然后不仅给我写了封亲笔信，还特意写信感谢向他推荐了这本书的人，说"谢谢你做的这件很有意义的事"。他给我的来信说："粗阅大作，心头'三敬'：对人类文明的圣殿——敬畏！对21世纪大环境下，作为因素之一的《人类文明的圣殿——北京》的出版，以及它可能给北京带来的地位提升、文明繁荣——敬待！对研究者、作者王光镐——敬佩！"以上第一和第三点，在其他读者的评价中已不乏表述，但对于第二点，即此书可能给北京"带来的地位提升和文明繁荣"，唯有志坚书记做了特别的强调，表现出一位长期主管北京宣传文化工作的老领导的远见卓识。

以上三个故事，一个出自北京市委老领导，一个出自在国内外颇具影响的老专家，一个出自年轻的理工科博士，各有一定的代表性和典型性。这些故事虽然未见诸媒体的报道，但都给了我满满的正能量。

至于在媒体方面，一年来已有不下十家报纸做了详略不一的报道，主要有《人民日报》《中国新闻报》《中国文物报》《北京日报》《北京晚报》《北京晨报》等。报纸上比较一致的评价是："此书首次对北京历史文化的本质属性做了系统、深入、全面的纵向剖析，也首次对北京历史文化的特异性做了大视角的横向比较，从而取得了一些全新的收获。"坦白地说，这个评价是客观公允的，因为不管有多少不尽人意之处，拙作确实是第一次对北京历史文化的本质属性做了系统的纵向剖析，也第一次对北京历史文化的特异性做了大视角的横向比较。视角不同结论自然有所不同，无论是对北京历史文化"悠久、持续、递进、多元、一统"五大属性的定性，还是对其"中华第一摇篮""天下第一城"东方第一都""人类文明圣殿"四大特性的定位，都是建立在这种全新视角上的。

在媒体报道方面，最值得一提的是《中国教育报》官微上发表的一篇文章。这篇文章的标题是《知名中学的学生，都在看些什么书》，文称："各位爸爸妈妈们，你们是否在苦恼，除了一些世界名著之外，实在不知该给孩子看什么书？而且看过的书籍的类别单一，怎样才能给孩子丰富多元的阅读体验？别担心，小编专门对症下药，今天就为大家推荐人大附中学生们的精品书单。此书单可谓古今中外，各有涉猎，乃良心推荐，各位看官还不快快推荐给孩子？"而文中开列的第一本书，就是《人类文明的圣殿——北京》。此文的由来，正如文中所说，是因为北京市大名鼎鼎的人大附中于2015年年中在学校公告栏推介了九本精品图书，包括儒家经典及胡适、梁簌溟、余秋雨、梁文道等人的著作，都是大家、名家的传世之作，而拙作不但忝列其中，并在不经意间被排在了第一位。《中国教育报》这篇文章被不少报刊和网站转载，由此把北京历史文化的精妙绝伦深深烙印在年轻人的脑海中。

此外意外得知，远在贵阳的贵州师范学院向全校师生推荐了99本中外名著，《人类文明的圣殿——北京》居然也在其中，直令我汗颜不已！不过细想想，这至少传递了一个信息，即关心北京历史文化的绝不仅限于北京人。

当今网络资讯流行，报纸上的报道很快被各大网站转载，林林总总已不下百余家。其中最令我感动的，是一家叫"重庆华亮餐饮管理有限公司"的网站，它不仅将有关《人类文明的圣殿——北京》的介绍堂而皇之地和酸辣粉、麻辣烫、禾堂面的介绍放在一起，而且其内容居然不是从网上东拼西凑得来的，而是自己归纳的。看着它前言不搭后语的评述，我心里倒是挺温暖的，心想敢情搞餐饮的也在意精神食粮啊！

书籍出版后我自己整理了个全书的内容提要，发表在网易论坛的"文史天地"上。众所周知，网络的受众主要是年轻人，他们对严肃的学术问题一般不感兴趣。可是想不到，在刊出后的大半年中，这篇文章的点击率已达16万3000余次，而且还在与日俱增。其中有不少年轻人跟了帖，如：

"我绝对支持您，研究北京文化的强帖。"

"又一巨著面世，力挺！"

"如今这种研究少见了，楼主要坚持下去。"

"现在的人都势利了，静下心来做学问的少了。""这是为民族提供正能量的事，应该关注！""弘扬中华文化，传播正能量。"

"好久没去书店了，响应克强的号召，有时间去书店看看，找下。"

"学习中国文化离不开研究北京"

"北京是一座包容的城市，不跟傲慢的××人一样。""令人向往又充满敬畏的城市。"

　　"从古至今北京都是一座大都市，并会将这种繁荣延续下去。""北京是多民族聚集的城市，各色人等都可以和谐相处。"

　　"北京就是中国文明发展的领头羊。"

　　"北京的国际影响力随着中国的经济增长在不断扩大。"……如此等等，200余条。

　　我之所以不厌其详地摘录这些跟帖，是因为这些话语最接地气，是来自年轻人的直接心声。它们说明，年轻人对这个话题也是感兴趣的，他们对揭开古都北京历史文化的谜底同样充满期待。

　　迄今为止，由资深专家撰写的书评已陆续发表了四篇。其中一篇是由学养深厚、深孚众望的中国社科院考古研究所研究员王仁湘撰写的，发表在2015年8月4日的《人民日报》上，其标题是颇具文学意味的《北京何来》。此文从北京的地脉、人脉、城脉、文脉、气脉五个方面，综合归纳了《人类文明的圣殿——北京》的内容，对书中论证的"东方生命带"及北京的枢纽作用、黄帝"源出于燕山以北、崛起于燕山以南，再迁都于中原之土"的"大胆阔论"、北方游牧民族起源后导致的"游牧文化圈和农业文化圈二元对立格局的形成"，以及北京作为东方文明之都所具有的深厚底蕴等，都做了全面的肯定和阐发。该文最后说："70万字写了8年，这是一部慢工细活成就的大作品，须得慢慢地读，方能品尝到字里行间蕴含的醇厚味道。看完之后，您也许会认可王光镐对于北京的'溢美之词'——它的历史、文化、文明长盛不衰，始终持续、递进地发展着，它奇迹般地将主流民族、主流文明和多元民族、多元文化融会起来，创建了一个多元民族与多元文化乃至多元宗教共生共荣的典范。"

湖北省考古研究所研究员朱俊英的书评发表在 2015 年 5 月 29 日的《中国文物报》上，标题是《北京历史文化的又一力作》。此文归纳了《人类文明的圣殿——北京》的几大特点：一是"此书不仅切实采用了考古学与历史学研究相结合的'两重证据法'，成为用考古材料复原历史的一个范例，而且广泛涉及人类学、民族学、文化学、历史地理学、宗教学、环境学、经济史学等各领域，是多学科综合研究的成果"；二是"该书逻辑严密、考证翔实，仅征引的资料就 2500 余条，使全书的各个结论都建立在牢固的基础之上"；三是"此书虽是学术著作，但行文流畅、深入浅出、一气呵成，甚至令人拿起就放不下，堪称一部大多数读者喜闻乐见的著作"；四是"该书彻底突破了传统史学研究的'中原中心论'和'华夏中心论'桎梏，出发于'大中华'的整体视野，不仅把北京地区偏在东北一隅的特殊势场充分揭示出来，还在中国新石器时代的起源、中华始祖黄帝的起源、中华文明的起源、中国游牧经济的起源以及长城内外两大族团的同祖、同源、同根上，做出了种种卓有新意的考证"。

张世松先生是江陵博物馆老馆长，他虽然把一生都献给了"面朝黄土背朝天"的考古工作，却与生俱来地濡染了江南楚韵的艳逸才藻，风雅不输骚客。他写的书评以《情为景动》为标题，嵌在其中的有景也有情。此文发表在《文化研究》2015 年第 3 期上，读来颇像一首散文诗："对一地历史文化之观览，我们常常浅尝辄止，欣喜于表面之华美，未遑深层探究。今日通览此书，眼前似乎突现一道灵光，既得见北京的脉搏跳动，又尽窥其肌腱筋络。古都北京由此灵动起来，宛如一条雄壮神奇的祥龙，在历史的风云中行走如飞，神采奕奕。""人们常说，读一本好书，如饮醇酒。醇酒，最易致人沉醉。《人类文明的圣殿——北京》一书，语词典雅，文笔优美，感觉倏忽读毕，我心已醉，不知身之所在焉。"果然，在文章的结尾他激情勃发，赋诗一首云："遣飞大笔巡幽州，浑似扶摇兀隼遊。慧眼俯看云过往，挟雷双翼并谁俦！"

记得有一位作家曾经说过："说实在的，作为一个作家，没有比有读者喜爱自己的作品更为欣慰的事了。"毫不掩饰地说，这也是我此刻的心情。古人云"十年寒窗苦"，我也好歹过了八年离群索居、独自面壁的日子，当然希望这部心血之作能得到人们的认可。但我也十分清楚，人们喜爱的，并非我这部"北京学"的草创之作，而是北京历史文化自身的超凡绝伦。恰如一个明星，颠倒众生的一定是她的天生丽质，而至于是哪个记者报道、宣传了她，实在是无足轻重的。

这一年多来，听得最多的话是，拙作对北京历史文化基本属性和独特地位的揭示，一定会大大提高北京的国际知名度、大大提升北京的文化软实力、大大增强中华文化的强大感召力，甚至会因此带来难以估量的经济效益。我也坚信这一点，但我深知，要把一个学术成果转化为社会的文化资源，显然有很长的路要走，甚至鄙人此生看不到也是可能的。

不过，我做了我自己应该做的，这就足够了！

附

北京何来

——读王光镐新著《人类文明的圣殿——北京》

王仁湘

　　北京，是一座我们熟知而又陌生的城市。你可能走遍了，也可能读遍了，可这偌大的北京，你又真正了解多少？

　　你想过没有，这座城市也许最早只不过是一个小村子，也兴许最早连村子也没有，只有人迹而已。许多人都不知道，在人潮如织的王府井大街，不仅有清代王府的遗迹，居然还发掘到了深藏在地下10多米的旧石器时代人类活动的证迹，那里有一座建造在地面下的博物馆，展示着2万多年前正宗北京人的人间烟火遗迹。

　　一座城市有大有小，历史有长有短，不是任一城市的来历我们都那么了然于心的。北京的历史根脉，其实还可以追溯到比这2万年更久远的年代。北京何来，何来北京？王光镐先生的新著《人类文明的圣殿——北京》，以一位老考古人的睿智，为我们细细讲述

　　作者为中国社会科学院考古研究所研究员，本文摘要刊发于2015年8月4日《人民日报》。

了他发掘到的北京故事。

　　北京何来？不要以为，这是个老生常谈的话题。也不要以为，我等真的已经非常懂得北京。这早已常驻人们心目中的北京，其实还有许多有待查考的往事。生活在北京的人，不论世居客居，自以为熟知北京者一定不少，可是当你读到新出版的《人类文明的圣殿——北京》一书，可能突然会觉得知之甚少。北京是一座移民城市，许多人的祖籍其实是在外地。想来这大量的外来人，也许骨子里并不关注京城的古往今来，这当然也不是什么罪过。我自己在京中生活，前后也差不多要有半世纪光景，如果问及城市的掌故，心中本不坦然，并不完全懂得这座城市。本书作者王光镐先生，祖上也非京籍，他却比我们了解这座城市，了解的不仅是城市的历史与文化，还有四面八方历朝历代会聚到此城的人们。

　　首先应当说，本书是一曲颂歌。许多写过北京颂歌的作者，读了本书，也许都得重新修正自己的作品，他们所写的北京多仅触及城市表皮。写过北京的人有许多，但没有人像王光镐这样写，没有这样用心用力，没有倾注如此狂放炽烈的激情。激情是本书的灵魂，这激情可不是一时的冲动，本书的工期长达八年，作者八年中几乎无暇他顾，没有职事烦扰，甚至也不关节令暖寒。本书在酝酿时段我就得到消息，心里生出过一丝担心：写北京的书出得不够多么？北京的研究还不够深入吗？要写北京，还要写黄帝，还存有多少可着笔墨之处？很明白的北京，很不明白的黄帝，又当如何下笔？北京与黄帝，又何来干系？重起炉灶真能烹出不一样的美味吗？

　　可当我读到这部巨著，字里行间发散出的醇厚味道，不仅让我如赴盛宴，我的那些质疑也随之烟消云散。作者是老资格的考古人，

[好书推荐] 知名中学的学生，都在看些什么书

中国教育报 2015 年 7 月 24 日

各位爸爸妈妈们，你们是否在苦恼，除了一些世界名著之外，实在不知该给孩子看什么书？而且看过的书籍的类别单一，怎样才能给孩子丰富多元的阅读体验？别担心，小编专门对症下药，今天就为大家推荐人大附中学生们的精品书单。

此书单可谓古今中外，各有涉猎，乃良心推荐，各位看官还不快快推荐给孩子？

No.1《人类文明的圣殿——北京》作者：王光镐

内容推荐：

北京，一座令人魂牵梦绕的城市，一段让人无法释怀的追忆。

没有一座城市，如此熟悉又如此陌生；没有一段历史，这样激情澎湃又深邃神秘。首部全面纵向剖析北京历史文化本质属性的坚实力作，首部大视角横向比较北京历史文化特异性的扛鼎之作，这本书是关于"天下第一城"的全景史话，一门博大精深的"北京学"横空出世。

本书是他成功回归学术的一个标志。这不是简单的回归，勇气、功力、激情，缺一不可。

作者的勇气，不仅体现在面对这样老旧的话题所具有的自信，还体现在他对这些话题感兴趣的后来者寄予的希望。他甚至表示很高兴后来者将他的著作当作一面靶子，由此让北京的研究更为深入。作者以为是"连绵悠长的北京历史文化"给了他"足够的自信"，但这当然是不够的，没有足够的功力，这自信也就没有了意义。正因为拥有考古学的深厚功力，作者以考古发现为主要架构，才能勾勒出北京这座文明圣殿的雄伟来。这座圣殿又不仅仅取用考古材料，选材深入各相关学术领域，这样才有了圣殿的崇高、丰姿、坚不可摧和五彩斑斓。换言之，本书其实也是一层层还原了这座圣殿建筑的过程，甚至会让我们朦胧感觉到历史设计师的存在。

北京发现了标志古人类起源的"北京人"，又有标志现代黄种人起源的"田园洞人"和"山顶洞人"，还有新石器时代先驱的"东胡林人"，更有初创文明的黄帝集团及其后人，是"集人类起源、新石器时代起源、国家文明起源于一地"的城市，这在全国乃至世界只有一例，北京由此成为"中华第一摇篮"。在城市地理位置不变、城市文明持续不断、都市地位始终不降的三大前提下，由殷商蓟城迄今，北京城已走过了三千三百多个岁月，建城时间之长首屈一指，北京又成了"天下第一城"。体现中华民族乃至整个东方民族传统信仰、伦理道德、文明基干的礼制建筑与宗教建筑，都在北京的城市建设中得到了充分展现，北京因此成为"东方第一都"。

总之，通过"对北京历史文化发展过程、模式、趋向的系统考察"，王著得出了北京是中华第一摇篮、天下第一城、东方第一都的结论，更通过全球视野的比较，得出了这是一座举世无双的圣城、是属于全世界"人类文明圣殿"的结论。一个只身在名利场外游走的人，靠的就是这样一种激情，走过八年寂寥的朝夕。王著如同一棵盛年的大树，一棵枝繁叶茂的参天大树，那一行行易读好懂的文字，就是那一片片赏心悦目的树叶。还有书中征引的2500余条资料，是前人已有的成绩，也都如同佳果系于一树，蔚为大观。

大树长成，有赖壮实的根脉。王著追寻京城故事，用相当大的篇幅追寻这座城的根脉，如同是在探索大树的根脉一样。书中将这遥远的故事缕分为地脉、人脉、城脉、文脉及气脉诸类，分述北京史前的悠久年代、文明早期的持续发展、帝都由无到有的递进拓展、民族多元一统格局的形成，和承续传统的信仰体系。北京由来之重大端绪，在王著的论述中囊括无遗。

北京之地，地脉有何特别之处？

古代每一城邑的选址，既有相似的理由，也断有它独特的理由，有地之理，有人之为。中国文化传统讲究"形胜"，有险可守，有便可乘，有美可瞻，有利可图，如《荀子·强国》所云："其固塞险，形势便，山林川谷美，天材之利多，是形胜也。"王著在开篇的导论中，首先论道的，就是北京之形胜。"它背靠群山，面对大海，连接着一望无垠的坦荡大地"，"这是一座地处欧亚大陆东端的城市，坐落在华北平原的北缘"。他援引清初史志家孙承泽言称："幽燕自昔称雄，左环沧海，右拥太行，南襟河济，北枕居庸。苏秦所谓天府百二之国，杜牧所谓王不得不可为王之地。"文明的圣殿，就在这一形胜之地构建起来。王光镐认为北京正位于"东方生命带的中心"，是东北与华北两大平原史前农耕文明交融的接点，也是历史时期农业文明与游牧文明互动的接点。他特别强调的中华古文明研究视野中的这种"南北向的纵轴线"，不同于学界长期习惯的"东西向的黄河中下游横轴线"，视野的变换，可以看到过去看不大清晰的历史风景。他特别提示农业文明与游牧文明的互动，应当是几千年中国文明发展的原动力，北京正是这种互动的重要见证之所。

北京之地，人脉古远，这宝地最初知是谁们的所在？从前的从前，在旧石器时代，这里是猿人和智人的家园，在周口店发现了"标志古人类起源的北京人"和"标志现代黄种人起源的田园洞人和山顶洞人"。到了新石器时代，在此居住的先有"东胡林人"，其后是北迁来的黄帝集团及其后人。这是北京的人脉，也是北京的创世纪，王著着力还原了这个城市的前历史时代。

说到周口店"北京人"的发现，由此生出的许多故事我们并不陌生，不过王著仍然用了较多笔墨阐述这个发现之于北京的意义。"北京人"因北京而得大名，北京因"北京人"而显古远。一个现代都市，曾经拥有数十万年前居民生命的证迹，新旧大陆绝无仅有。关于北京人脉的追寻，亮点还在论道黄帝与北京的关系，这是全新的解释，也是王著中最独到的新说之一。

我们知道，黄帝仅存在于传说之中，考古学家很少谈论黄帝，因为他们无从确认历史学家津津乐道的黄帝行迹的实证，迄今哪怕是一件这样的实证也没有。王光镐却不同，他审慎梳理了相关文献，正是由考古出发，列出十端理由，得出黄帝与辽河流域红山文化有关。王著以"黄"寻"玉"，由此寻查"黄帝"之名与美玉崇拜有关，独出心裁而又言之凿凿。王光镐以为黄帝源出于燕山以北，崛起于燕山以南，再迁都于中原之地，这大胆阔论，颠覆了"华夷之辨"的民族史观，颠覆了以往的黄帝传说研究，也颠覆了中华文明起源途径的研究，更是开辟了北京史研究的新视野。这位点燃华夏文明之火的黄帝，居然会是兴起于塞外蛮夷，这可不只是简单的推论而已。当然作者还是希望考古学家的手铲能在北京西北方向认真下力多铲一铲，"唤醒燕山这条神奇的龙脉，则不仅将从源头上再现中华文明的崛起，还将从根蒂上再现华、夷两大民族亘古以来的血脉相连"。

王著对于黄帝重新研究的意义在于，他认为是黄帝将北狄、东夷、西羌和中原集团凝结成了一个共同体，因此黄帝不仅是"人文始祖、文明始祖"，还是"民族始祖"。综合考古、文献、地理、民俗、神话等各类史料，王光镐认为"黄帝不仅不是源出于中原腹心之地，而且恰恰是源起于塞外的西拉木伦河、老哈河、大凌河流域，源自那里的红山文化"。正是因为如此，才可以解释何以北狄、犬戎、东胡、匈奴、鲜卑等皆自谓黄帝的后裔。

黄帝之后，颛顼、帝喾、唐尧、虞舜的足迹亦留在了这块土地上。除了世居的蓟，前后到达这里的居民有荤粥、肃慎、山戎、邶和燕亳，再而后是西来的召公立都建姬周燕国，又有东周之燕，刘汉之燕国与广阳郡，魏晋南北朝北方诸族之燕、赵、秦、魏、齐、周，隋唐之幽州，契丹辽之南京，女真金之中都，宋之广阳，蒙元之燕京及大都，北上的明代北京，南下的清朝京师，民国和新中国的北京。历史上入驻入主北京的，除了老北京，显然外来者占上风。南来北往的人们向往这一方宝地，他们带来的文化都融汇在此，一次次改变着北京。

北京之地，适宜筑城。究其城脉，王光镐认为最早是黄帝时代建立的涿鹿之城，那个万国林立的时代应当同时还有许多小城存在。《五帝本纪》有黄帝"邑于涿鹿之阿"之说，这涿鹿在今北京城西北，或说黄帝的"涿鹿之邑"为古代北京建城之始。也有说帝尧"宅朔方"之"幽都"，是见于《尚书》的北京最早的建城记录。又因黄帝后人封于蓟，蓟国见于殷商甲文、金文，立国正在今北京之地，被认为是北京最早建城的可靠记录。更多人的主张是西周燕都即召公奭的封邑在今房山琉璃河，由文献和考古双重证明城邑始建于西周成王之时，官方选择了这个燕都作为北京建城的纪念。这个"燕"，也就成了北京的一个重要历史名号，作国名，作郡国名，作城名，作都城名。历史变换着风景，这大名却一直被牢牢记着。

北京建城与建都两个问题都可以追溯得很早。关于建都之始，历来有以西周召公奭的燕都为早的，有以两汉封国之都为早的，还有以十六国前燕国慕容儁迁都蓟城为早的，更有以金海陵王迁都中都或以元大都为早的。王光镐认为，产生分歧的原因在于对"都城"的标准判定不一，西周及汉的封国虽然建"都"，但都不是独立的国体，属于地域性的行政中心。东周燕国都城和十六国前燕国都城，也只是地方割据势力的都邑，无法和重要的王朝之都相比。中华正统谱系的王朝之都，除了大一统王朝的全国性都城外，分治时期主要包括了三国、两晋、南北朝、五代、宋、辽、金时期的都城。"黄帝后人的蓟邑、召公奭的燕都、两汉的封国之都、慕容儁的蓟都、安禄山和史思明的燕京、刘守光的幽州城等都不足以代表北京都城史的开始。"

王光镐认为，北京的建都史应从辽的南京算起。辽是与北宋南北分治的重要王朝，对中国历史的发展及版图的奠定起了不可低估的作用，这名为南京的城为辽五京中唯一能与北宋都城开封媲美的大都市，这个建都史到今天已有一千余载。

千年来铸就了古都北京辉煌的，不仅是曾经高大的城垣，还有金扉朱楹、白玉雕栏、宫阙巍峨的皇家建筑。天地两坛庄严明朗，紫禁内城威严壮丽，历代帝王庙深邃宁静，太庙严肃静穆，孔庙高雅亲切，"它们无所不至地展示着东方建筑艺术的浑然天成和大气磅礴，是东方建筑的辉煌成就，更是人类文明的瑰丽奇葩"。传统建筑体现礼制文明的庄严之美，蕴含"天人合一"的和谐之美，辉耀古典建筑"中和中正"的对称之美，映衬庭院民居的幽深之美。"这些建筑艺术富含的人文价值，是中华民族伦理、信仰、情感和大义的物化标志。当这些建筑以醒目的身姿伫立在北京城的东南西北时，北京城就成了汉文明的集大成代表，成了最具内涵的东方文明古都。"读到这些文字，我真切感觉到作者的那一份情感，已经深深融入到这座古城的一砖一瓦中。

北京之地，精深之文脉生成于多元文化的长时融汇，博大宏富。"北京南承中原、西望长安、北临草原、东沐海风，地势险要，交通发达。地理结构的多元性和交通状况的自然天成，使北京自古就成了孕育、生成多元民族与多元文化的摇篮，也成了这些民族与文化交织融合的温床。"王光镐用了很大篇幅论述北方游牧文化与游牧部族的形成，认为这是中国历史上一件划时代的大事，"直接导致了游牧文化圈和农业文化圈二元对立格局的形成，从此以后中国数千年的历史多是围绕游牧民族与农耕社会的相互依存、相互碰撞、相互兼融展开的"。那例证有西周灭于西夷，西晋亡于匈奴，还有十六国、北朝、五代、辽金、元、清等北方游牧族轮番登场，一再改写了中原历史。缘于环境的变迁，中国北方游牧文化形成于史前晚期，并且很快南下燕山登上北京的历史舞台。燕山南北两大族团在血脉上从此根蒂相连，文化上源出一脉，也正是因为"北京自古以来承担的外向培育、内向聚敛作用"。

从西周时期开始，"幽燕地区纳入中华主流文化圈，汉文明的传承从此历久弥昌"。从汉代开始，儒学逐渐成为汉文明和汉民族心理的重要内核之一，也成为幽燕文化的主干。不断入燕的少数民族，也都从内里汲取养分，也都致力于"理想人格的培养和理想社会的构建"。王著指出，从多元民族、多元文化相对独立又相互依存的多元一体，发展到多元民族、多元文化通过不同渠道相继融入汉民族和汉文明的多元一统，是中华文明的总体演进过程，也是北京历史文化的实际演进过程。史前时期及夏商时期燕山南北各部族的血脉相连，以及他们在经济、文化上的互动，体现了这些部族与生俱来的联系，恰是上古时期多元一体性状的反映。及至姬周封燕，幽燕大地纳入了华夏主流文化圈，中华文明从此在这里相沿不替，又在历史的多样性中彰显了它的一统性。

所以王光镐发出这样的慨叹："公元 10 世纪初以后，由于辽金的西进、蒙元的东渐、明朝的北上和满清的南下，更不断造就了北京地区的历史多元性、民族多元性和文化多元性，终于缔造出一个底蕴深厚的东方文明之都。"

史上北京气脉所系，是前后传承的信仰体系神统与道统。"信仰是一个民族的灵魂，是民族意志的体现。"王光镐认为，中华民族根深蒂固的传统信仰，无论是从华夏的正统观念出发，还是从民间的伦理道德考察，可以归纳为"天、地、君、亲、师"崇拜体系。《荀子·礼论》对中华民族"天、地、君、亲、师"信仰有经典概述，王光镐的理解是"天地乃人之所生，先祖乃人之所出，君师乃人之所治，若没有天、地、君、亲、师，就没有人类的一切。……敬畏与崇拜上天、大地、君王、先祖、贤师，就是一切礼制的根本，就是华夏文明的根本"。其中对天神、地祇、祖先的崇拜形成得最早，君主崇拜稍次，师道崇拜再次，而完整体系的"天、地、君、亲、师"信仰，最迟不晚于西周时期便已形成。这个信仰体系既是东方文明的独特产物，也是东方文明的精神主干。它融注了华夏先民自亘古以来的意识形态和道德信仰，孕育了先秦儒家的忠君孝亲社会伦理，又涵盖了以"道"为最高信仰的道家思想，是中华民族的本底文化；它合"天道""地道""人道"于一体，在"天人合一"观的统摄下，确立了人对自然的尊重与慑服，促进了人与自然的和谐相处；它在数千年中打造着中华文明的大厦，维系着中华民族的统一，连接着根深蒂固的东方文明。

中国古代对"天、地、君、亲、师"崇拜偶像的祭祀由来已久，历朝历代也都在都邑兴建了国家级的"天、地、君、亲、师"祭祀场所。作为封建社会后半期的都城，元明清北京城的殿宇楼台甚多，坛庙亦多，但在形形色色的皇家建筑中，体现"天、地、君、亲、师"崇拜与信仰的建筑既是京城皇家建筑的精华，也是全国同类建筑的翘楚。其中最具代表性的有祭祀上天诸神的天坛、日坛、月坛，祭祀地祇和江山社稷的地坛、社稷坛，有祭祀天地诸神的山川坛，有祭祀当朝君主列祖列宗的太庙、奉先殿、御容殿，有祭祀历朝有道明君和功臣名将的帝王庙，有祭祀孔子的孔庙、文华殿等。这些建筑都是举行国家祭祀大典的地方，属于纯礼制活动场所，具有明显的象征意义，是东方民族传统信仰、伦理道德、行为规范、礼制文明的标志。这些建筑全面涵盖了"天、地、君、亲、师"信仰的方方面面，古代北京也因之呈现出完整的都城风貌，成为名副其实的封建王朝政治中心和文化中心。

何来北京？王光镐正是通过追寻北京的根脉揭示出：北京是一座最具历史悠久性、持续性、递进性、多元性、一统性的都市。悠久性体现在旧石器与新石器文化的发现，持续性体现在历史、文化持续不断地发展，递进性体现在由部落而方国、而诸侯国、而大一统王朝中心的地位的梯度提升。王光镐计算从距今五千年前文明初兴之时算起，北京地区的方国阶段持续了两千余年，姬周封国阶段持续了八百余年，东北首府阶段经历了一千一百余年。此后辽金陪都时期延续了二百余年，金中都时期延续了六十余年，再以后便一跃而成全中国的政治、文化中心。在五千年的嬗变中，北京的发展逐次递进，呈现出不断加速的趋势。多元性则体现在北京自古就是孕育、生成多元民族与多元文化的摇篮，也是民族与文化交织融合的温床。

北京何来？王光镐说北京"有长达五六十万年的人类生活史，早在万年前就成了新石器时代革命的发源地，同时它还拥有五千年文明史、三千多年城市史、一千余年都城史"；它的历史、文化、文明长盛不衰，始终保持着持续、递进的发展，它奇迹般的将主流民族、主流文明和多元民族、多元文化融汇起来，化对立为统一，创建了一个多元民族与多元文化乃至多元宗教共生共荣的完美典范；它始终以大气磅礴的城市风貌展示着东方民族的精神信仰，是东方文明的集大成代表。

谁们的北京？北京并非只是属于北京自己，也并非只是属于正宗与非正宗的北京人。北京是你的，也是我的，是中国的，也是世界的。

王光镐的这一部书，是一部慢工细活成就的大作品，须得慢慢地读，方能品尝到字里行间蕴含的醇厚味道。平均一天字斟句酌磨砺数百字，70万字写了八年，读时也得细嚼慢咽。跟着考古人王光镐完成一遭古北京之旅，一边阅读，一边观瞻，一定会有许多新的收获。

长子的责任

我们家共姐弟四人，一个姐姐，我，外加两个弟弟。因为我父亲从事电力工程事业，一个电厂建好后要转到下一地，流动性比较大，所以我姐姐很早就寄居在别人家里，以便从小接受正规教育。剩下的三个小小子，每人相差四岁，也就是我比大弟弟还要大四岁，这就坐实了我无可争议的长子地位。

不一般的家庭就有不一般的长子，无论幸与不幸，我就生长在这样的家庭里。

先说我父亲，他从小生活优渥，不愁吃不愁穿，脑子里只有工作，对家里的事情从不操心。不要说油瓶倒了他不扶，就是人倒了他也未必扶，即使天塌下来也只顾自己三饱两倒，成天吃嘛嘛香。我母亲就不然了，事无巨细全凭她一人操心，可她实在是有心无力，因为自打我记事起她就病卧在床，二十多年都是在病床上度过的。

我就是这样一个家庭的长子。

记得我 13 岁时，刚刚跨进中学校门，母亲就把我叫到病床前，里三层外三层地打开一个纸包，小心翼翼地拿出积攒了多时的工业券，让我去西单的专卖店买一辆永久牌 28 型自行车。正如我在前面那篇《两个柿子》的文章里说的，这种事只有我去，我自己也觉得天经地义，除了担心自己办不好外，既不敢有丝毫的推诿之心，也没有知难而上的大无畏之意，只觉得这是再平常不过的事罢了。

然而不平常的是，那时我们住在良乡，买了车以后怎么弄回家呢？没有人跟我说，我也不知道该去问谁。更严重的是，那时我还不会骑车，而从西单到良乡的公路距离有70多里，难道要把自行车一路推回来？这个问题也没人给个说法，我自己更是一脑子糨糊。但既然母亲把事情交给了我，那是一定要去办的，至于怎么办，那就自己去想吧，谁让你是家里的长子呢！

到现在我都还记忆犹新的是，买车的路上我一直在为如何把这事办成发愁，想了半天想出个主意，看是不是能把自行车弄到永定门火车站托运回去，因为良乡刚好有个小站。可是，这么短的路程是否能托运不得而知，什么时间可以托运不得而知，托运费是多少也不得而知。想到这么多的不得而知，我头都大了，最后只好傻人傻办法，采取了最可知也最可行的办法——索性还是把自行车从西单推回去！

说是推，可还没推出城区天就黑了，再推下去就得第二天见了。于是我把自行车推到一根电线杆旁，咬咬牙抱着电线杆试着骑上去，然后慢慢地蹬。哈，难怪老妈把这么伟大的任务交给我，敢情我有骑车的天分啊，居然就这样骑起来了！正得意间，吧唧摔到地上，崭新的自行车立马有了两条明显的疤痕。我懊悔不迭，心想这下回去可怎么交差啊，于是继续老老实实地推。但推了一段后仍然前途漫漫，于是我找根电线杆子又爬了上去。这次小心多了，一路慢慢地骑回去，就这样到家后也是第二天凌晨了。

到现在我也百思不得其解的是，老妈怎么光知道布置任务而不告诉我该怎么完成任务呢？其中的细节为什么没人替我想到呢？而当我千辛万苦地完成了任务，几乎创造了个奇迹时，怎么也没人夸我两句呢？其实这是我现在的想法，至于当时，根本想不到有人会夸我，反而担心老妈发现了那两条疤痕怎么办。幸好老妈一直没提，大概是没发现吧，或者是看见了却佯装不知。

也是我上初中的时候，一个远房亲戚结婚，我家老爷子满心欢欣，要去送贺礼、吃喜酒。可我妈觉得平时没少接济这个亲戚，而这亲戚势利得很，觉得接济他是应当的，一点感恩之心也没有，所以反对老爷子去凑这个热闹。双方争执不下，变通的办法就是拿我这个长子开涮，让我代表家里去贺喜。那时我也就十三四岁吧，一个人傻乎乎地夹着家里给的一包布料去了。挺远的路，挺偏的地方，好不容易找到了，天已经漆黑一片。敲开门，那亲戚一看来了个小屁孩，既惊讶又气愤，马上拉下了一张冷冰冰的脸。我老老实实地把布料递上，然后……然后门就"砰"的一声关上了，把我关在了门外。我不记得我是怎么摸黑找回家的，只是一路在想，今天真窝囊，那亲戚又不是不认识我，怎么连门都不让我进呢？何况我是从良乡赶来的，路上走了小半天了，还饿着肚子呢！

初中我在北京市三十五中上学，那是一所相当棒的重点中学，而我在那里的学习成绩也不错，最后毕业时甚至获得了金质奖章。可初二的时候，我妈想想她病卧在床，家里虽然有阿姨，但无法料理的杂事很多，就连陪她去医院看病的人也没有，于是决定让我这个长子转学回良乡读书。

指令一下，我只有乖乖执行的份儿。那是初二的下学期，我独自一人到三十五中的教务处办理转学手续。经办人是一位中年男老师，他特别认真地问我："爸爸为什么不来？"我说："他工作忙。"他又问："妈妈为什么不来？"我说："她病着起不来床。"他沉吟良久，很惋惜地说："你学习成绩这么好，转学回去好可惜啊，你们真的商量好了吗？"我点了点头。于是，顷刻间，那位老师埋头写了几个字，盖了一个章，我就和三十五中没了关系。

回到良乡，我进入企业办的电力中学上学，一时间成了老师关注的热点。每个任课老师给我上第一节课时都要叫我起来回答问题，左一个问题，右一个问题，问个没完没了，最后感叹一句："哦，这就是三十五中的水平啊！"听这话音，好像我是三十五中派出的代表。好不容易过了个把月，老师们的新鲜劲过去了，我也慢慢适应了，一天夜里我妈下床走到我房间，把我拍醒后对我说："我想了，家里再难也不能耽误你，你还是回三十五中吧！"突然被叫醒的我睡眼惺忪，半天醒不过神来，不知道我妈在说什么。正诧异间，我妈已转脸回她房间了。

于是，我又站在了三十五中的教务处里。还是那位中年男老师，还是没有家长跟随的 14 岁的我。那天这位老师可没头一次那么和蔼了，把我好一顿臭训，说我纯粹是胡来、瞎来，拿学籍当儿戏，拿学校当儿戏！我无言以对，只好默默听着，强忍着不哭出来。骂归骂，临了老师还是二话不说把我的学籍给转回来了，最后来了一句："要不是看你成绩好，才不会让你回来呢！"

及至"文革"来临，我这个长子的作用就更大了。记得一天深夜，老爸拍醒我，把家里所有的金银珠宝打成一个大包裹，带我摸黑走了很远，找到一个离家几条街的公厕，趁人不备把这些珠宝全

235

扔进粪坑里。整个过程中我们父子俩东张西望，鬼鬼祟祟，就跟做贼一样，所以记得特别清楚。这之后造反派接连来抄了四五次家，他们什么都要，就是不要书，家里最后只剩下了一堆书。等到全家被赶进牛棚，这些书也没地方放了，我和大弟弟就找了个平板车，把书一车车地推到良乡镇里的废品收购站去卖。不记得卖了多少钱，只记得当时我做主用卖书的钱买了一口大水缸。牛棚是没有自来水供应的，这口水缸解决了我们全家人的饮水和用水问题。我觉得这件事办得挺漂亮，推水缸回来的路上还挺沾沾自喜。

　　然后是下乡插队，再然后是大学毕业到武汉工作，此期间几乎把长子的身份忘掉了。到了1977年年底，接到老妈来信，说她的病情越来越严重，但打听到了一个偏方，说是甲鱼汤可以治她的病，要我想办法搞甲鱼，但必须是活的。这事义不容辞，而且事不宜迟，可难办的是，那时尚无自由市场，武汉根本买不到活甲鱼。怎么办？我赶紧找一位家在荆州的朋友，请他帮忙，专程去江陵买当地的高价甲鱼。所有费用当然是我出，不仅包括买甲鱼的钱，而且包括那人往返江陵的脚资。

　　买回甲鱼后要赶紧放到水里喂养起来，严防蚊子叮咬，蚊子一咬甲鱼就完蛋。可武汉的蚊子是无孔不入的，每次清晨起来，总会发现池子里有好几条死甲鱼。每次看到都特别心痛，甚而至于悲痛，要知道这都是我用白花花的银子换来的啊！开始时死甲鱼都被我扔掉了，后来左邻右舍说太可惜，纷纷拿去吃了。买回的甲鱼能活到第二天的往往还有一大半，然后赶紧送武昌火车站，请事先找好的列车员带到北京，当然列车员的酬劳也是事先说好的。到北京站后我大弟弟接车，再马不停蹄地往良乡家里送，就这样环环相接，才能保证到家后仍有几条甲鱼是活的。

幸好我妈来信说喝了甲鱼汤挺管用，我算是没有白忙乎。可正因为如此，这场接力赛也就不断延续下来，前前后后请人一共跑了五趟江陵。那时我刚毕业工作，每月工资才 36 元，一次送甲鱼的流水作业完成下来，差不多要耗费我一个月的工资。我咬紧牙关，倾其所有，只要妈妈要，我就坚持送，而且从不叫难，从不开口提钱，直到有一天她永远不再需要。

我妈是 1978 年 6 月去世的，办完她的丧事没几天，我这个平时从不做梦的人突然梦到母亲回家了。梦中的她走进自己的房间，拉开她常年使用的一个黑色五屉柜翻东西，我走过去问她找什么，她说有点冷，要找几件衣服。这个梦很奇特，第二天醒来后我问周围的老人，他们掐指头一算说，这天刚好是我妈走的第七天，是"头七"祭奠逝者的日子。按照老人的说法，人死后头七天灵魂还在人间，第七天逝者会回来，托梦给亲人，和亲人告别。老人嘱咐我说，既然梦到母亲回家找衣服，那就要在祭奠时送些寒衣。我听了后赶紧叫上两个弟弟，把妈的衣服搜了一大包，拿到一个人迹罕至的荒僻处，既烧纸钱又烧衣服，随后三个兄弟排成一排，向已经远去的母亲三鞠躬。

我 1990 年年底调回北京，开始没有住房，一家三口临时挤住在我太太单位的一间半小平房里。1991 年年初，又是一个梦，梦见我妈回来了，清晰之极地看见她走进我的小屋，而且那背景不是黑夜，而是阳光明媚的大白天。她平静地推门进来，神态一如我熟知的她。梦中的我居然相当清醒，非常冷静地想：我妈早就去世了，这究竟是人还是鬼啊？后来又一想，即便是鬼也是我妈啊，于是赶紧迎上去说："妈，您回来了，有事吗？"我妈说："我没地方住，到你这里来住。"当时我这一间半小屋只放得下一张床，太太带着孩子睡，我晚上打开一个活动钢丝床在空地上睡。梦中的我又想，我这里这么挤，怎么住得下呢？可转念又一想，再怎么挤也不能挤了自己的亲娘啊！于是爽快地说："好的，没问题，您就住在我这儿吧！"第二天醒来后我越想越蹊跷，赶紧打电话给弟弟，问妈的骨灰存放在哪儿了。我一听头就大了，原来妈的骨灰盒一直随意丢弃在小弟弟的床底下，至今尚未入土！这还了得，事不宜迟，我当即写信给在兰州工作的姐姐，说我调回北京了，姐弟四人多年没有聚在一起了，让她尽快请假回来探亲。等姐姐回来后我们姐弟凑在一起，我马上提出了安葬妈的骨灰的事，这样我们四人便一起把事情办了，终于让母亲入土为安。

姐弟四人中，姐是唯一的女孩，从小最受父母宠爱，此外得宠的是最小的弟弟，因为他一直守着父母，从未出过家门。最不得宠的是我，姥姥不疼舅舅不爱的主，这是王家亲戚尽人皆知的。可是，每临大事妈妈还是托梦给我，为什么呢？还不因为我是长子！

没想到，生活在继续，我这长子的职责也仍在继续，并不因每个家庭成员的独立成家而有所改变。

我人生遭遇的一大劫难，就是在最不恰当的时候，以最不恰当的方式，从武汉调回了北京。那是1990年年底，当时除了落下个北京户口外，我们一无工作单位，二无半间住房，孩子也无学可上，变得和街头的流浪汉没啥区别。那时我走投无路，曾祈求在老父亲那里栖身一段时间。但没想到，我们回武汉搬迁的一个月中，他和继母把我们的小女儿饿了个皮包骨。这之后我们为了求得一时平安，不断赔笑脸，不断把吃的用的往家里拿，但仍然在住了不到两个月的时候，在一个大雪纷飞的日子，被无情地扫地出门。事情到了这一步，那就一别两宽吧，可是不，他们才不会忘了家里有个可以驱使的长子呢！

　　人虽然被轰出去了，但每逢换液化气罐，他们都放着别人不用，打电话让我去。他们住三楼，可惜三楼以下不开电梯，每次都是我用肩膀扛上去。这倒也罢了，不过是每月辛苦一趟的事。可后来，居然逼我给他们农村来的女婿找工作，而且点名要进一家当时最火的大集团公司。这新女婿一无学历，二无技能，三无工作经历，我一个初到北京的人，哪有本事办这事呢！我说我没办法，结果我父亲三天两头往我单位跑，去了就往馆长办公室一坐，不答应就不走。说来也怪我窝囊，最后终于扛不住，费尽九牛二虎之力把这事办了，但父亲连声谢字也没说。

　　我父亲这边刚折腾完，我大弟弟那边又摊上事了。不知犯的哪门子邪，我大弟弟的工作单位平白无故地把他和我弟媳一并辞退了。更邪性的是，单位居然还没收了分配给他们的住房，一下子我弟弟既丢了工作也没了住处。那时我父亲在市里有两套住房，继母有两套住房，有的空着没人住。有一天我父亲找到我，说大弟弟跟他们临时借房，问我该不该借。我听了这话心里很不是滋味，于是说："您要觉得他是您儿子，您就借。您要觉得他不是您儿子，您就不借。"结果是，他和继母商量后还是决定不借。当爹的既然无动于衷，我这个长兄就不能不管了。当时我刚调回北京，没有正式住房，只有个四十几平米的临时过渡房，但是个单元楼房，设施齐全。我把那套房让给大弟弟救急，自己仍住在原来的平房里，过着既无卫生间也无厨房的日子。那套房我弟弟一住住了近四年，直到自己有了新居。此期间为了向我表示感谢，他还送了我一个电冰箱。

弟弟的住房解决了，但他们的工作更是大问题。我弟弟自己找了个工作，但弟媳也被单位炒了鱿鱼，成了下岗职工，而中年女性找工作更不易，只好求我想办法。我出面替她在政府部门谋了个很体面的职务，而且是"铁饭碗"，一直干到了退休。当调令到达强制他们下岗的企业时，整个单位都震惊了。

所谓"祸不单行"，正在这节骨眼上，我大弟弟的独生女又失学了，糊里糊涂的没高中上了。这还了得！我又东奔西跑地为侄女找学校，有什么关系就动用什么关系。为了让帮忙的人下大力，我到处说她是我女儿，最后终于在市里给她找了个很棒的重点中学。

我姐姐是"文革"前的老大学生，毕业时正好赶上了"文革"，赶上我父亲被打倒，于是受到牵连，先被发配到青海，后又辗转到兰州。那时我们家没了收入，我也下了乡，我姐一毕业就拿工资贴补家用，帮家里度过了最艰难的岁月。虽然当时我远在内蒙古牧区，没用上她一分钱，可她也曾给我寄去一套雨靴和雨衣，让我在冰霜雪雨中感受到了亲情的温暖。等到她和姐夫退休，我已调回北京，当时我便暗下决心，一定要让姐姐落叶归根，回北京安度晚年。这时刚好我父亲有一套闲置的两居室决定过继给我们姐弟四人，我就做两个弟弟的工作，把这套房给姐姐、姐夫住，并主动把属于我的那一份永远无偿赠予了姐姐。

我小弟弟从小到大都在良乡居住，没有出过家门，一生平稳安逸，没有摊上什么大事。不过小事是时常有的，每逢此时他便会打电话给我，要我出面摆平。最难忘的是他女儿考大学，高考成绩刚好卡在大本录取线上，能不能上个比较理想的大学是件很悬的事。

他急了，托我想办法，我也急了，四处想办法。最后我一个环节一个环节地死磕，终于在朋友的帮助下把小侄女送进了一所理想的大学。事成之后我小弟弟见到我，一脸无所谓地说："反正她自己的成绩上线了，这所大学有没有人帮忙她也上得了。"我愕然，但随即附和他说："是的是的！"两年后他又打电话给我，说有一个他几十年的铁哥们儿，女儿考大学的成绩又是刚好够线，托我找人帮忙。我想起两年前他那不咸不淡的话，于是没好气地说："既然她自己的成绩过线了，帮不帮忙都能上，用不着我瞎掺和！"

就这样浑浑噩噩的几十年，为了这个自小就有个病妈的家，为了这几个一奶同胞的兄弟，我做了长子该做的一切。后来我老了，退休了，也没啥余热可以发挥了，长子的责任也就尽完了。本想兄弟姊妹们相互体贴，闲来无事在一起喝喝茶、聊聊天，也就打发余生了。可是事与愿违，终归兄弟们各有各的生活方式，各有各的生活情趣，甚至各有各的性格秉性，很难凑到一起。

当然也有亲情的温馨，深深植根在我的记忆里。那是上中学的时候，有一段时间我和我姐同在北京，我在男三十五中读初中，她在女三中读高中。这正是三年困难时期，恰好我十五六岁长身体，成天饥肠辘辘，一度还得了浮肿病。于是有那么几次，姐姐从她学校所在的白塔寺一步步走到我学校所在的二龙路，请传达室师傅把我叫到学校大门口，然后从她兜里掏出一个小纸包，里三层外三层揭开几张纸，从中剥出一小块红薯或半个馒头，递到我手心里让我吃。哈哈，还有那极个别时候，她像变戏法似的，剥开几层纸后拿出一块点心，小心翼翼地一掰两半，我们一人一半，共同分享这难得的美味。

我当然知道，这都是她的盘中餐，是她从牙缝里省下来的。虽然只有不多的几次，虽然每次只是半个馒头或一块红薯，但我知道那是世界上最珍贵的东西，而且终此一生都把这个情分记在了心里。

自打 1980 年以后，一家生一胎成为国策，"长子"便成了这个世界的稀有动物。开篇写这个小文时，我暗自思忖，眼下的年轻人对这里叙述的东西既是陌生的，也是不感兴趣的。可是，人活着怎么能没有责任呢？没有长子的责任，难道也没有别的责任吗？恕我直言，缺乏责任是新一代的先天性弱点，而责任感却是做人的基本准则。在我们那年头，动不动就说世界上有三分之二的人在等着我们去解放，这责任确实大了点，我们着实担负不起来。但其他责任是不能放弃的，该承担的总要承担。所以，让年轻人看看我们那一代人是怎样尽自己对家庭的责任的，也应该属于"正能量"吧！

另外，我要跟所有准备承担责任也准备履行责任的人说，我在家里当长（zhang）子的最大感触是，乃至我在人群中当长（chang）子的最大感触是，无论你尽心尽责地帮了多少人，无论你为了履行这些职责付出了多少，都不要指望得到什么回报。不仅不要指望那看似必然的"知恩图报"，甚至连个谢字也不要指望得到。对有些人来说，能不恩将仇报也就阿弥陀佛了，而我今生还偏偏遇到了几个这样的人。可那为什么还要 SB 似的尽自己的责任呢？告诉你，只为了一个目的——为了做一个让自己看得起的人，为了做一个对得起自己良心的人！

人嘛，吃饱喝足之后，怎么着也是过一生，为什么要做个连自己都看不起的人呢？为什么要做个对任何人和任何事都不负责任的

人呢？为什么要做个凡事皆无担当的猥琐小人呢？我宁可什么回报
都得不到，也不愿做这类行尸走肉！

泰州王十房

　　我的祖籍在江苏省泰州市，1977 年我去江南出差，平生第一次寻访了泰州故里。当时没有身份证，人们出行靠的是工作证和单位介绍信。我来到位于泰州市中心的海陵宾馆，出示工作证办理住宿登记。接待我的是一位花甲老人，他拿过我的工作证左看看右看看，然后眯着眼睛使劲瞅我，嘴里喃喃地自言自语说："泰州王十房来人了！"

　　惊讶啊，实在是惊讶！我还一句话没说呢，他怎么知道？从工作证上他可以获知的信息无非有两个，一是我的籍贯是泰州，二是我的名字叫王光镐，仅此而已。我对泰州王家的历史显然没有这位老先生知道得多，事后我才一步步了解到，原来我的家世密码全都隐藏在我的名字里。

　　泰州是富庶的江淮名城，有两千多年历史，周秦时称海阳，西汉初年设海陵县，现今仍常以海陵称之。南唐升元元年（937）初置泰州，下辖海陵、泰兴、盐城、兴化四县，后增辖如皋县，范围相当现在泰州市的全境及扬州市的江都、高邮两市的局部，外加南通市和盐城市的部分地区，地域相当广大。元末明初，在长期战乱和义军的自相残杀中，泰州惨遭屠城和水淹，顿成一座人烟绝迹的空城。现在泰州的居民，几乎全都是明以后由外地迁来的"客户"，尤以江南人口密集地区迁来的为多。而在明朝迁泰的王氏家族中，最出名的有两支，一支是王伯寿家族，其七世王艮是明朝大儒，创立了"泰州学派"；另一支是王景隆家族，此即在下之族系。

先祖王景隆原是苏州的名门望族，由苏州迁泰后"子姓相繁，甲科继起"，出了王三祝、王叔槐、王沂中等名人。王沂中时，传文记载"其后必昌也"，预料其后人必定昌盛。果然，王沂中有2个儿子，一个是王广业，清朝进士，官至福建汀漳龙道。之后王沂中得了11个贤孙，其中有2名进士，7人为官。清光绪年间，王广业为其子王贻哲营建宅第于泰州石头巷内西侧，王贻哲系王沂中第十孙，州人俗呼其为王十房，这就是泰州王十房的来历。

自王贻哲那代起，泰州海陵王家的辈分即按宗氏祠堂牌匾中的"贻谋光大诗书第"字句排列，"贻"是我祖父辈，"谋"是我父辈，"光"是我这一辈，"大"字是我晚辈。但这样排列的不限于王十房，还包括了王沂中的各房子嗣，那么王十房的独特性在哪里呢？这谜底就在我名字的第三个字上了。那就是，王十房光字辈的后人，姓名的第三个字必须有个"金"字旁。

我父母在西安结婚，西安是西周都城"镐京"的所在地，而我是长子，于是我的名字里便有了个"镐"字。可这个"镐"读"hao"不读"gao"，这不仅仅因为西安的"镐京"读"hao京"，不读"gao京"，而且"镐"这个字放在名字里也只能读"hao"而不能读"gao"，常见之例如围棋高手李昌镐等。可惜，上中学时老师拿花名册点名，大呼"王光gao"，我犹豫了片刻还是战战兢兢地站起来了，从此老师和同学们都叫我"光 gao"，我也只好认了。一直到在北大考古系读书，诸多考古名师也这样称呼我。奇怪的是武汉大学历史系，我大学毕业后被分配到那里工作，从报到的第一天起，系里的老师就直呼我为"王光 hao"，从没有一人念白了叫"王光 gao"的，这让我不得不深自叹服老武大历史系的学养深厚。这样，从武大开始，我又叫"王光 hao"而不叫"王光 gao"了。中学同学和北大同学见了我十分不解，常常不屑地说："都这么大岁数了，还改什么名字啊！"每逢此时我都一脸无奈，但又难得说清楚，只好沉默以对。

其实，别说各位看官看到这里嫌麻烦，我自己也嫌麻烦，所以很早就特认真地跟父母说，我要改名字，改成"王光昊"或"王光浩"，但被我父亲不由分说地一票否决了。直到我去了泰州才知道，敢情我这第三个字是有讲究的，一旦去了"金"字旁，我就不是泰州王十房的人了！

1977 年我去泰州时还没有推行退休制，于是有幸在海陵宾馆遇上了那位老人，而这位老人又恰恰如此熟知泰州的历史，所以一眼就认出了我是王十房的后裔。后来别人告诉我，王十房是清代中晚期以来泰州最大的名门望族之一，其实一直到现代，提起王十房来泰州依然无人不知、无人不晓。甚至好多泰州人说，如果泰州少了王十房，这座城市就会失色很多。如此说来，那位长者知道王十房并不稀奇，稀奇的是他竟然如此熟稔王十房家族的姓名密码。

头次寻访故乡，王家亲戚倒是见了不少，但都是其他各房的，王十房的竟一个也没有。寻不到近亲就寻故里，否则此行便少了意义。早听说王十房故宅在泰州城内石头巷，我便独自寻去，终于在城区的东北部找到了这条巷子。巷道长约200米，旧时为青石路面，故名石头巷。巷内最大的宅院即王十房，气派的朱红大门，须弥座砖雕影壁，一看就与众不同。可惜的是，我去的那次大门上挂着"泰州市针织厂"的牌子，把我挡在了宅院之外。

我在院门外踟蹰良久，总觉得如果就此止步的话会留下极大遗憾，于是鼓起勇气，趁门卫师傅不留神的空当往里走。虽然心里打鼓，但跨进大门时我挺胸抬头，气宇轩昂，装出一副主人的模样。可即便如此门卫师傅仍然追出来盯着我看，我冲他微微一笑摆了摆手，他顿时愣在了那里，估计是在记忆中尽力搜索我是何方神仙吧，但这时我已经大摇大摆地走进了院子。

正对大门是一座二层小楼，南面有花厅，北边是厅屋与堂屋，大部分保存完好。我是学考古的，注意到各个建筑的用料都很考究，青砖黛瓦、梁架粗大、复盆石础、方格格扇，突显了江南大宅门的神韵。其造型则属于典型的明式风格，厅屋上面是多道磨砖筑成的清水屋脊，盖蝴蝶小瓦屋面，坡度平缓，梁架抬梁式，童柱与蜀柱处用雕刻构件，柱头下用复盆式石础，处处显现了江南明式建筑的特征。堂屋用穿斗式结构，当心间有中柱，柱间也有雕刻，与厅屋特征类似，也属于明式建筑。我说这是明式而非明代，是指它们虽然建造于清代，但营造法式却是仿明的。这座院子很大，我无法丈量它的方圆，也无法细数它的间数，但我发现，整个泰州针织厂的厂房、车间、办公室加仓库放在里面，也还有不少房屋空闲着。

这么宏大的宅院，这么古老的岁月，里面该隐藏着多少故事啊，可作为它的嫡传后人，我却对此一无所知。我突然感到羞愧，羞愧得无地自容，暗暗发誓一定要把自己的家世搞搞清楚。

20 世纪末，一位台湾的王家后人辗转找到我们，说他正在编纂《泰州王氏家谱》，要我们提供有关资料。这位王氏后人叫王大昕，年岁比我长许多，但辈分却比我矮一辈，他久居台湾并事业大成，遂有纂修家谱之善举。从他那里得知，泰州还存有两方王氏家族的庙碑，记载着王家的历史。得此线索，我想方设法搞到了这两方石碑的碑文摘抄，再加上参阅泰州方志及其他材料，基本厘清了本家族的来龙去脉。

如前所述，泰州王氏的根系始出于王景隆，他是从苏州迁到泰州的。迁徙的时间有人说是元朝末年，也有人说是明朝初年，但综合整个泰州的历史看，似当以后说为是。

王景隆之后为王三祝，曾任直隶南宫县佐。他在任上时遇到瘟疫流行，下令摘除所有囚犯的戒具，感动了全体犯人，没有一人逃跑，后来因功升任顺义县令。

自三祝公起，泰州王家就按老祠堂对联的"三槐世业"排列辈分了。三祝公为三字辈，其后为槐字辈。槐字辈中有王叔槐，官赠朝议大夫。

王沂中名世丰，字沂中，号云舫，是泰州王氏世字辈的达人，亦是王十房之祖。他生于乾隆三十六年（1771），卒于道光六年（1826），最后以恩科副榜贡生、中试举人而终，享年 56 岁。

泰州保留至今的一方王氏家族庙碑，即《诰封中议大夫王公沂中家庙碑》。此碑由钱塘许乃钊撰文并书，该人系道光十五（1832）年进士，历任河南、广东学政，后帮办江南军务，任光禄寺卿。在许氏所撰王沂中传文中，先讲述了王氏家族的简史，而后记述了王的业绩与功德。碑文说，王沂中从小就潜心读书，"一灯荧荧，寒

248

暑无间"。同时他还以孝悌闻名乡里，母亲病中几个月衣带不解随侍左右。及长，王沂中任职金山县学训导，为人严谨宽厚，离任返乡后，做过不少有益于地方的好事。泰州城北门外旧时曾有盐坝，泰州分司所属盐场的盐船都要从盐坝过坝到上河，泰州有数百人依靠抬盐过坝养家糊口。但有的官员想开城东门外的鲍坝和南门的滕坝。王沂中知道此事后，认为如果开坝，数百名靠过坝为生的人就会失业，而且泰州城址南高北低，开坝后会上游干涸下游水涝，有伤农田，于是极力阻止其事，结果使开坝的主张未能实行。此外他还捐资修整学政试院的考棚，办粥厂救济灾民，出钱资助贫穷学生。王沂中为善一世，颇得泰州乡民好评，被泰州人尊称为王善人。王沂中卒后，泰州乡民于清道光二十五年（1845）将其特意崇祀在乡贤祠中。

王广业，王沂中长子，清道光进士，官至福建汀漳龙兵备道。据泰州市地方志《人物传》记载，王广业在任职厦门水道道员期间，适逢外国列强入侵，他不畏外强的威胁，大义凛然地拒绝了洋人的各种无理要求。在洋人胁迫其登船谈判时，"王广业如约前往，仅带仆人与兵弁各一名，沉着应付，宴罢方归"。此后他一度返泰州任按察使，在列强的战舰大炮已经冲垮清帝国的壁垒之时，组建地方团防以卫桑梓。

清同治二年（1863），王广业在泰州北门外东大街新建王公祠。祠建成后，请诰授中议大夫、前国子监助教仪征吴文锡撰文并书写了一篇有关王氏家族及其父王沂中生平事迹的碑记，此即现存泰州的另一方王氏家庙碑的由来。

王贻哲，王广业之子，"王十房"主人，此即我的祖父。王贻哲字自庵，光绪十八年（1892）举人，曾任山东范县、峄县知县，其在任上因"便民之事知无不为"而卓有政声。此外他开泰州近代工业之先河，于光绪三十二年（1906）集资白银12万两，创办了泰来机制面粉厂。这是泰州市首家用机器生产面粉的工厂，也是泰州近代史上最早的工厂，迄今已有一百多年历史。20世纪20年代，泰来面粉厂生产的面粉在全国农产品博览会质量评比中荣获二等奖，成为全国知名品牌，产品远销东南亚。此后，祖父王贻哲又与人合资开办鼎盛南货店、鼎新米店，还创办了泰州最早的商会——泰州商务委员会，并亲任总理。尤为难得的是，作为一方缙绅，他站在时代的潮头，受桑梓父老的推选担任了国民代表大会的正式代表，出席了民国四年（1915）在北京召开的国民代表大会，成为泰州近代史的代表人物。

王贻哲病逝于1916年，此后其长子、我的大伯父王斯谋（字颂侯）成了王十房的掌门人。不幸大伯英年早逝，之后我的父辈叔伯们大学毕业后或留学海外，或供职他乡，我等光字辈兄弟更是分散在各地，竟致王十房在泰州没有留下一个嫡亲后人。

记得当年我在内蒙兵团入党时，连指导员让我在家庭出身栏里填上"地主出身"，我断然拒绝了。我父亲是工程技术人员，我怎么能是地主出身呢？大不了填个"高级职员"或"知识分子"出身罢了。现在想来，我的档案里显然装着很多我不知道的泰州王家历史，所以才给我安了这么个出身吧！好厉害的档案制度啊，现在想起来都让人不寒而栗！幸好我当时拒绝了，否则真的有辱祖先，因为即便按我祖父的情况划成分，怎么也得弄个"开明资本家"吧？

我们这代人，生命的头几十年都是按出身成分划定贵贱高低的，而无论是以祖辈论还是以父辈论，我都属于"狗崽子"一类，在旁人面前很是抬不起头。所以长时间以来，我讳言先祖甚至耻言先祖。而当了解了一些王家先世后，我一洗前耻，很为我的出身门第而骄傲。真没想到，在满目疮痍的清末民初之时，在老泰州发生历史巨变之际，我的先祖为家乡做出了如此贡献。更没想到，王家在泰州德行广披，造福桑梓，既被乡邻尊为"王善人"，又被崇祀于乡贤堂。祖先的所作所为历历在目，既足以为我泰州王氏门楣增辉，也足以令我等后辈高山仰止！

2009 年年初，我们王十房兄弟几人相邀一道，从北京驱车直奔泰州，再次重返故里。挂着京牌的汽车刚在泰州石头巷停下，周围的乡邻就好奇地围拢过来，先问我们是不是王十房的后人，再问我们是不是来寻访故里。当得到我们肯定的答复后，乡亲们热情极了，或引领道路，或指点方位，带我们一一走进王十房的老宅院。最令人惊叹的是，近一个世纪前的陈年往事，乡亲们竟如数家珍，娓娓道来的全是当年王家造福乡里、接济灾民的善举。他们指着当年王家施粥的场地无限感慨地说："好几代人啊，王家天天在这里施粥，粥稠得连筷子插进去也不倒。有的乡邻自己吃饱了还偷偷盛走喂猪，王家人知道了也不嗔怪，真是大善人啊！"——大善人，这是我们在泰州期间听得最多的一句话了。每闻及此，我总在心里默默地说："乡亲们，真正善良的是你们啊！要不是你们心存感念，谁会在多年后还将此等小事念兹在心呢？"时间是个无情的判官，在经历了一个多世纪的世态炎凉、人心冷暖后，该沉淀的总会沉淀，该长存的总会长存！

但最令我们惊诧不已的是，眼前的王十房早已面目全非，与我

1977年看到的已不可同日而语。方正的围墙没了，朱红大门没了，花团锦簇的影壁没了，正对大门的二层小楼没了，花厅、厅屋和堂屋也都没了，放眼望去一片疮痍。询之乡邻，告曰从20世纪80年代起就在这里搞过几次拆迁，眼下还在筹备更大规模的拆除。热心的乡邻告诉我们，因为王十房几大中心建筑结构精巧、用料考究，拆卸后已被改装到其他地方去了，在与它毫不相干的地方继续"发挥余热"！

在乡邻的指点下，我们来到位于泰州城东的梅兰芳纪念园。在这里，我们不仅发现了许多王十房的建筑构件，而且意外地发现，"梅园"正殿两侧镶嵌的，居然是王家祠堂的那两方王氏家庙碑。虽然此公园是梅兰芳纪念园，虽然此殿堂是梅兰芳纪念殿，但两侧的碑文却字字记载着我们先祖的功德逸事，述说着王家"守先人施粥遗规，数十年不倦。其他立义塾及遗爱祠、节孝祠，见义必为，天性使然也"的感人事迹。更让人遗憾的是，因所在非地，石碑剥蚀严重，人为损划之痕比比皆是，相当部分文字已无迹可寻。

作为王氏后人，目睹此等怪象既感惊愕，亦感寒心。愚钝之如我，实在搞不懂，一个自14世纪中叶纵贯至今，几乎代表了自明朝初年以来全部泰州发展史的家族，一个整整绵延了一个半世纪的江南老宅院，真的就没有一点保存价值吗？它们真的只配去为一个现代名人锦上添花吗？如果把这古建筑整理出来，如果把这建筑里蕴藏的历史文化挖掘出来，焉知这不是个可以和山西乔家大院南北并雄的江南大宅门呢？作为王十房的嫡传后人，我们早已完全放弃了对这个大宅院的所有权和使用权，那为什么不好好利用这个条件，把这个现成的历史遗产开发出来呢？

我不相信泰州市不要历史，也不相信泰州只认一个梅兰芳。所以我至今仍心存奢望，希望当地政府能为王家祖宅做一局部保留，以期在泰州王十房故址即将被全部夷为平地之时，为老泰州的历史留一难得的纪念。

但愿这不仅仅是奢望。